LE PIÙ BELLE STORIE

Disney

in GIALLO

THE BEST OF

GIUNTI

Copertina:
Progetto grafico di Emanuela Fecchio
Disegno di Andrea Freccero
Colore di Max Monteduro

Coordinamento editoriale di Susanna Carboni

Editing di IF IdeaPartners - Milano

Pubblicato da Giunti Editore S.p.A.
Via Bolognese, 165 - 50139 Firenze - Italia
Via G. B. Pirelli, 30 - 20124 Milano - Italia

Prima edizione: giugno 2019
Nuova edizione: maggio 2022
Stampato da L.E.G.O. S.p.A. Lavis (TN)

Queste storie sono state ristampate nella loro interezza come apparse nella loro prima pubblicazione dal 1991 al 2012.

www.giunti.it

INDICE

BRIVIDI & SUSPENSE

Il bello dei racconti gialli

Vignetta con i protagonisti di "Topolino e il mistero della voce spezzata".

Un insolito Macchia Nera in "Topolino e il caso sottilissimo".

Le avventure proposte in questo volume sono un concentrato di paura e mistero. Le atmosfere sono da classico thriller, gli antagonisti sono dei cattivi all'ennesima potenza, le indagini si concludono inevitabilmente con un colpo di scena, i detective sono molto professionali, sagaci e... simpaticissimi. Leggere per credere. Ci sono intricati racconti investigativi come *Topolino e il mistero della voce spezzata*, un vero noir denso di tensione che coinvolge tutti gli abitanti di Topolinia, svegliati nel cuore della notte da una telefonata allarmante. Oppure, nell'avventura *Topolino e il caso sottilissimo* affrontiamo con i protagonisti una serie di furti incomprensibili, mentre la polizia sembra brancolare nel buio.

IL GIALLO È OVUNQUE

Topolinia non è l'unica città con enigmi da svelare, anche a Paperopoli troviamo interpreti d'eccellenza con storie ricche di imprevisti ed eventi inspiegabili. Come accade nella storia *Paperino & Paperica in: Giallo in onda*, una riuscitissima avventura poliziesca e umoristica, dove incontriamo la versione paperesca di un personaggio famoso e molto amato: Fiorello. In *Paperinik e il ritorno di Mad Ducktor*, invece, ritroviamo una vecchia conoscenza che, oltre a essere un arcinemico dei nostri eroi, è anche deciso a compiere una spietata vendetta. Insomma, sorprese e tensione ci aspettano in ogni pagina, e sono veramente tante!

Tutto il team di "Paperino & Paperica in: Giallo in onda".

Un momento topico di "Paperinik e il ritorno di Mad Ducktor".

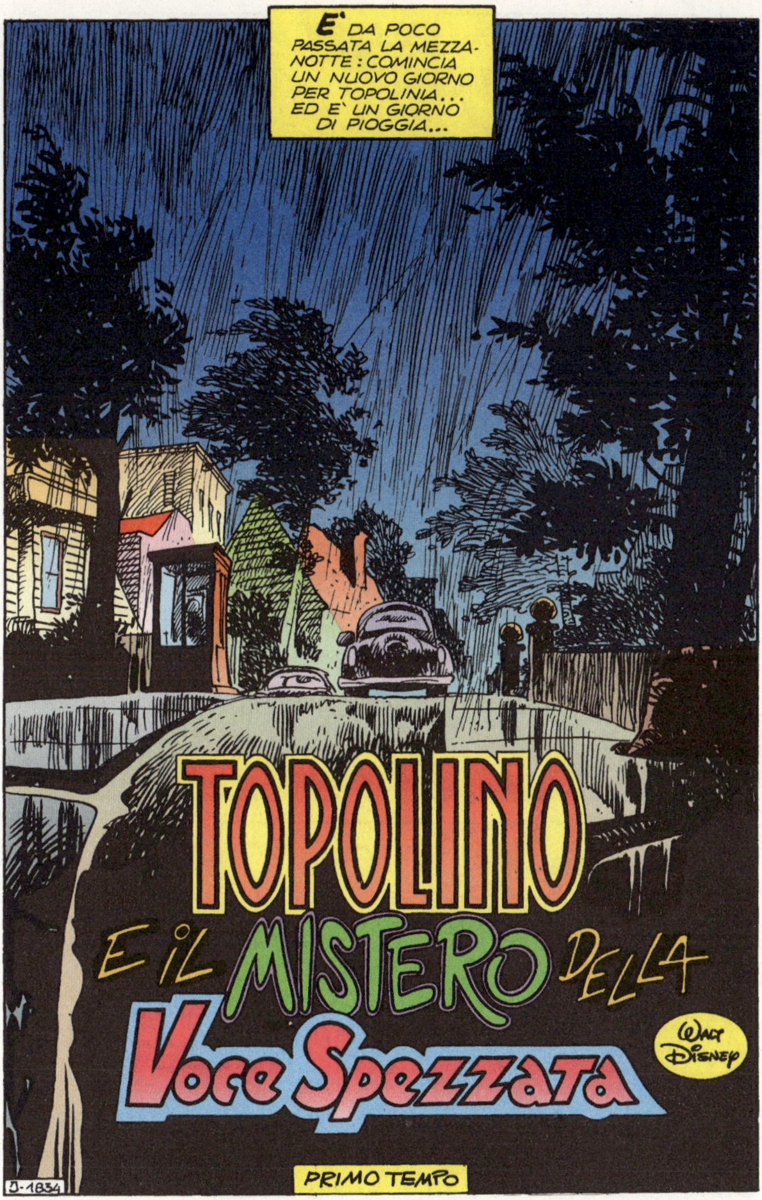
È DA POCO PASSATA LA MEZZANOTTE: COMINCIA UN NUOVO GIORNO PER TOPOLINIA... ED È UN GIORNO DI PIOGGIA...
TOPOLINO E IL MISTERO DELLA Voce Spezzata
WALT DISNEY
PRIMO TEMPO
D-1834

Bagliori nella notte...
Vento...
Clang
Bong
Acqua a catinelle...
CINEMA
"LA PAURA CORRE SUL FILO"
STASERA!
Lampi su Topolinia...
BRAAANN.. ..NNGG

DRIIINNG
ALL'IMPROVVISO SQUILLA UN TELEFONO!
DRIING
DRIINNG
DRIINNN
DUE TELEFONI!
DRIIINN
PINOCCHIO NEL MONDO E ZAMBERLO
TANTI TELEFONI!
DRIINNG
UH!? CHI PUO' ESSERE A QUEST'ORA?
DRIINNG

DRIIIIIINGG
P.D.
P.D.
UFFA!
DRIIINGG
DRIINN
DRIINNG
CLICK
ZZZz
00.20
UNA SEGRETERIA TELEFONICA ENTRA IN FUNZIONE...

IL MATTINO DOPO...
SVEGLIA, PLUTO! SIAMO QUASI ARRIVATI!
UARF!
UN PO' DI CONTEGNO, CAMPIONE!
GRAN BELLA SODDISFAZIONE, IERI SERA! COCCARDA BLU ALLA 15ª MOSTRA DI DOGVILLE A PLUTO PER LE SUE DOTI DI INTELLIGENZA E...
GULP!
SKREEECH
SCUSAMI PER LA FRENATA, PLUTO! COLPA DELLA CODA!
66

FIII...
CHE COSA SUCCEDE, AGENTE ?
LA CARREGGIATA E' OSTRUITA DA UN ALBERO! PRUDENZA!
XYZ
E' CADUTO DURANTE IL TEMPORALE DI STANOTTE! MA FRA POCO GLI OPERAI LIBERERANNO LA STRADA !
TEMPORALE ? **URAGANO**, DIREI !
113
ECCOCI A CASA !
TOPOLINO
ATTENTO! LA POZZANGHERA !
SPLASH

NON TI AVVILIRE! RICORDATI CHE SEI SEMPRE IL **MIGLIORE**!
BE'... QUASI SEMPRE!
UN PO' DI CALDUCCIO NON... **OH**! LA SEGRETERIA TELEFONICA E' ACCESA!
SENTIAMO CHI MI HA CERCATO!
CLICK
AIUTO! AIUTO! MI RAPISCONO! PRESTO...

AIOTTO! AIOTTO! SONO... CRACK...
ULP!
CLUNK
QUALCUNO, STANOTTE, HA CERCATO IL MIO AIUTO! MA CHI?
P.D.
POCO DOPO, ALLA CENTRALE DI POLIZIA...
OPS!
BUMP
SCUSATEMI! IO...
NON E' NULLA! NON E' NULLA!

AIUTO! AIUTO! MI RAPISCONO! PRESTO... SONO... CRACK...
CREDIMI, TOPOLINO! SI TRATTA SOLO DI UNO **SCHERZO**! UNO STUPIDO SCHERZO!
EH?!
MA, COMMISSARIO... E' UNA RICHIESTA D'AIUTO! STANOTTE UN UOMO E' **STATO RAPITO**!
VEDI QUESTI FOGLI? SONO LAMENTELE DI ONESTI CITTADINI...
...**TUTTI** SVEGLIATI NEL CUORE DELLA NOTTE... E DALLA **STESSA TELEFONATA**!
LA POLIZIA CHE FA? TACE?

NESSUNO CHE STIA PER ESSERE RAPITO SI METTE A FARE **VENTIDUE** TELEFONATE!
E POI, HAI SENTITO? "AIOTTO! AIOTTO!"... UNA SPIRITOSAGGINE, UNA BURLA!
NESSUN RAPIMENTO, DUNQUE!
CERTO! TE LO POSSO ASSICURARE!
A PARTE IL TEMPORALE, STANOTTE A TOPOLINIA NON E' SUCCESSO ASSOLUTAMENTE NULLA!
SECONDO ME SI TRATTA DI UN FANATICO DI **FILM DEL TERRORE**!
EH, SI'!

CINEMA E TELEVISIONE SONO INVASI DAI **MOSTRI**! QUALCUNO SI SARA' FATTO **SUGGESTIONARE**!
COMUNQUE SIA, IL **BONTEMPONE** CHE SI È DIVERTITO A SPAVENTARE LA GENTE...
...AVRÀ PRESTO UN NOME E UN VOLTO!
COME?!
IL DISTURBATORE NOTTURNO HA AVUTO IL CORAGGIO DI TELEFONARE ANCHE **QUI**!
HO RISPOSTO IO AL TELEFONO! VENTI MINUTI DOPO LA MEZZANOTTE!

LE 0.20? LA STESSA ORA REGISTRATA DALLA MIA SEGRETERIA TELEFONICA!
AVEVO GUARDATO L'OROLOGIO UN SECONDO PRIMA... QUANDO UN FULMINE E' CADUTO QUI VICINO!
WANTED
L'AUTORE DELLA TELEFONATA SI PENTIRA' AMARAMENTE DI AVER PRESO IN GIRO LA POLIZIA!
A QUEST'ORA I NOSTRI TECNICI AVRANNO GIA' INDIVIDUATO IL TELEFONO COLPEVOLE!
INFATTI, POCO DOPO...
NON E' STATO DIFFICILE RISALIRE AL NUMERO TELEFONICO!
PURTROPPO, CORRISPONDE A UNA CABINA TELEFONICA!

PRECISAMENTE, A QUELLA DI VIALE DEI TIGLI!
SGRUNT!
QUESTA E` LA PROVA CHE SI TRATTA DI UNO SCHERZO! LE CABINE SONO IDEALI PER LE TELEFONATE ANONIME!
E ADESSO, COMMISSARIO?
ADESSO... NIENTE! SAREBBE COME CERCARE UN AGO IN UN PAGLIAIO!
EPPURE QUEL MESSAGGIO...
COMMISSARIO, IL CAPO VI VUOLE!
VA BENE! ARRIVO SUBITO!
MI SPIACE, TOPOLINO! DEVO SALUTARTI!
D'ACCORDO, COMMISSARIO! PERO', QUELLA **VOCE SPEZZATA**...
NON PENSARCI! E SPERIAMO CHE LO SCHERZO NON SI RIPETA PIU'!
P.D.
P.D.

POCO DOPO...
TI SENTI IMPORTANTE! EH, VANITOSONE?
ORMAI TUTTI I CANI DEL VICINATO AVRANNO SAPUTO DELLA TUA VITTORIA!
TOPOLINO
?!
DRIIING
AH, SEI TU, MINNI?
E' TUTTA LA MATTINA CHE TI CERCO.
COSA?! NON TOCCARE NIENTE! E' PERICOLOSO! ARRIVO SUBITO!

COS'E' STATO ?
UN FULMINE! E' CADUTO STANOTTE!

IN QUESTA STAGIONE, PUNTUALMENTE, I TEMPORALI FANNO UN SACCO DI GUAI!

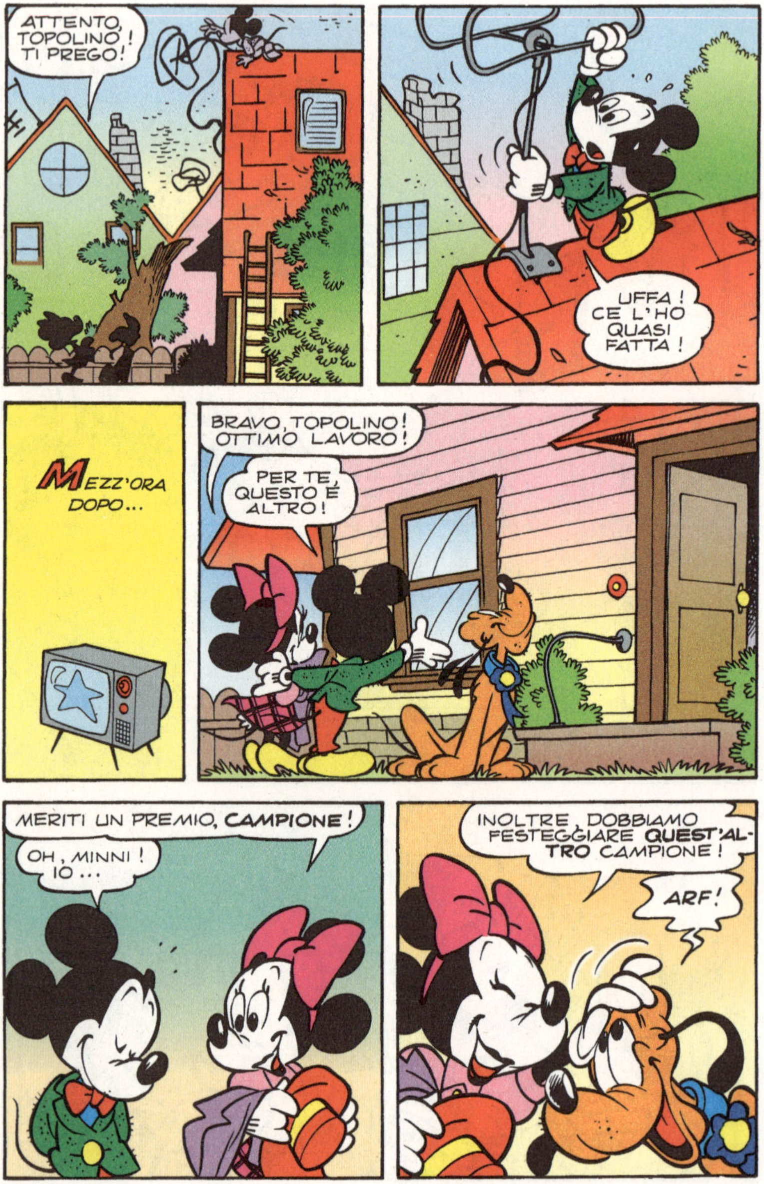
ATTENTO, TOPOLINO! TI PREGO!
UFFA! CE L'HO QUASI FATTA!
MEZZ'ORA DOPO...
BRAVO, TOPOLINO! OTTIMO LAVORO!
PER TE, QUESTO È ALTRO!
MERITI UN PREMIO, **CAMPIONE**!
OH, MINNI! IO...
INOLTRE, DOBBIAMO FESTEGGIARE **QUEST'ALTRO** CAMPIONE!
ARF!

COCCARDA BLU! BRAVISSIMO, PLUTO!
SÌ! È STATO DAVVERO GRANDE!
DEV'ESSERE STATA UNA GARA EMOZIONANTE!
SICURO! I CANI AMMESSI AL CONCORSO ERANO UNA TRENTINA!
MA ALLA FINE PLUTO LI HA SUPERATI TUTTI!
EVVIVA!
CLAP
CLAP
È STATO PROPRIO UN TRIONFO! ALTRO CHE L'ANNO SCORSO!
QUELLA VOLTA PLUTO NON ARRIVÒ NEANCHE IN FINALE!
OH, SÌ! RICORDO!

HO CONSERVATO IL GIORNALE COME RIPORTAVA LA NOTIZIA!
A ME SEMBRAVA, COMUNQUE, UN BUON RISULTATO!
ECCO! "SETTIMO POSTO PER IL CANE DI UN NOSTRO CONCITTADINO ALLA 14ª MOSTRA DI DOGVILLE!"
EH?
BUTTIAMOLO VIA! LE COSE SONO CAMBIATE, ADESSO!
ASPETTA! C'È UNA FOTO IN PRIMA PAGINA!
HO INCONTRATO QUEST'UOMO PROPRIO QUESTA MATTINA!
RAPITO IL PROF. NORTON?
IL PROF. NORTON
IL DR. CESTER
IL DOTT. CESTER DENUNCIA LA SCOMPARSA DEL PR
OH! CHE COINCIDENZA!
TEMPORALE SULLA CITTÀ!

UN TEMPORALE E UN RAPIMENTO... GIUSTO UN ANNO FA!
E ALLORA?
LE STESSE COSE SONO AVVENUTE STANOTTE... COME **DODICI MESI FA!**
OH! E' STATO RAPITO QUALCUNO?
BE', NO... FORSE! C'E' STATA UNA TELEFONATA ANONIMA CHE PARLAVA DI UN RAPIMENTO!
AH!
UNA COSA MOLTO STRANA... SULLA QUALE VALE LA PENA DI INDAGARE!
LABORATORIO NORTON & CESTER
SPERO DI NON FARMI RIDERE DIETRO!

E COSÌ AVETE RICEVUTO ANCHE VOI QUELLA TELEFONATA, DOTTOR CESTER?
SÌ! MI ERO APPENA SVEGLIATO PER LO SCOPPIO DI UN FULMINE QUANDO È SQUILLATO IL TELEFONO!
AIOTTO! SONO... CRACK...
SECONDO LA POLIZIA È UNA BURLA, MA IO CREDO DI AVER RICONOSCIUTO QUELLA VOCE!
EH?
È QUELLA DEL PROFESSOR NORTON!
MA... MA È SPARITO UN ANNO FA!
SPARITO O... RAPITO!
ANCHE SE FOSSE... CHIEDEREBBE AIUTO UN ANNO DOPO?

28

E PER DI PIU' TELEFONANDO A MEZZA CITTA'?
E' ASSURDO, LO SO! MA INTANTO DI NORTON NON SI HANNO PIU' NOTIZIE!
DA QUANDO NON C'E' PIU', LE COSE VANNO MALE! LA CONCORRENZA CI HA SUPERATO!
SONO STATE FATTE INDAGINI SULLA SPARIZIONE?
SI', MA SENZA RISULTATO... E IL CASO E' STATO ARCHIVIATO!
SECONDO LA POLIZIA, NORTON SI E' TRASFERITO IN UN PAESE STRANIERO!
PERO' VOI NON NE SIETE CONVINTO!
NO! E' STATO LUI CHE HA CREATO QUESTO LABORATORIO...
... DOVE HA FATTO LE SUE SCOPERTE PIU' IMPORTANTI!

ERA UN GRANDE INVENTORE! UN AUTENTI-CO GENIO!
HO LETTO CHE FU PREMIATO ALL'AC-CADEMIA DELLE SCIENZE!
SÌ, PER L'INVENZIONE DELL'ELET-TROGRAFO! MISURA IL DIAMETRO DEGLI ELETTRONI!
?
MA IL SUO NOME È LEGATO A QUESTO!
UN GUANTO DA BASE-BALL?

NO! UN SOFISTICATISSIMO **CALCOLATORE DIGITALE**!
OGNI DITO PUO' COMPIERE UNA DIVERSA OPERAZIONE MATEMATICA...
...COMANDATA DIRETTAMENTE DAL CERVELLO!
UAO!
FANTASCIENTIFICO ADDIRITTURA!
MA ANCORA IMPERFETTO, PURTROPPO!
PER ORA, NON E' ANCORA POSSIBILE CONTARE... AIUTANDOSI CON LE DITA!
OH!
IL PROFESSORE ERA MOLTO IMPEGNATO! C'ERA GRANDE ATTESA PER UNA SUA NUOVA, RIVOLUZIONARIA INVENZIONE!

AVEVA RICEVUTO ANCHE PROPOSTE PER PASSARE ALLA CONCORRENZA!
LO AVREBBERO PAGATO MOLTISSIMO, MA AVEVA RIFIUTATO!
POI... IL FATTACCIO, GIUSTO UN ANNO FA!
DOVEVO PORTARGLI IL RISULTATO DI ALCUNE ANALISI! ERA L'UNA E PIOVEVA A DIROTTO!
MA QUANDO ARRIVAI ALLA SUA CASA IN VIALE DEI TIGLI, LA TROVAI VUOTA! IL PROFESSORE ERA SPARITO!
IL RESTO LO SAPETE! SIGH!
CORAGGIO, DOTTOR CESTER! NON PROMETTO NIENTE... MA MI DARÒ DA FARE!
LABORATORIO NORTON & CESTER

IN VIALE DEI TIGLI...
ECCO LA CASA DEL PROFES-SORE!
PROF. W. NORTON
SKREEE..K

LA CASA E' ABBANDONATA! BRRR... CHE IMPRESSIONE!

E QUI, A POCHI PASSI...

...LA CABINA DA CUI LA NOTTE SCORSA...

UHM... PIUTTOSTO MALANDATA!
I SOLITI VANDALI, EH?
ELENCO TEL
EHI! IL TELEFONO E' MUTO!
E' INUTILE, GIOVANOTTO! NON FUNZIONA DA TEMPO!
?
COSA?! MA SE E' STATO USATO PROPRIO STANOTTE!
DI CERTO, NON PER TELEFONARE!

FINE DELLA 1ª PARTE

WALT DISNEY

TOPOLINO E IL MISTERO DELLA VOCE SPEZZATA

2° TEMPO

RICAPITOLIAMO: IN UNA NOTTE DI TEMPORALE, UN MISTERIOSO MESSAGGIO TELEFONICO RAGGIUNGE CONTEMPORANEAMENTE PIÙ PERSONE, TRA CUI IL **DOTTOR CESTER** CHE CREDE DI RICONOSCERE LA VOCE DEL **PROFESSOR NORTON** IL SUO SOCIO MISTERIOSAMENTE SCOMPARSO PROPRIO UN ANNO PRIMA. TOPOLINO INDAGA E SCOPRE CHE LA CABINA DA CUI È PARTITA LA TELEFONATA È FUORI USO ESATTAMENTE DA UN ANNO...

EPPURE LA TELEFONATA C'E' STATA! LA MIA **SEGRETERIA TELEFONICA** NON PUO' ESSERSELA SOGNATA!
E IL PROFESSOR NORTON CHE FA RISENTIRE LA SUA VOCE... DODICI MESI DOPO ESSERE SCOMPARSO?
UNA SERIE DI FATTI **INSPIEGABILI**! A MENO CHE...
HA L'ARIA MOLTO PREOCCUPATA! CHISSA'...
DEVO PROVARE, PLUTO... ANCHE SE RISCHIO DI PERDERCI UN SACCO DI TEMPO!

38

PIÙ TARDI...
SOCIETÀ DEI TELEFONI
SONO TOPOLINO! IL DIRETTORE TECNICO MI ATTENDE!
MISTER PHONE? È ARRIVATO IL SIGNOR TOPOLINO! BENE... LO FACCIO PASSARE!
ACCOMODATEVI, PREGO! DOPO LA VOSTRA TELEFONATA, HO GIÀ SVOLTO QUALCHE INDAGINE!
PHONE
RESP.LE IMPIANTI ESTERNI
RISULTATI?
NIENTE DI CERTO, PURTROPPO! NULLA PROVA CHE LE COSE SIANO ANDATE...
...COME SOSPETTATE VOI, TUTTAVIA NULLA LO ESCLUDE! ANZI, LA VOSTRA IPOTESI È L'UNICA PLAUSIBILE!
GRAZIE DELLA COLLABORAZIONE!
DOVERE!

POI...
VOGLIO RISENTIRE IL MESSAGGIO!
CLICK
AIUTO! AIUTO! MI RAPISCONO! PRESTO... AIOTTO! AIOTTO! SONO... CRACK!
AIOTTO! PERCHE' QUELLA PAROLA SENZA SENSO?
UHM... E SE UN SENSO LO AVESSE... MAGARI NASCOSTO?
VIENI, PLUTO! TORNIAMO IN VIALE DEI TIGLI!
SE C'E' UN INDIZIO, LA' LO TROVEREMO!

... E VOLEVA TELEFONARE DA QUESTA CABINA FUORI SERVIZIO!
BUON GIORNO, SIGNORA! CI SI RIVEDE, EH?
E' LUI! E' LUI! IL GIOVANOTTO DELLA CABINA!
GUARDA! CI RIPROVA!
INCREDIBILE!
KREEKK
DUNQUE... COSA PUO' ESSERCI CHE...

UHM ... L'ELENCO TELEFONICO, FORSE?
MIGLIAIA DI PAGINE TUTTE PIENE DI NUMERI E ...
EHI! QUESTA E' DIVERSA! E SE NON SBAGLIO...
MA SÌ! HO TROVATO! **EVVIVA**!
VIENI, PLUTO! CERCHIAMO UN TELEFONO, PRESTO!
MEGLIO AL-LONTANARSI E FAR FINTA DI NIENTE!

COSÌ...
...E MI AVETE DETTO CHE NORTON AVEVA RICEVUTO PROPOSTE PER PASSARE ALLA CONCORRENZA, VERO? BENE, AVEVA UN NOME... QUESTA CONCORRENZA? SÌ... EPSILON? COME? NORTON NON RIUSCIVA MAI A TENERE IN MENTE QUEL NOME?
GRAZIE DELL'INFORMAZIONE, DOTTOR CESTER! MI SIETE STATO DI GRANDISSIMO AIUTO!
POI...
TUTTO COINCIDE, PLUTO! SIA LA DISTRAZIONE DEL PROFESSORE...
...SIA LA DISLOCAZIONE DEL LABORATORIO, CHE È PROPRIO NELLA ZONA GIUSTA!
HO RISOLTO IL MISTERO DELLA VOCE SPEZZATA! CORRIAMO A DIRLO A BASETTONI!
LABORATORIO EPSILON
VIETATO L'ACCESSO AGLI ESTRANEI
ZONA PROIBITA

COMMISSARIO! RICORDATE IL CASO "TELEFONATE ANONIME"?
LO SCHERZO? SÌ, MA...
NON SI TRATTAVA DI UNO SCHERZO! NE SONO SICURO!
OH!
PREPARATEVI A SENTIRE UNA **STORIA INCREDIBILE**!
E COSÌ DOPO UNA LUNGA SPIEGAZIONE...
INCREDIBILE È DIR POCO!
QUESTA È **FANTA-SCIENZA**!
EEEEEEEE
SPERIAMO CHE LA TUA IPOTESI REGGA, TOPOLINO! NON VORREI TROVARMI A DIRIGERE IL TRAFFICO!

ATTENZIONE! SONO IL CAPO DELLA POLIZIA! SAPPIAMO CHE TENETE PRIGIONIERO IL PROFESSOR NORTON!
LABORATORIO EPSILON
VIETATO L'ACCESSO AGLI ESTRANEI

SIETE ACCERCHIATI! USCITE CON LE MANI IN ALTO!

QUI CI GIOCHIAMO LA CARRIERA, CAPO!
EHI! GUARDATE! STANNO USCENDO!
NON SPARATE! NON SPARATE! CI ARRENDIAMO!
FERMI TUTTI!
FORZA, PLUTO! MOSTRACI QUANTO VALI!
ARF! ARF!

46

SNIFF! SNIFF!
ARF! ARF!
SFONDATE QUEL-LA PORTA!
SBRANG
IL PROFESSOR NORTON, SUP-PONGO?
FINALMENTE! È DA **UN ANNO** CHE VI ASPETTO!

QUELLA SERA...
ULTIME NOTIZIE! RITROVATO IL PROFESSOR NORTON! CONFERENZA STAMPA DELLA POLIZIA!
LIBERATO IL PROF NORTON
TAXI
ECOLOGIC

UN ATTIMO DI PAZIENZA, SIGNORI! VI SPIEGHEREMO TUTTO!

LA PRIMA COSA CHE DEVO DIRVI E' CHE IL MERITO E' DI **TOPOLINO**!
QUINDI, SARÀ LUI A DARVI TUTTE LE SPIEGAZIONI SUL **CASO DELLA VOCE SPEZZATA**!
DUNQUE... TUTTO E' COMINCIATO ESATTAMENTE UN ANNO FA!
SULLA CITTÀ PIOVEVA A DIROTTO...
... E MEZZANOTTE ERA PASSATA DA POCO!

"IL PROFESSOR NORTON STAVA LAVORANDO ATTORNO A UNA SUA INVENZIONE..."
CESTER SARÀ QUI TRA POCO CON I RISULTATI DELLE ANALISI, COSÌ POTRÒ...
"IMPROVVISAMENTE..."
BUONASERA, PROFESSORE!
?
EHI! MA... CHE VOLETE A QUEST'ORA DELLA NOTTE?
VOGLIAMO VOI, PROFESSORE!
PFUI! VI HO GIÀ DETTO CHE NON LAVORERÒ MAI PER IL VOSTRO LABORATORIO... CHE NON RICORDO NEMMENO COME SI CHIAMA!
E ADESSO FUORI! SPARITE!
TSK! TSK!

SARETE VOI
A SPARIRE!
ULP!
AIUTO!
PRENDETELO!
LASCIATEMI!
LASCIATEMI!
FATELO
TACERE, PRESTO!
APPROFITTANDO DEL
BUIO, IL PROFESSO-
RE RIUSCÌ A DIVIN-
COLARSI!
EH! EH! NONOSTANTE L'ETÀ, MI
MANTENGO IN OTTIMA
FORMA!

FERMATELO! NON LASCIATELO SCAPPARE!
LA POLIZIA! DEVO CHIAMARE LA POLIZIA!
NON C'E' IN GIRO NESSUNO!
LA CABINA DEL TELEFONO! FORSE...
SGRUNT! DOV'E' ANDATO?
ECCOLO LÀ!

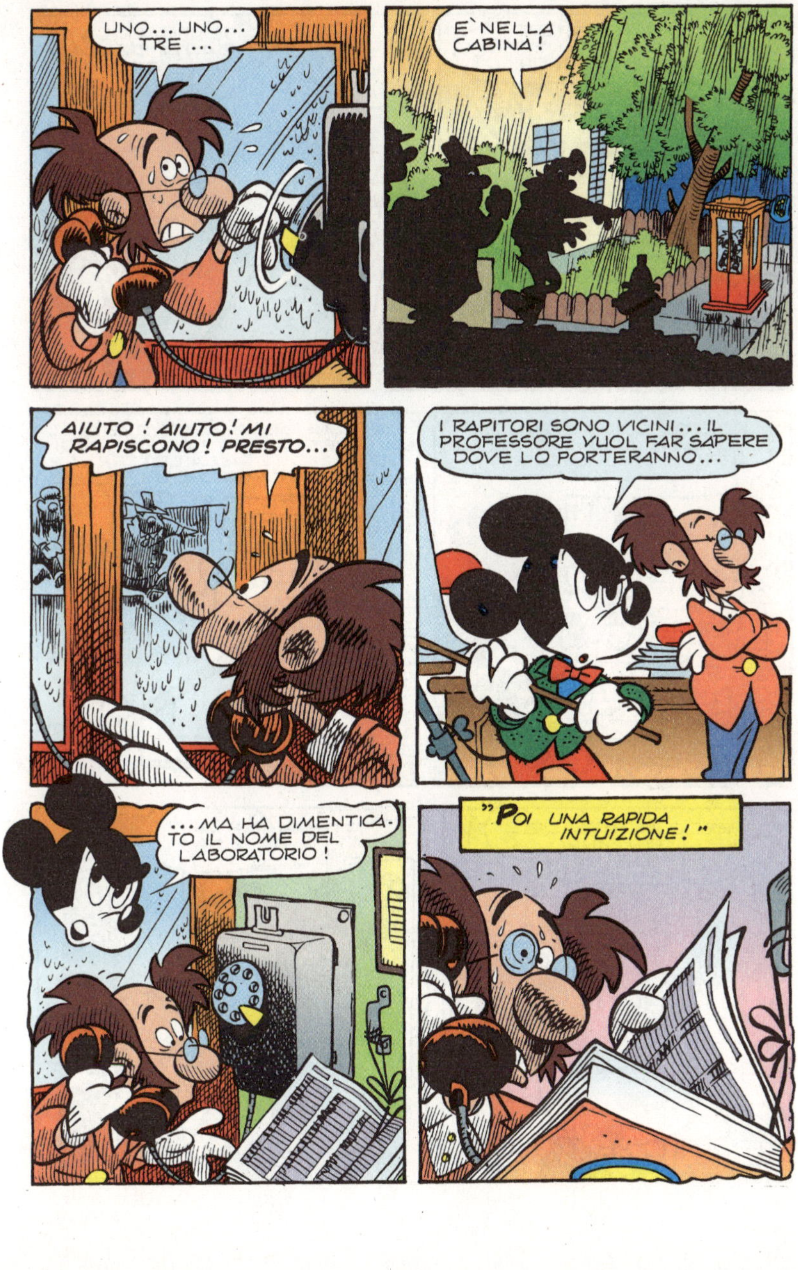
UNO... UNO... TRE ...
E` NELLA CABINA!
AIUTO! AIUTO! MI RAPISCONO! PRESTO...
I RAPITORI SONO VICINI... IL PROFESSORE VUOL FAR SAPERE DOVE LO PORTERANNO...
...MA HA DIMENTICATO IL NOME DEL LABORATORIO!
"POI UNA RAPIDA INTUIZIONE!"

CHE COSA HA VISTO DI TANTO INTERESSANTE SUL-L'ELENCO TELEFONICO?
GIA'! COSA?
SEMPLICE! LA PIANTA DELLA CITTA'!
NORTON NON RICORDA NE' NOME NE' INDIRIZZO; MA SA APPROSSIMATIVAMENTE IN QUALE ZONA...
...SI TROVA IL LABORATORIO! E' QUEL-LA CORRISPONDENTE ALLE COORDINATE INDICATE DALLA LETTERA I E DAL NUMERO 8!
PERCIO', NORTON URLA CHE LO POTRANNO TROVARE...
A I8! A I8!

FATELO TACERE!
SONO...
CRAA
VIA! VIA!
VROOOOM
NORTON FU RAPITO E COSTRETTO A LAVORARE PER IL LABORATORIO EPSILON...
...FINO A POCHE ORE FA!
AVETE QUALCHE DOMANDA DA FARE?
PERCHÈ LA POLIZIA NON RICEVETTE LA TELEFONATA?
E COME MAI È ARRIVATA UN ANNO DOPO...
...E A UNA VENTINA DI PERSONE CONTEMPORANEA-MENTE?

BE'... ANCHE PER I TECNICI DELLA SOCIETA' DEI TELEFONI QUESTO E' L'ASPETTO PIU' MISTERIOSO!
...
COMUNQUE, DEV'ESSERE ANDATA PIU' O MENO COSI'...
"RITORNIAMO AL MOMENTO IN CUI NORTON VIENE RAPITO..."
A I8! A I8! SONO...
CRAAAK
"UN FULMINE CADE POCO LONTANO! LO SI SENTE..."
"...CHIARAMENTE NEL TELEFONO! BLOCCA L'OROLOGIO ELETTRONICO..."
...E ANCHE LA TELEFONATA DEL PROFESSOR NORTON!
PANEL 2

IL MESSAGGIO SI FERMÒ QUI, NEL PUNTO IN CUI LA LINEA TELEFONICA FU COLPITA DAL FULMINE!
E COME È STATO... EHM... LIBERATO?
VE LO SPIEGO SUBITO!
PANEL 2
"STANOTTE, UN ANNO DOPO E ALLA STESSA ORA, SI È ABBATTUTO SU TOPOLINIA UN VIOLENTO TEMPORALE!"
ANN...NN
"HA FATTO UN SACCO DI GUAI E SOPRATTUTTO..."
...HA SBLOCCATO LA LINEA TELEFONICA! LA CHIAMATA...
...DEL PROFESSOR NORTON È COSÌ POTUTA ARRIVARE A DESTINAZIONE!
PANEL 3

ANZI... A MOLTE DESTINAZIONI!
"SI È DIFFUSA COME IMPAZZITA!"
CENTRALE DI POLIZIA! PRONTO?
EH? CHI PARLA?
COSA DITE? NON CAPISCO!
IL PROFESSOR NORTON?!
CLIC
BZZZZ

IL RESTO LO CONOSCETE GIÀ!
CLAP CLAP CLAP CLAP
GRAZIE, TOPOLINO! DOBBIAMO USCIRE A FESTEGGIARE UNA DI QUESTE SERE!
MA VERRÒ A FISSARE DI PERSONA! NIENTE TELEFONATE, EH! EH!
AH! AH!
TUTTI INSIEME PER UNA FOTO, PER FAVORE!

LA GIORNATA E' FINITA... E ANCHE LA NOSTRA AVVENTURA E LA PIOGGIA...
... FORSE DOMANI, TOPOLINIA SI SVEGLIERA' SOTTO IL SOLE!
FINE

TOPOLINO e il CASO SOTTILISSIMO
WALT DISNEY
B-2619-1
GANCETTO STA PASSANDO IN RASSEGNA LE ULTIME AVVENTURE DI TOPOLINO ...
EHI! DI QUESTA NON HO MAI SENTITO PARLARE!
E' UNA STORIA DI NON MOLTO TEMPO FA ...
TOPOLINO E PIPPO RISOLVONO IL CASO "SOTTILISSIMO"
IN QUEL PERIODO SI VERIFICO' A TOPOLINIA UNA SERIE DI FURTI INSPIEGABILI!
ULP!
"NESSUNO CAPIVA COME IL LADRO FACESSE A ENTRARE E USCIRE DA LUOGHI TEORICAMENTE INACCESSIBILI! E LA POLIZIA ..."
... LA POLIZIA BRANCOLA NEL BUIO, VERO?
EHM ...
UMPF! TUTT'ALTRO!

SAPPIATE CHE ABBIAMO GIA' SCOPERTO IL COLPEVOLE! E' MACCHIA NERA!
MANETTA, NON ...
GIA'! I BIGLIETTI FIRMATI CHE LASCIA SUL POSTO LO INCHIODANO!
COMPLIMENTI PER LA PERSPICACIA!
ANDRO' A TROVARE IL COMMISSARIO! DI CERTO HA BISOGNO DI TIRARSI SU IL MORAL ...UH?
Vuoi i denti bianc come i miei? Us
usa....
SBIAN
GORILLA
NON MI SEMBRA UN MESSAGGIO MOLTO AZZECCATO!
Parfum
TOPOBEL
UH, UH!
E NEMMENO QUESTO!
STECCHISCE
MOSCHE E ZANZARE!
UH! ORA CAPISCO!
CIAO, TOPOLINO!

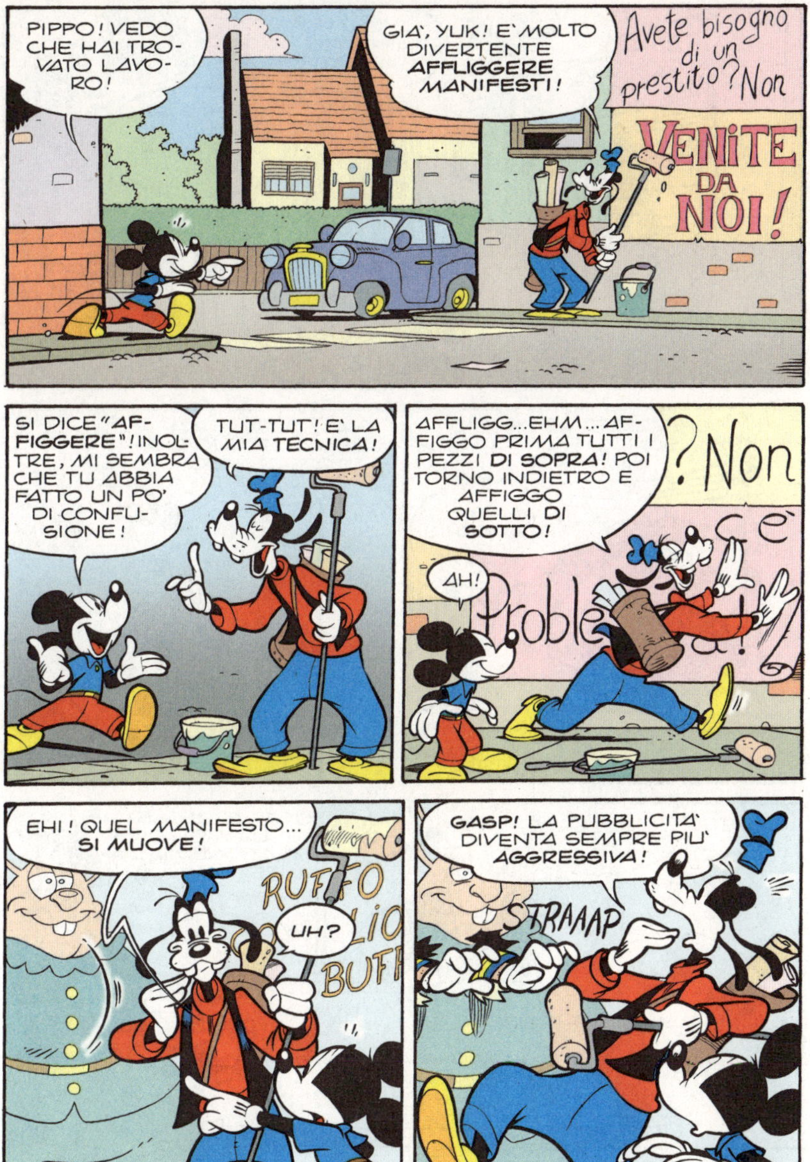
PIPPO! VEDO CHE HAI TROVATO LAVORO!
GIA', YUK! E' MOLTO DIVERTENTE **AFFLIGGERE MANIFESTI**!
Avete bisogno di un prestito? Non
VENITE DA NOI!
SI DICE "**AFFIGGERE**"! INOLTRE, MI SEMBRA CHE TU ABBIA FATTO UN PO' DI CONFUSIONE!
TUT-TUT! E' LA MIA **TECNICA**!
AFFLIGG... EHM... AFFIGGO PRIMA TUTTI I PEZZI **DI SOPRA**! POI TORNO INDIETRO E AFFIGGO QUELLI **DI SOTTO**!
? Non
c'è
Proble
AH!
EHI! QUEL MANIFESTO... **SI MUOVE**!
RUFFO
BUFF
UH?
GASP! LA PUBBLICITA' DIVENTA SEMPRE PIU' **AGGRESSIVA**!
STRAAAP

PIPPO!
O-OH! HO... AFFLITTO BASETTONI!
EH, GIA'! SIAMO AL COMMISSARIATO!
BUFFO CONIGLIO BUFFO
JOE
SCHERZATE, VOI! MA IO SONO AFFLITTO SUL SERIO!
E' PER VIA DI MACCHIA NERA, VERO?
GIA'! I SUOI FURTI-BEFFA STANNO RIDICOLIZZANDO LA POLIZIA!
IH, IH!
VEDETE?
CIRCOLATE, VOI!
EHM... FORSE E' MEGLIO SE CONTINUIAMO LA CONVERSAZIONE ALL'INTERNO!
CONIGLIO BUFFO!

64

ECCO I BIGLIETTI CHE CI LASCIA! SONO BEFFARDI E ANCHE UN PO'... ENIGMATICI!
?
UHM... SEMBRA QUASI CHE, TRA LE RIGHE, VOGLIA COMUNICARCI QUALCOSA!
Sono una.... sagoma, eh?
Non appaio molto... spesso!
Anche questa volta ho lavorato... di fino!
QUI VUOL DIRCI CHE COLPIRÀ DI NUOVO, QUESTA NOTTE, AL MUSEO DEL CUCCHIAIO PREZIOSO!
DA CHE COSA LO HAI CAPITO?
BE', È SCRITTO ABBASTANZA CHIARAMENTE SUL RETRO!
CHE SFRONTATEZZA!
COLPIRÒ DI NUOVO, QUESTA NOTTE, AL MUSEO DEL CUCCHIAIO PREZIOSO!
QUELLO SBRUFFONE TROVERÀ AD ATTENDERLO UNA GUARNIGIONE DI AGENTI!
SARÒ ANCH'IO DELLA PARTITA! E TU, PIPPO?
PURTROPPO NO! SONO IN ARRETRATO E LAVORERÒ ANCHE STANOTTE!

COSI'...
ECCO FATTO! GLI AGENTI CIRCONDANO L'EDIFICIO E ALTRI ANCORA SONO SUL TETTO!
BISOGNA ESSERE... UN FOGLIO DI CARTA PER OLTREPASSARE QUESTA BARRIERA!
NON SAI QUANTO HAI RAGIONE, CARO BASETTONI...
EH, EH! E' ORA DI INGERIRE UNA DELLE MIE FAVOLOSE CARAMELLE!
TOH! C'E' QUELLO SCIOCCO DI PIPPO AL LAVORO! GLI FARO' UNO SCHERZO!
DUM-DE-DUM!
Via le MACCHIE con SBIANCAMAX

CIAO, PIPPO! SONO L' OMINO NERO DEL-LA SBIANCAMAX!
UH? UNA PUBBLICITA' CHE PARLA?
GIA'! CHE PAR-LA E CHE... COLPI-SCE NEL SE-GNO!
SBONK
AH, AH! PENSIAMO ALLE COSE SERIE, ORA!
OHI, OHI!
SBIANCA MAX
UMPF! IL TUO COLLEGA E' PIUTTOSTO ANTIPATI-CO, SAI?
TOH! HA PERSO ALCUNE CARAMEL-LE!
SE FOSSE STATO PIU' GEN-TILE, GLIELE AVREI RE-STITUITE! INVECE, ME LE TENGO E ME LE MAN-GIO!

INTANTO...
SECONDO ME GLI ABBIAMO MESSO PAURA E NON SI FARA' VEDERE!
VOI DIT... UH?
CAPO! ALLE VOSTRE SPALLE... MACCHIA NERA!
COSA?
ZIP
SONO SOLO LE NOSTRE OMBRE! SEI SUGGESTIONABILE, TOPOLINO!
EPPURE MI E' SEMBRATO...
WEEEEEEEEEEE
ULP! L'ALLARME!
MACCHIA NERA E' DENTRO! MA COME HA FATTO?
GLOM! L'ARGENTERIA... DEPREDATA!
ECCO LA' IL SOLITO BIGLIETTO!
CON LA SOLITA FRASE BEFFARDA ED ENIGMATICA!
Avete apprezzato la mia... sottigliezza?

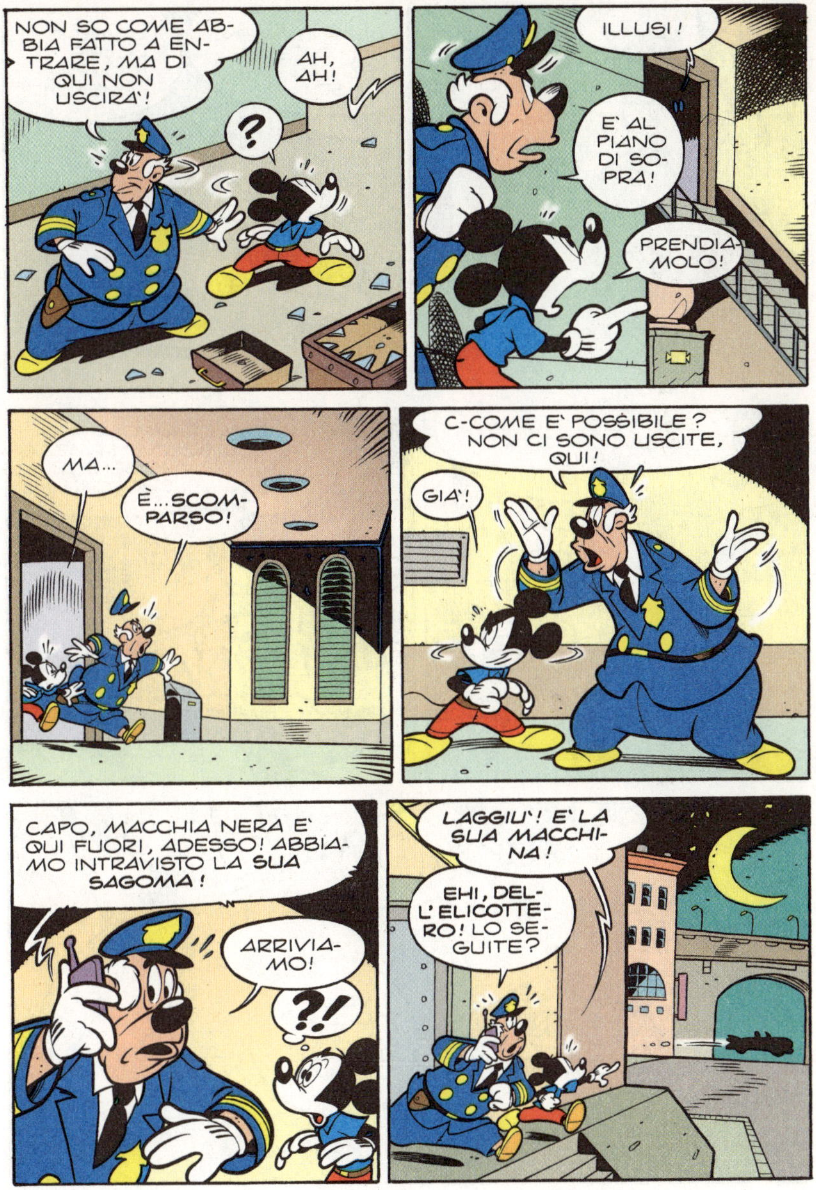
NON SO COME ABBIA FATTO A ENTRARE, MA DI QUI NON USCIRA'!
AH, AH!
?
ILLUSI!
E' AL PIANO DI SOPRA!
PRENDIAMOLO!
MA...
È...SCOMPARSO!
C-COME E' POSSIBILE? NON CI SONO USCITE, QUI!
GIA'!
CAPO, MACCHIA NERA E' QUI FUORI, ADESSO! ABBIAMO INTRAVISTO LA SUA SAGOMA!
ARRIVIAMO!
?!
LAGGIU'! E' LA SUA MACCHINA!
EHI, DELL'ELICOTTERO! LO SEGUITE?

SEGUITE ...CHI, CAPO? DA QUASSU' NON VEDIAMO NESSUNO!
ULP! NEMMENO IO LO VEDO PIU', ADESSO!
GLAB! IO CI CAPISCO SEMPRE MENO!
WEEEEEEE...
P31
EHI! RIECCOLO LA'! HA SVOLTATO IN QUELLA STRADA!
E' IN TRAPPOLA! QUI C'E' SOLO UN PIAZZALE SENZA SBOCCHI!
16
EEEH?!
VOLATILIZZATO! LUI E LA MACCHINA!
SKREEEE
P31

DI CERTO SI E' NASCOSTO IN UNA DI QUESTE PALAZZINE!
LO STANEREMO!
MANETTA, TU E I TUOI PERQUISITE L'EDIFICIO A DESTRA! NOI CI OCCUPEREMO DI QUELLO A SINISTRA!
OKAY!
AL SETACCIOOO!
?
"LA POLIZIA PERQUISI' DA CIMA A FONDO ENTRAMBI I PALAZZI..."
"...MA DI QUEL FURFANTE NON C'ERA TRACCIA!"
E' UN OLTRAGGIO! PROTESTERO' PRESSO IL SINDACO!
"FINCHE'..."
ARRENDETEVI! NON POTETE FARE NULLA...
?
ULP! E' NEL PALAZZO ATTIGUO!

...CON UN GENIO DEL MIO... SPESSORE!
GASP! E' NEL PALAZZO ATTIGUO!
ADDOSSOOO!
KRASH
UH?
BE'?
MA...?
COME VI HO DETTO, PROTESTERO' PRESSO IL SINDACO!
GROAN...
CHE COSA AVEVA ESCOGITATO, QUESTA VOLTA, MACCHIA NERA? ERAVAMO A UN PUNTO MORTO! MA, IL GIORNO DOPO, RICEVETTI UNA STRANA TELEFONATA...
?

YAWN... CHI SARA', COSI' DI BUON MATTINO?
BRIIIP
OH, PIPPO! NON SEI AL LAVORO?
NO, HO UN PROBLEMA! MI SONO RESO CONTO ALL'IMPROVVISO...
...DI ESSERE UN TIPO POCO PROFONDO... E VORREI PARLARNE CON TE!
???
IL PIPPO INTROSPETTIVO LO DOVEVO ANCORA VEDERE!
113
COME TI E' VENUTO IN MENTE QUESTO PENSIERO BALZANO?
YUK! COLPA DELLE CARAMELLE!
PIPPO
NE HO MANGIATA UNA E... SONO DIVENTATO COSI'!
ULP! MA TU SEI... LETTERALMENTE POCO PROFONDO!

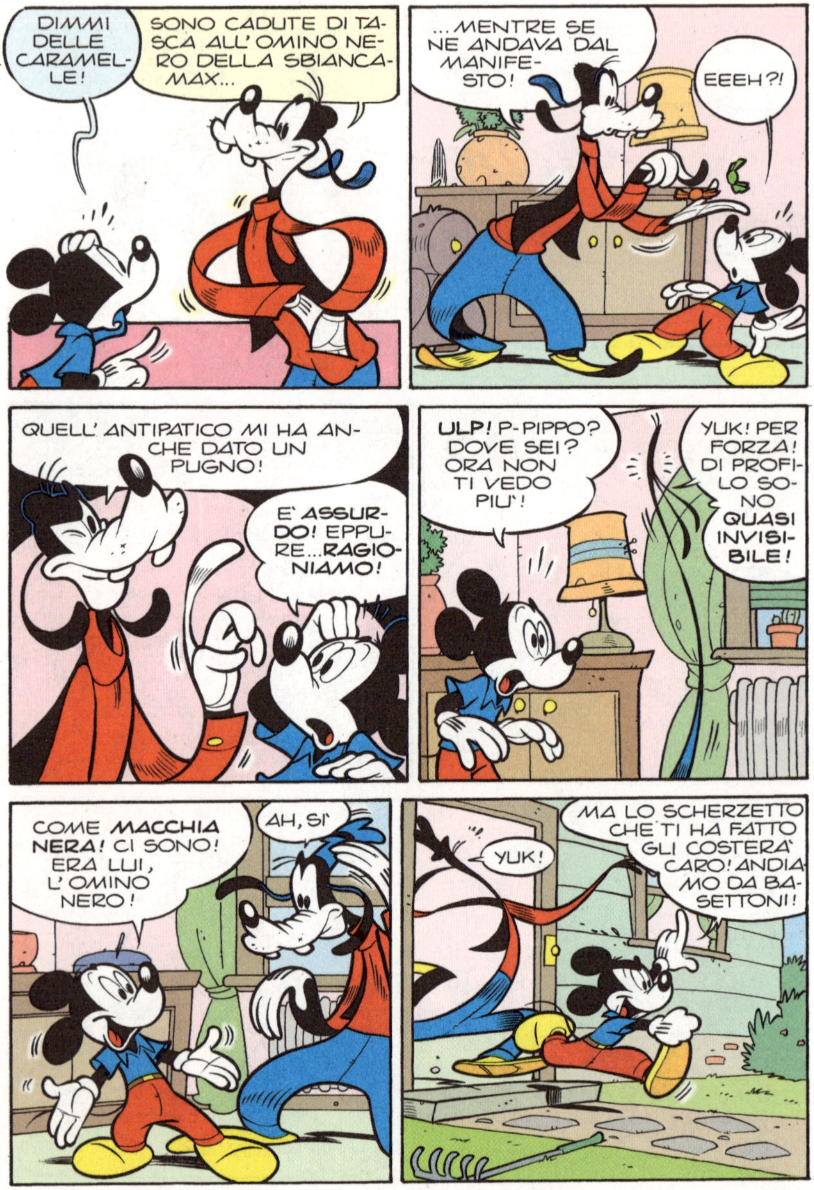
DIMMI DELLE CARAMELLE!
SONO CADUTE DI TASCA ALL'OMINO NERO DELLA SBIANCAMAX...
...MENTRE SE NE ANDAVA DAL MANIFESTO!
EEEH?!
QUELL' ANTIPATICO MI HA ANCHE DATO UN PUGNO!
E' **ASSURDO!** EPPURE... **RAGIONIAMO!**
ULP! P-PIPPO? DOVE SEI? ORA NON TI VEDO PIU'!
YUK! PER FORZA! DI PROFILO SONO **QUASI INVISIBILE!**
COME **MACCHIA NERA!** CI SONO! ERA LUI, L'OMINO NERO!
AH, SI'
YUK!
MA LO SCHERZETTO CHE TI HA FATTO GLI COSTERA' CARO! ANDIAMO DA BASETTONI!

E...
SE NON LO VEDESSI CON I MIEI OCCHI, NON CI CREDEREI!
ORA BASTA CON LA DIMOSTRAZIONE, PIPPO!
YUK! E PERCHE'? MI STO DIVERTENDO UN SACCO!
FLIP
ECCO SPIEGATE MOLTE COSE ...
... ANCHE IL DOPPIO SENSO DEI BIGLIETTI!
GIA'! UH?
GRIND
OUCH!
Non appaio molto... spesso!
O-OH! L'EFFETTO DELLA CARAMELLA E' FINITO!
BILL, MANDAMI IL TECNICO DELLA FOTOCOPIATRICE!
AIUTOOO!
ORA POSSIAMO AGIRE SENZA FARCI COGLIERE DI SORPRESA!
SE PERMETTETE, HO GIA' UN PIANO!
VEDRETE, QUEL GAGLIOFFO FINIRA' IN TRAPPOLA!
MAGNIFICO!
RICERCATO

TSK! ODIOSO TOPO!
RICERCATO
FLIP
STAREMO A VEDERE... CHI INTRAPPOLERÀ CHI!
COSÌ...
MACCHIA HA ANNUNCIATO CHE STANOTTE COLPIRÀ ALLA PINACOTECA!
TRA POCO INGERIRÒ LA BIDI-CARAMELLA E LO ASPETTERÒ, MIMETIZZATO NEL FAMOSO QUADRO "I GIOCATORI DI BRISCOLA"!
YUK! DAVVERO NON VUOI CHE RESTI CON TE?
NO! VAI PURE AL LAVORO E... NON TEMERE!
IN CASO QUALCOSA ANDASSE STORTO, C'È MEZZO COMMISSARIATO, LÌ FUORI!

E' QUASI MEZZANOTTE! MEGLIO PREPARARSI... GNAM!
ECCEZIONALE! ORA SONO SOTTILE COME UN FOGLIO DI CARTA!
UHM... ANCORA NON SI VEDE! SPERIAMO CHE SI FACCIA VIVO PRESTO!
L'EFFETTO DELLA CARAMELLA E' TEMPORANEO E NON VORREI CHE...
EH, EH!
?
MA... HO LE TRAVEGGOLE? MI SEMBRA CHE IL MIO COMPAGNO DIPINTO STIA SORRIDENDO!
A-AH! E ADESSO CHE COSA FAI, TOPASTRO?
G-GASP! IO...

... IO RILANCIO!
OUCH!
FRRRL
A ME QUELLA PISTOLA!
TSK!
PRENDIMI, SE CI RIESCI! AH, AH!
VOOOSH
FLIP
OOOOOOOH!
BANCA TOPOMONEY
Ecco il trattamento che riserviamo ai nostri clienti!
SPLAT
?
SPLAT

trattamento che
ai nostri clienti!
FLIP
FLIP
GASP! RITIRERO' DOMANI STESSO I MIEI RISPARMI!
AH, AH, AH!
NON TI MOLLO!
OPS!
ATTENTO! IL CAMION!
?
SKREEE
OH, NO!
C-CHE COSA HO COMBINATO?!
NON PREOCCUPATEVI, SIGNORE! E' TUTTO A POSTO!

"IL BIZZARRO INSEGUIMENTO PROSEGUI' A LUNGO! FINCHE'..."
PUFF!
WUP
ULP! E' SPARITO! E, NUOVAMENTE, IN PROSSIMITA' DI QUELLE PALAZZINE!
DUNQUE IL SUO COVO E' PROPRIO DA QUESTE PARTI... MA DOVE?
CON LA POLIZIA ABBIAMO GUARDATO DAPPERTUTTO, TRANNE CHE ...
...NELLE FESSURE! FULMINI! E SE FOSSE PROPRIO QUI, CHE SI NASCONDE?
AH, AH, AH!
FLIP
GLAB! CREDO DI AVERCI AZZECCATO!

ALLA FINE TI HO CONDOTTO DOVE VOLEVO, TOPO!
BENVENUTO NEL MIO COVO BIDIMENSIONALE!
CLIC
GASP! INCREDIBILE!
QUI DENTRO OGNI COSA E' PRIVA DI SPESSORE!
MERITO DI QUESTO AGGEGGIO!
IL BIDIMENSIONATORE ANNULLA LA TERZA DIMENSIONE DEGLI OGGETTI INANIMATI! IN MANIERA REVERSIBILE, OVVIAMENTE!

PURTROPPO NON FUNZIONA SULLE PERSONE! PER ASSUMERE LA BIDIMENSIONALITA' E' NECESSARIO MANGIARE QUESTE BIDICARAMELLE!
L' EFFETTO DURA CIRCA UN' ORA... E QUESTO E' UN PROBLEMA!
BE', NE HAI UNA BELLA SCORTA, NO?
VRRR
OH, MA IO INTENDEVO UN PROBLEMA... PER TE!
POK
INFATTI, TRA POCO, L' EFFETTO DELLA TUA CARAMELLA FINIRA'! RIDIVENTERAI TRIDIMENSIONALE ALL' IMPROVVISO...
...E LA COSA NON SARA' AFFATTO PIACEVOLE, DATA LA TUA POSIZIONE!
G-GLOM!
IO, INVECE, TRASLOCO! QUESTO RIFUGIO COMINCIA A STARMI... STRETTO! AH, AH!

ADDIO, STRIMINZITO EROE!
VROOOM
"LA SITUAZIONE ERA DAVVERO BRUTTA! NON MI RESTAVA CHE CHIAMARE..."
AIUTO! AIUTOOO!
EHI, DI LA'! VOLETE ABBASSARE IL VOLUME DI QUEL TELEVISORE?
UH?
BUMP BUMP
MA GUARDA CHE STRANO! STAVO PER DIRVI LA STESSA COSA!
GRRR!
MI VIENE UN'IDEA!
SONO TOPOLINO E FACCIO QUANTO CHIASSO MI PARE! VENITE A FARMI SMETTERE, SE AVETE CORAGGIO!
COSA?! BADATE CHE CI METTO POCO A...
E A ME CI VUOLE NIENTE PER...

CROCK
PICK
POK
PAK
BE'?! SARESTE VOI... TOPOLINO?
NO, SONO IO! DATEMI UNA MANO E VI SPIEGHERO' TUTTO!
FIUUU! APPENA IN TEMPO!
POP
COMMISSARIO!
TOPOLINO! TI STAVAMO CERCANDO! TUTTO BENE?
SI', MA... MACCHIA NERA E' FUGGITO CON IL BOTTINO!
EH, EH! INVECE NO!

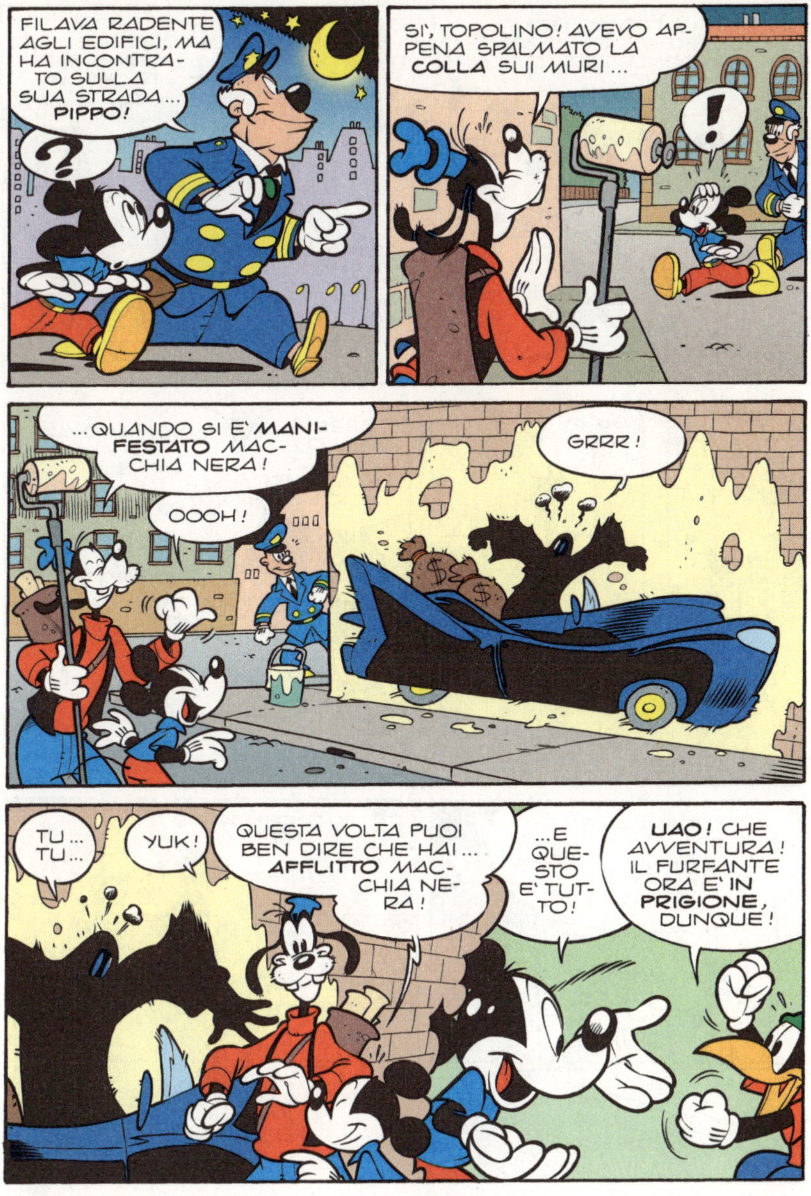
FILAVA RADENTE AGLI EDIFICI, MA HA INCONTRATO SULLA SUA STRADA... PIPPO!
?
SI', TOPOLINO! AVEVO APPENA SPALMATO LA COLLA SUI MURI...
!
...QUANDO SI E' MANIFESTATO MACCHIA NERA!
GRRR!
OOOH!
TU... TU...
YUK!
QUESTA VOLTA PUOI BEN DIRE CHE HAI... AFFLITTO MACCHIA NERA!
...E QUESTO E' TUTTO!
UAO! CHE AVVENTURA! IL FURFANTE ORA E' IN PRIGIONE, DUNQUE!

EHM... PURTROPPO NO! IN CARCERE FECERO L'ERRORE DI ASSECONDARE TROPPO I SUOI... HOBBY!
ECCO IL PEZZO CHE TI SERVIVA! MA CHE COSA NE FAI?
OH, NULLA... MI PIACE COSTRUIRE INUTILI COSINE ELETTRICHE...
"FINCHE'..."
GLOM!
Ho trovato il modo di trasformarmi in corrente elettrica! Addio, babbei!
BRRR! QUELLO E' DAVVERO UN GENIACCIO!
EH, SI'! ANDIAMO A FARCI UNA PIZZA?
QUALCOSA MI DICE CHE TRA NON MOLTO SENTIREMO ANCORA PARLARE DI LUI!
BZT
FZT
PUOI CONTARCI, TOPO!
FINE

PAPERINO & PAPERICA in
GIALLO IN ONDA
NO, TEODORINDA! NON TE NE ANDARE ADESSO! LA NOTTE E' ANCORA GIOVANE! E LA LUNA SEMBRA SPLENDERE SOLTANTO PER NOI DUE!
E' VERO... NON SI VEDE IN GIRO NESSUNO! E NON VOGLIO ATTRAVERSARE IL BOSCO DA SOLA!
TI RIACCOMPAGNERO' IO AL CASTELLO DI TUO ZIO, IL CONTE GROFUS! NON C'E' RAGIONE DI AVERE PAURA!
UN MOMENTO, RUDOLPH! CHE COS'E' QUESTO RUMORE?!
QUALE RUMORE? INTENDI FORSE IL GRILLO CHE FRINISCE? O LA RANA CHE GRACIDA? O LA TALPA CHE...UHM...SCAVA?
CRIII CRIII KRAAA SCRAP

QUESTO RUMORE! UN TEMPORALE SI AVVICINA!
RUMBLE
COMINCIA A PIOVERE! SENTI IL TICCHETTIO DELLE PRIME GOCCE SULLE FOGLIE DEI PLATANI?
TIC TIC TIC
IO SENTO SOLO IL MIO CUORE CHE BATTE PER TE, CARA!
OOOH! COM'È ROMANTICO!
TUM TUM TUM
DUNQUE TU MI...
SÌ! IO TI...
E DITEVELO, BABBEI!
SMACK
UAO!
BASTA, RUDOLPH! BASTA COSÌ!
SCUSA! SONO STATO TROPPO AUDACE, BACIANDO LA TUA CANDIDA GUANCIA!
RADIO PAPEROPOLI NETWORK

MA DEVI CAPIRE CHE QUANDO GUARDO I TUOI OCCHI COSI' **BELLI**...QUANDO TI VEDO COSI' **AFFASCINANTE, ELEGANTE**...
...E COSI' FRAGILE, TENERA, DOLCE...
...INSOMMA, IN MOMENTI COME QUESTO NON RESISTO AL **SENTIMENTO** CHE PROVO PER TE!
LO SO, LO SO...PER ME E' LO STESSO!
NON POSSIAMO CONTINUARE A VEDERCI DI NASCOSTO! DOMATTINA PARLERO' CON TUO ZIO E CHIEDERO' LA TUA MANO!
DAVVERO? ALLA SOLA IDEA MI SENTO SVENIRE!
UN ALTRO **TUONO**!
RUMBLE

E ADESSO PIOVE A DIROTTO! MEGLIO CHE TI ACCOMPAGNI SUBITO AL CASTELLO, CARA!
FLUUSH
PIOVE E TUONA!
BOOOM
FLUUU
UN FULMINE!
SKRAAK
L'AUTORE CE L'HA CON ME!
TUMP..
UUUAAAH!
E QUESTO... DEV'ESSERE UN LUPO CHE ULULA!
CHE ORRIDA BESTIACCIA!

UN MOMENTO! SENTI ANCHE TU QUEST'ALTRO RUMORE?
GIÀ... QUALE?
QUALE?
IL CIGOLIO DELLE RUOTE DI UNA CARROZZA...
OKAY!
SKREEE
SKREE
...TIRATA DA UN CAVALLO!
SKREE
SKREE
NO! SONO DUE CAVALLI!
E TI PAREVA!
SKREE
KREEE
FORSE STA ARRIVANDO TUO ZIO GROFUS CON IL SUO BIECO SERVO URKON!
NON DEVONO TROVARCI INSIEME! CORRIAMO!
TAP TAP TAP TAP TAP TAP TAP TAP TAP TAP
ATTENTA A QUEL FOSSO! RISCHI DI CADER...
TAP TAP TAP TAP TAP TAP TAP TAP

SKATAKRASH
G-GLAB!
"SKATAKRASH"?
MANDA LA PUBBLICITA', SVELTO!
LO STO GIA' FACENDO!
TACCABRILLI! LA NUOVA COLLA LIQUIDA AL FLUORO CON CUI PUOI ANCHE LAVARTI I DENTI!
MA COME? E' FINITA LA PUNTATA?
MA CHE COS'ERA QUEL RUMORE?
TUTTO BENE, TOD?
I-INSOMMA...

C'E' MANCATO DAVVERO POCO!
PUOI DIRLO FORTE, GLENDA!
EHI! CHE COSA E' SUCCESSO QUI?
!
TOH, CHI SI VEDE! PAPERICA!
CIAO, PAPERINO!
E TU SEI... PAPERELLO!
IN EFFETTI!

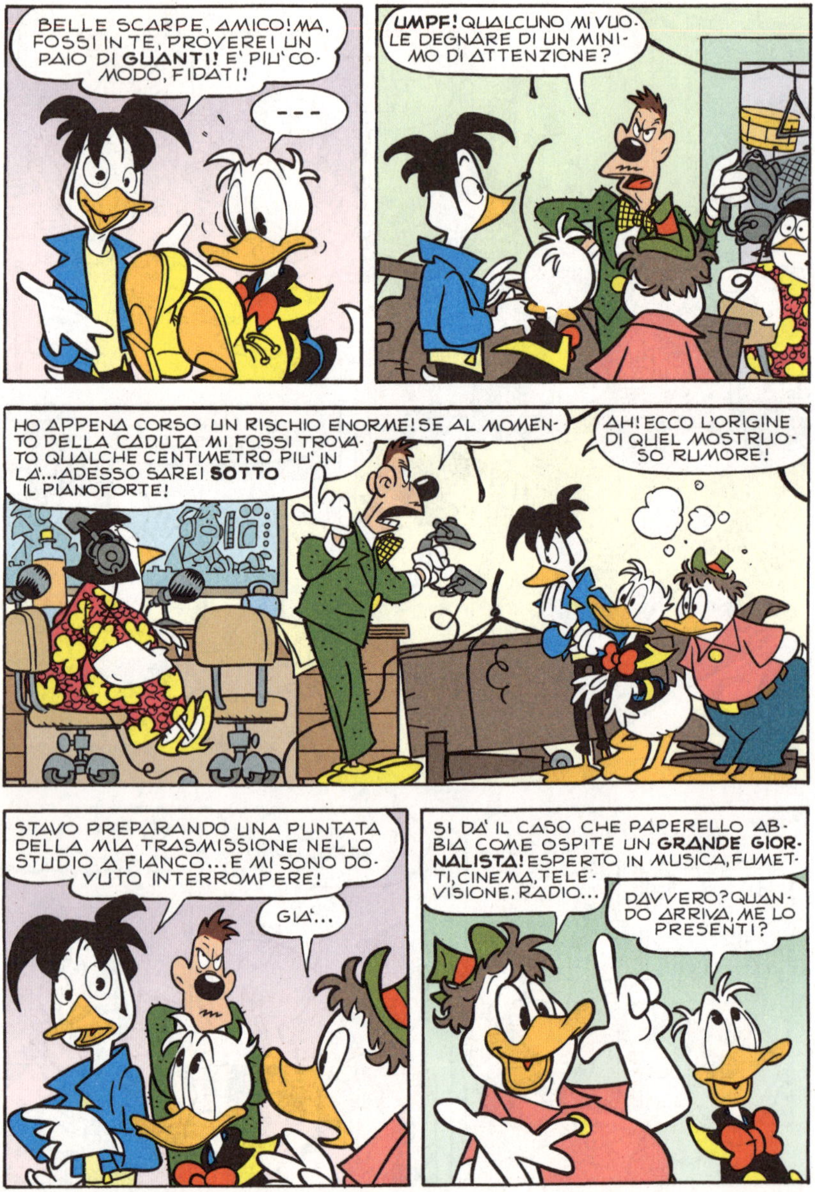
BELLE SCARPE, AMICO! MA, FOSSI IN TE, PROVEREI UN PAIO DI **GUANTI!** E' PIU' COMODO, FIDATI!

UMPF! QUALCUNO MI VUOLE DEGNARE DI UN MINIMO DI ATTENZIONE?
HO APPENA CORSO UN RISCHIO ENORME! SE AL MOMENTO DELLA CADUTA MI FOSSI TROVATO QUALCHE CENTIMETRO PIU' IN LA'... ADESSO SAREI **SOTTO** IL PIANOFORTE!
AH! ECCO L'ORIGINE DI QUEL MOSTRUOSO RUMORE!
STAVO PREPARANDO UNA PUNTATA DELLA MIA TRASMISSIONE NELLO STUDIO A FIANCO... E MI SONO DOVUTO INTERROMPERE!
GIA'...
SI DA' IL CASO CHE PAPERELLO ABBIA COME OSPITE UN **GRANDE GIORNALISTA!** ESPERTO IN MUSICA, FUMETTI, CINEMA, TELEVISIONE, RADIO...
DAVVERO? QUANDO ARRIVA, ME LO PRESENTI?

94

UHM...QUINDI QUI E' PIOVUTO UN PIANOFORTE! MI SEMBRA UN FATTO **INSOLITO!**
DECISAMENTE!
VI SPIEGO TUTTO IO, SIGNORI!
CHI E' QUEL TIZIO?
JOE BOLSON, L'AUTORE DEL RADIODRAMMA! E CE L'HA CON ME!
LA COLPA E' DEL NOSTRO RUMORISTA...PAPERINO!
SOB!
CI SERVIVA UN PO' DI SPAZIO IN STUDIO, COSI' GLI ABBIAMO CHIESTO DI LEVARE DI MEZZO QUELL'INGOMBRANTE STRUMENTO...
E LUI, PER RISPARMIARSI LA FATICA, INVECE DI PORTARLO ALTROVE...LO HA **ISSATO** CON UN CAVO DI ACCIAIO!
MI PAREVA UNA BUONA IDEA!

OH, CERTO! UN'OTTIMA IDEA! SE NON FOSSE CHE IL CAVO SI E' **ROTTO!**
IO... IO NON CAPISCO! SEMBRAVA ROBUSTO!
PERO' C'E' UNA COSA STRANA!
SOLTANTO **UNA?**
GUARDATE QUI! L'ACCIAIO SEMBRA **SCIOLTO**, NON ROTTO!

IN OGNI CASO, LA RESPONSABILITÀ È DI PAPERINO! CREDE FORSE DI CAVARSELA A BUON MERCATO SICCOME È IL **NIPOTE** DEL PROPRIETARIO DELLA STAZIONE RADIO?
FIGURIAMOCI!
IL TACCAGNO NE APPROFITTERÀ PER TRATTENERMI TUTTO LO STIPENDIO! E **QUEL DOLLARO** MI AVREBBE FATTO COMODO!
CALMA, AMICO MIO! PRIMA DI DENUNCIARTI A PAPERONE, BISOGNA APPURARE **CHE COSA** È SUCCESSO...
FACILE... È CADUTO UN PIANOFORTE!
...E, SOPRATTUTTO, **PERCHÉ** È SUCCESSO!
APPROVO IN PIENO!
NOI TRE SVOLGEREMO QUESTA INDAGINE INSIEME! PER ARRIVARE ALLA VERITÀ!
UAO! SUONA BENE!
PAPERELLO! IN ONDA FRA CINQUE MINUTI!
AH, GIÀ!

ORA RINGRAZIAMO L'AMICO PAPERICA PER AVERCI RACCONTATO TANTE COSE INTERESSANTI E DIAMO SPAZIO A VOI ASCOLTATORI!
E' IL MOMENTO DEL **QUIZ!** OGGI IN PALIO C'E' UNA FAVOLOSA STATUA IN GHISA, RAFFIGURANTE UN'**IGUANA IN MOTOCICLETTA!**
IL TELEFONO! PRESTO!
PER AVERE IL PREMIO, BASTA RISPONDERE A UNA SEMPLICE DOMANDA...
QUANTE DITA SONO QUESTE?
BREEEP
BENE! ABBIAMO LA PRIMA CHIAMATA!

PRONTO? CHI...
SONO UNA ASCOLTATRICE INDIGNATA! VOGLIO PROTESTARE!
?!
OGGI LA PUNTATA DI "CUORI IMPAVIDI" E' DURATA UNDICI MINUTI MENO DEL DOVUTO! ADESSO NON SO SE SULLA CARROZZA C'ERA DAVVERO IL CONTE GROFUS!
E QUEL RUMORE? A FARLO NON PUO' ESSERE STATA TEODORINDA, CADENDO!
INFATTI ERA UN PIANOFORTE!
UN PIANOFORTE SUONA! NON FA
SKATAKRASH
GLIP!
VOI MI STATE PRENDENDO IN GIRO! MALEDUCATI!
CLAC
HA RIATTACCATO!
PER FORTUNA!

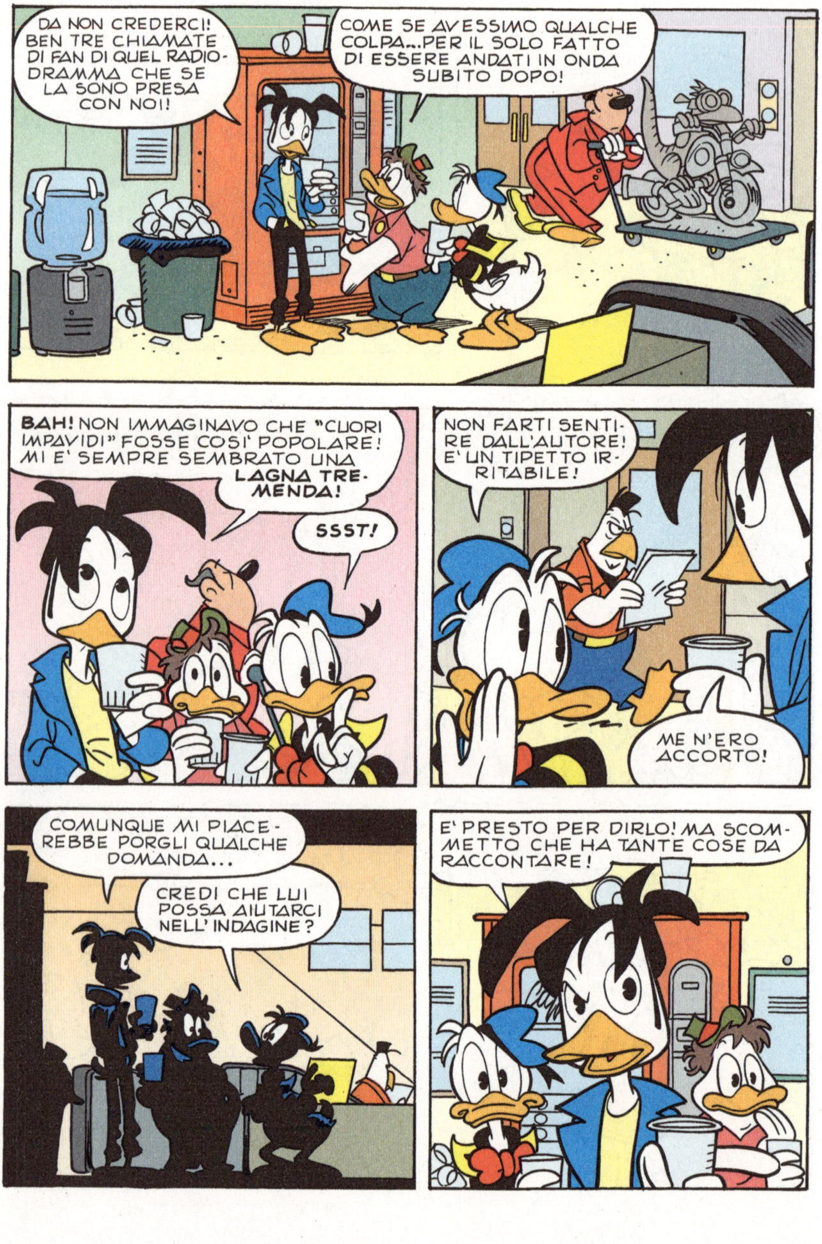
DA NON CREDERCI! BEN TRE CHIAMATE DI FAN DI QUEL RADIO-DRAMMA CHE SE LA SONO PRESA CON NOI!
COME SE AVESSIMO QUALCHE COLPA...PER IL SOLO FATTO DI ESSERE ANDATI IN ONDA SUBITO DOPO!
BAH! NON IMMAGINAVO CHE "CUORI IMPAVIDI" FOSSE COSI' POPOLARE! MI E' SEMPRE SEMBRATO UNA LAGNA TREMENDA!
SSST!
NON FARTI SENTIRE DALL'AUTORE! E' UN TIPETTO IRRITABILE!
ME N'ERO ACCORTO!
COMUNQUE MI PIACEREBBE PORGLI QUALCHE DOMANDA...
CREDI CHE LUI POSSA AIUTARCI NELL'INDAGINE?
E' PRESTO PER DIRLO! MA SCOMMETTO CHE HA TANTE COSE DA RACCONTARE!

SIGNOR PAPERONE, HO L'IMPRESSIONE CHE STIATE PRENDENDO LA QUESTIONE PER IL **VERSO SBAGLIATO...**
VOI DITE, AVVOCATO MCLARSEN? E QUALE SAREBBE IL **VERSO GIUSTO?**
SE METTETE VIA QUELL'**AFFARE**, NE POSSIAMO DISCUTERE CON CALMA!
IO **NON** VOGLIO DISCUTERE CON CALMA! PERCHE' **NON** SONO CALMO!
"CUORI IMPAVIDI" E' LA SECONDA TRASMISSIONE PIU' POPOLARE DELLA MIA RADIO, DOPO QUELLA DI PAPERELLO! E SAPETE DI CHI E' IL MERITO?!
BE'...

DI **TOD TODDER** E **GLENDA GOLD!** LA GENTE LI ADORA... ADORA LE LORO VOCI! PERDERLI E' INAMMISSIBILE!
ASPETTATE! SI TRATTA DI UNA VAGA IPOTESI, BASATA SU CIRCOSTANZE DA CHIARIRE!
PARE CHE STAMATTINA SIA CAPITATO UN INCIDENTE, IN DIRETTA! NIENTE DI GRAVE! NESSUNO SI E' FATTO MALE! TUTTAVIA...
TUTTAVIA?
VEDETE, QUEGLI ATTORI POSSONO OTTENERE LA ROTTURA DEL CONTRATTO E UN RISARCIMENTO **SOLO** SE, NEL CORSO DEL PROGRAMMA, SI VERIFICANO ALCUNE CIRCOSTANZE...
CERTO! ERO STATO IO A STABILIRLE, CON **MOLTA RAGIONEVOLEZZA!**
INVASIONE ALIENA... MORSO DI SQUALO BIANCO... APERTURA DI VARCHI SPAZIO-TEMPORALI...
EH, EH! NON SI SA *MAI*, NELLA VITA!
...E CADUTA DI OGGETTI PESANTI!

RADIO PAPERO NETWO
TOD TODDER E GLENDA GOLD OGGI NON SAREBBERO NULLA, SENZA DI ME!
QUALCUNO RICORDA FORSE "L'URLO DI CAPITAN RAUCO"? O "L'ORRIBILE PIANO DEL DOTTOR X E DI SUO CUGINO Y"? O "MISERIA E POVERTÀ"?
BOH! MAI SENTITI...
APPUNTO! ERANO PROGRAMMI INTERPRETATI DA QUEI DUE, CON ASCOLTI OSCILLANTI FRA IL DISASTROSO E IL TRAGICO!
DEL RESTO, LEI SI OSTINAVA A SCEGLIERSI IL RUOLO DI SEDUCENTE AVVENTURIERA, QUANDO E' PIU' ADATTA A QUELLO DI FANCIULLA INDIFESA...
A VEDERLA, NON SI DIREBBE!
NESSUNO LA DEVE VEDERE, PAPERINO! L'IMPORTANTE E' CIO' CHE SI ASCOLTA! LA VOCE!
GIUSTO, GIUSTO!

E DI TOD TODDER CHE COSA PUOI DIRCI?
CHE LA SUA CARRIERA ERA IN CADUTA LIBERA, PRIMA CHE IO LO FACESSI ASSUMERE NEL CAST DI "CUORI IMPAVIDI"!
AVEVA SEMPRE RUOLI SECONDARI, SPESSO DA CATTIVO! IL VAMPIRO, IL CAPO DEI BANDITI, LO SCIENZIATO PAZZO... CON QUELLA SUA **VOCE VELLUTATA!** RIDICOLO!
MA QUEI DUE MI SONO FORSE GRATI PER AVERLI TRASFORMATI IN CELEBRITÀ?
IMMAGINO DI SÌ!
IMMAGINI MALE! SANNO SOLO LAMENTARSI E TORMENTARMI CON CONTINUE RICHIESTE!
!
LEI VORREBBE PIÙ SPAZIO, PER IL PROPRIO PERSONAGGIO! E LUI CONTINUA A SUGGERIRMI CAMBIAMENTI ASSURDI NEL COPIONE! NON HANNO RISPETTO PER L'**ARTE!**
QUALE ARTE? NON CAPISC...
PA-PE-RI-NO...
OPS!

SE NON ALTRO, ABBIAMO APPURATO CHE L'AUTORE DEL PROGRAMMA NON CE L'HA **SOLO** CON TE!
PERO' IO SONO L'UNICO CON CUI PUO' PRENDERSELA!
QUEI DIVI, INVECE, SONO INTOCCABILI!
TUTTAVIA QUALCUNO HA CERCATO DI FARNE FINIRE UNO SOTTO UN PIANOFORTE!
SEI PROPRIO CONVINTO CHE NON SIA STATO UN SEMPLICE INCIDENTE?
DICIAMO CHE LA FACCENDA E' ALQUANTO SOSPETTA!
E SE IL COLPEVOLE FOSSE PROPRIO BOLSON?
IMPOSSIBILE! AL MOMENTO DELLA CADUTA ERA IN SALA DI REGIA! NON PUO' AVERE TAGLIATO IL CAVO!
HAI RAGIONE, PAPERINO... ANCHE SE TI RICORDO CHE IL CAVO **NON** E' STATO TAGLIATO! SEMBRAVA SCIOLTO!
E COME SI SPIEGA? CI VORREBBE LA **POLIZIA SCIENTIFICA!**
UHM... FORSE BASTA UNO **SCIENZIATO!** IL MIGLIORE SULLA PIAZZA!

105

QUANDO LA MIA MENTE SI TROVA DI FRONTE A UN **PROBLEMA INSOLUBILE**, NON RIESCO A DARMI PACE...
SULLA CARROZZA C'ERA O NO IL CONTE GROFUS?! ME LO STO CHIEDENDO DA STAMATTINA!
TI RISPONDO IO: NON C'ERA! L'HO LETTO SUL COPIONE! ADESSO POSSIAMO CAMBIARE ARGOMENTO?
D'ACCORDO...
GUARDA QUI, ARCHIMEDE! VOGLIAMO SAPERE CHE COSA PUO' AVERE TRONCATO QUESTO CAVO!
MUMBLE... E' CHIARO...

GLI E' STATA VERSATA SOPRA QUALCHE GOCCIA DI **ACIDO**, CHE HA CORROSO L'ACCIAIO!
!
CI SARA' VOLUTO UN PO' DI TEMPO PERCHE' AGISSE! ALMENO **MEZZ'ORA**, DIREI...
INTERESSANTE!
INSOMMA, QUALCUNO E' ENTRATO NELLO STUDIO PRIMA DELL'INIZIO DEL PROGRAMMA, PER PREPARARE UNO "SCHERZO" A SCOPPIO... ANZI, **A CADUTA RITARDATA!**
SI', PAPERICA...
DI CERTO SI TRATTA DI UN ADDETTO AI LAVORI! UNA PRESENZA INSOLITA SAREBBE STATA NOTATA!
CHIUNQUE SIA IL COLPEVOLE, NON VA CERCATO LONTANO DALLA SEDE DELLA RADIO! QUINDI CI CONVIENE TORNARE SUBITO LI'!
UN MOMENTO! ASPETTATE!
SE NON C'ERA GROFUS, CHI C'ERA SU QUELLA CARROZZA? **DEVO SAPERLO!**

SIAMO QUASI ARRIVATI!
VROOO
SVOLTA NEL VICOLO E PARCHEGGIA! DEVO DARMI UNA **SISTEMATA,** LONTANO DA OCCHI INDISCRETI, PRIMA DI RIENTRARE ALLA BASE!
CAPISCO! LA STESSA STORIA DI QUANDO SIAMO USCITI!
NETWORK
RIECCOLI! SEMBRANO ADDIRITTURA AUMENTATI!
W LA RADIO
W PAPERELLO
W PAPERELLO
PAPERELLO FOR PRESIDENT
WE LOVE PAPERELLO
PAPERELLO FANCLUB
PAPERELLO CLUB
SPERO DI TROVARE UN PO' DI TEMPO PER FIRMARE AUTOGRAFI, PIU' TARDI! IO VOGLIO BENE AI MIEI FAN... MI DANNO LA **CARICA!**
PERO' ADESSO ABBIAMO UN'INDAGINE DA PORTARE A TERMINE! **MUOVIAMOCI!**
EHI! QUELLO NON E' IL **NIPOTE** DI PAPERON DE' PAPERONI?
SI'! IN MANCANZA DI MEGLIO... **UN AUTOGRAFO!**

TEODORINDA! COME STAI?
LA CAVIGLIA E' SLOGATA! NON POSSO PIU' CORRERE!
GUARDA! LA CARROZZA SI AVVICINA! MA A BORDO NON C'E' ZIO GROFUS!
IN COMPENSO C'E' IL BIECO SERVO URKON, INSIEME CON I COLLEGHI KORBON, YORGON E ZURGOR!
CHE FACCIAMO, ADESSO? HO TANTA PAURA!
YAWN...
FERMATEVI, VOI DUE! NON AVETE SCAMPO!
ARRENDETEVI AL VOSTRO DESTINO!
CERTO CHE SMITH HA UNA GRAN VOCIONA...
IDEALE PER QUEL RUOLO!

FERMI DOVE SIETE! O SPERO!
MA...
STOOOP!
"SPARO"! SUL COPIONE C'E' SCRITTO "SPARO", SMITH...NON "SPERO"! IL BIECO SERVO URKON NON SPERA UN BEL NIENTE!
SCUSATEMI, SIGNOR BOLSON!
PROPONGO UNA PAUSA! MI PARE CHE SIAMO TUTTI ABBASTANZA STANCHI!
D'ACCORDO! RIPRENDEREMO LA PROVA FRA MEZZ'ORA!
TOD...GLENDA...POSSIAMO APPROFITTARNE PER FARE QUATTRO CHIACCHIERE CON VOI?
?

GULP! COSI' L'ACIDO AVREBBE SCIOLTO IL CAVO LENTAMENTE... E' UNA COSA INAUDITA, ASSURDA! NE SIETE DAVVERO SICURI?!
NON C'E' ALCUN DUBBIO, TOD! ABBIAMO CHIESTO IL PARERE DI UN ESPERTO!
AH...
A ME, PERO', NON SEMBRA UN PIANO TANTO ORIGINALE E SORPRENDENTE! SA DI "GIA' VISTO"!
NON FARE LA SAPUTELLA, GLENDA!
IL PROBLEMA ORA NON E' CHE COSA E' ACCADUTO... MA PER COLPA DI CHI! FORSE VOI DUE POTETE AIUTARCI A SCOPRIRLO!
DEVE TRATTARSI DI QUALCUNO CHE AVEVA UNA RAGIONE PER GIOCARVI UN BRUTTO TIRO...
...E CHE HA AVUTO LIBERO ACCESSO ALLO STUDIO!

AVANTI, FATE UNO SFORZO DI MEMORIA! CHI C'ERA QUI STAMATTINA APPENA PRIMA DELL'INIZIO DELLA TRASMISSIONE, OLTRE A VOI DUE?
OH, RISPONDERE E' FACILE!
C'ERA **PAPERINO!**
!
QUANDO SIAMO ARRIVATI, LO ABBIAMO TROVATO GIA' INTENTO A PIAZZARE IN GIRO TUTTI QUEGLI AGGEGGI RUMOROSI!
ESATTO! PUO' AVERNE BENISSIMO APPROFITTATO PER AVVICINARSI AL CAVO E...
COME OSATE ACCUSARMI, BUFFONI?!
FERMO!
VISTO? COVA RANCORE VERSO DI NOI! ED E' FACILE INDOVINARNE IL MOTIVO!

IN "CUORI IMPAVIDI" LUI E' SOLO **RUMORE DI FONDO!** MENTRE LA GLORIA VA A ME E TOD!
SIAMO SUPERSTAR! LA GENTE CI DEDICA **FAN CLUB** E **SITI WEB**, BENCHE' LE NOSTRE FACCE NON SIANO NOTE QUANTO QUELLA DI PAPERELLO...
CONSIDERATE LE FACCE, DIREI CHE AVETE SOLO DA GUADAGNARCI!
OGNUNO E' LIBERO DI IMMAGINARCI COME VUOLE... E DI INVENTARSI UN INTERO MONDO, ATTORNO A NOI! QUESTO E' IL BELLO!
HAI RAGIONE, GLENDA! LA **RADIO** LASCIA SPAZIO ALLA **FANTASIA!** ECCO PERCHE' CONTINUO A ESSERE FELICE DI LAVORARCI!
TU PERO' NON SEMBRI MOLTO ENTUSIASTA, TOD...
E' PER VIA DI CIO' CHE E' SUCCESSO STAMATTINA! NON MI SENTO PIU' A MIO AGIO!
FORSE AVREI BISOGNO DI UNA VACANZA... O DI UN CAMBIAMENTO... DOPO **CINQUEMILATRECENTOSEDICI** PUNTATE!

POVERO ME! ADESSO CI SI METTONO PURE GLI ATTORI AD ACCUSARMI! COME SE NON BASTASSE L'AUTORE!
NON RIUSCIRÒ A SFUGGIRE ALL'IRA DI ZIO PAPERONE! PARE CHE IL SUO UFFICIO LEGALE SIA GIÀ AL CORRENTE DELL'ACCADUTO!
UN MOTIVO DI PIÙ PER RISOLVERE IL CASO ALLA SVELTA!
TU SEI UN BERSAGLIO FIN TROPPO FACILE, PAPERINO! MA NOI NON ABBIAMO MAI AVUTO DUBBI SULLA TUA INNOCENZA! DICO BENE, PAPERICA?
SÌ, SÌ...
EHI! TI SEMBRA IL MOMENTO DI GIOCARE CON IL COMPUTER?
IO NON STO GIOCANDO, CARO MIO!
GLENDA DICEVA IL VERO! SU PAPERNET CIRCOLA PARECCHIO MATERIALE CHE RIGUARDA LEI E IL SUO COLLEGA!

QUESTO, PER ESEMPIO, E' UN SITO DEDICATO A TOD TODDER! E' PIENO DI IMMAGINI E NOTIZIE CHE POTREBBERO TORNARCI UTILI!
EH, EH! C'E' ANCHE UNA GALLERIA DI **VECCHIE FOTOGRAFIE PROMOZIONALI** CHE RIGUARDANO RADIODRAMMI PRECEDENTI A "CUORI IMPAVIDI!"
ECCO IL NOSTRO AMICO NEI PANNI DEL CAPO DEI BANDITI...
...DEL CORSARO...
...DELLO SCIENZIATO PAZZO...
...E DEL VAMPIRO!

PERO'! HO VISTO FERMA-CARTE CHE RECITAVA-NO MEGLIO!
FOSSI IN TOD TODDER, NON SAREI CONTENTO CHE CERTA ROBA CIR-COLI IN RETE! INVECE, A QUANTO PARE, LUI NE E' AD-DIRITTURA FIERO!
NEL SITO C'E' UN'INTERVISTA, NEL-LA QUALE RISPONDE CON ENTUSIA-SMO A DOMANDE SU QUEI VECCHI PROGRAMMI!
DICE CHE NON SI E' MAI DIVERTITO COME AI TEMPI IN CUI INTERPRETAVA IL **DOT-TOR X**! E RIEVOCA AL-CUNE PUNTATE CHE CONSIDERA CA-POLAVORI!
PER ESEMPIO, QUELLA IN CUI LO SCIENZIATO PAZZO FA PRIGIONIERO L'ISPET-TORE ROCK FALCON, SUO ACERRIMO NEMICO, E POI...POI...
BE', CHE SUC-CEDE **POI**?
GLAB!

POI LO SCIENZIATO PAZZO INCATENA L'EROE E LO METTE SOTTO UNA GIGANTESCA PALLA DA BOWLING ATTACCATA A UN **CAVO D'ACCIAIO...**
...SUL QUALE LASCIA CADERE QUALCHE **GOCCIA DI ACIDO**, CHE CORRODE IL METALLO LENTAMENTE!
ALLA FINE IL BENE TRIONFA GRAZIE ALL'ARRIVO DI VILMA ROCKET, L'INTREPIDA FIDANZATA DELL'ISPETTORE FALCON! MA QUESTO ORA NON IMPORTA!
CIO' CHE IMPORTA E' CHE L'INGEGNOSO TRUCCO USATO DAL DOTTOR X NON ERA CERTO UNA **NOVITA'** PER TOD TODDER! ANCHE SE HA CERCATO DI FARCELO CREDERE!

QUANDO GLI ABBIAMO RACCONTATO CHE COSA AVEVA PROVOCATO LA CADUTA DEL PIANOFORTE, LUI SI E' MOSTRATO **STUPITO** E **INCREDULO!**
COME SE NON AVESSE **MAI** SENTITO UNA STORIA DEL GENERE!
BRAVI, AVETE VINTO! ADESSO POSSO VUOTARE IL SACCO!
HO MESSO IO IN SCENA L'INCIDENTE, SISTEMANDO LE COSE IN MODO CHE **NESSUNO** SI FACESSE MALE... TANTO MENO IL SOTTOSCRITO!
MA... PERCHE'?
VOLEVO UN VALIDO MOTIVO PER USCIRE DAL CAST DI QUESTO **INSULSO RADIODRAMMA!**
NON E' IL CASO DI OFFENDERE, BABBEO!
IL GIORNO DELLA FIRMA DEL CONTRATTO, NON HO LETTO LE SCRITTE IN FONDO, ANCHE PERCHE' ERANO **COSÌ PICCOLE** CHE MI SAREBBE SERVITO UN MICROSCOPIO...

118

SE LE AVESSI LETTE, AVREI SAPUTO SUBITO QUANTO SAREBBE STATO DIFFICILE ROMPERE IL CONTRATTO! PERÒ... LO AVREI FIRMATO LO STESSO!
ALLORA NON POTEVO IMMAGINARE CHE SAREI ARRIVATO A **DETESTARE** IL PERSONAGGIO CHE INTERPRETO! IO NON SOPPORTO IL PRODE RUDOLPH!
OOOH!
COMUNQUE, SECONDO UNA DELLE CLAUSOLE, POSSO RITIRARMI NEL CASO CAPITINO **CERTI FATTI** ALQUANTO IMPROBABILI...
COMPRESA LA CADUTA DI UN PIANOFORTE?
SI PARLA DI **"OGGETTI PESANTI"**! MA QUANDO TI HO VISTO ISSARE QUELLO STRUMENTO...
...HAI AVUTO UN COLPO DI GENIO! COMPLIMENTI!
INTENDEVO LASCIAR PASSARE QUALCHE GIORNO, FINGENDOMI SEMPRE PIU' SCOSSO E NERVOSO PER VIA DELL'INCIDENTE! POI SAREI USCITO DI SCENA, **PER SEMPRE!**

MA CHE COSA NON VA IN RUDOLPH? PERCHE' LO DETESTI? A ME SEMBRA UN BEL PERSONAGGIO!
COME NO! E' COSI' GENTILE, GENEROSO, ADORABILE, LEALE, SERVIZIEVOLE...
COSI' INSOPPORTABILMENTE BUONO!
ULP!
CHE VOCE, TOD! NON ERA ROBOANTE QUANTO QUELLA DI SMITH, CERTO... MA AVEVA QUALCOSA DI PIU' PERFIDO E SPAVENTOSO!
DAVVERO? NON LO DICI SOLO PER LUSINGARMI?
SUL SERIO! AI TEMPI DEL DOTTOR X NON AVEVI MAI TIRATO FUORI QUESTA GRINTA!
SARA' L'ESPERIENZA CHE HO ACCUMULATO COME ATTORE! O FORSE LA LARINGITE CHE HO PRESO IL MESE SCORSO!
EHI, VOI DUE! AVREI UN SUGGERIMENTO!
?
DOPO TANTE PUNTATE, AL SUO PERSONAGGIO GIOVEREBBE UNA PICCOLA... MESSA A PUNTO! SI POTREBBE FARE COSI'...

VE LO RIPETO PER L'ULTIMA VOLTA!
FERMATEVI O SARA' PEGGIO PER VOI!
HAI SENTITO, **RUDOLPH?** URKON E I SUOI COMPARI SONO ARMATI E SEMPRE PIU' VICINI...
FORSE E' MEGLIO SE CI ARRENDIAMO! ANCHE SE CIO' SIGNIFICA SUBIRE L'IRA DI MIO ZIO!

NON TEMERE, TEODORINDA! CI PENSO IO!
CHE PIGLIO HA OGGI IL VECCHIO RUDOLPH!
FRA POCO LA CARROZZA PASSERÀ SOTTO IL **PIANOFORTE** CHE HO LEGATO IN CIMA A QUELL'ALBERO!
?
NON AVRANNO SCAMPO! ECCO, TAGLIO IL CAVO! **AH! AH! AH!**
ZACK
SKTAKRASH
UAO! GRANDIOSO! ORA SI' CHE TOD E' UN **VERO DURO!**
PECCATO PER IL PIANOFORTE, PERO'... CON TUTTA LA FATICA A RIMETTERLO ASSIEME CON LA **COLLA!**
FINE

TOPOLINO
WALT DISNEY
E IL MISTERO
...SUL FILO DI LANA
PECORE VOLANTI CHE SVANISCONO NEL CIELO NOTTURNO? NON E' UN SOGNO, MA UN'AVVENTURA, CHE COMINCIA...
J-2142-1

...NELLE VERDI PAMPAS DELLA **PATAGONIA!**
ADESSO PFERMO PCOSI'!
E SORRIDI!
CLIC
PERO' NON HO ANCORA CAPITO COSA STIAMO FACENDO!
YUK! **FOTO RICORDO,** NO?
E RILIEVI **ERGO-PSTRANOMETRICI!** PNON E' PCHIARO?
COME NO! **CHIARISSIMO!** SIGH!

PCREDEVO DI AVERTI PSPIEGATO PQUANDO VI HO PCHIESTO DI ACCOMPAGNAR-MI IN PQUESTA PSPEDIZIONE!
VERAMENTE HAI DETTO SOLO CHE SI TRATTAVA D'UNO STUDIO SULLA CIVILTÀ **UXTECA!**
PGIÀ! PSECONDO LE LEGGENDE, PGLI UXTECHI POSSEDE-VANO UNA **PMISTE-RIOSA** PFORMA D'ENERGIA!
PCON PQUESTI PCONGEGNI POSSO INDIVIDUARE EVENTUALI **PTRACCE ENERGETICHE** RIMASTE PFRA LE ROVINE!
GRAZIE! ORA È COMPRENSIBILE!
SAREBBE UNA SCOPERTA DAVVERO... **UH?** CHE COSA SUCCEDE, FLIP?
PGRRR!

STAI TRANQUILLO! E' SOLTANTO UN GAUCHO DI PASSAGGIO!
PWERF! PWERF!
SOLTANTO? L'ISTINTO DI FLIP NON SBAGLIA...
CARRAY! E' SICURAMENTE LUI!
AVVERTO SUBITO IL PADRONE! SARA' MUY CONTENTO DELLA NOTIZIA!
PIU' TARDI...
PIACIUTO IL MIO STUFATO DI FAGIOLI?
MEGLIO LA PNAFTALINA!
E' OTTIMO! MA...

126

NON VI VOLTATE! SIAMO SORVEGLIATI!
ULP!
UN PREDONE DELLE PAMPAS?
NON CREDO CHE NE ESISTANO PIU'! MA SARA' MEGLIO ESSERE PRUDENTI!
PFORSE E' PQUALCUNO INTERESSATO ALLE PMIE RICERCHE!
PCI PENSO IO! PCONTINUATE PCOME SE PNIENTE PFOSSE!
PCOGLIERO' PQUELLO PSPIONE ALLE PSPALLE!
ARRENDITI, PFURFANTE! ALTRIMENTI...
EH?

PSNIFF! PSNIFF!
FERMATI, ETA! VA TUTTO BENE!
IL SIGNOR HERNANDO MONTOÑEZ E' UN ALLEVATORE, NON UNA SPIA!
EHM... I PASCOLI DI QUESTO TERRITORIO MI APPARTENGONO!
UNO DEI MIEI GAUCHOS HA RICONOSCIUTO EL SEÑOR TOPOLINO E MI HA AVVISATO!
LA VUESTRA FAMA DE INDAGADOR E' GIUNTA ANCHE QUI! HO BISOGNO DEL VUESTRO AIUTO!
VOLENTIERI! MA... E I TUOI ESPERIMENTI, ETA?
PNESSUN PROBLEMA!

LI RIPRENDEREMO PDOPO! PCOSI' RISOLVEREMO PDUE PMISTERI AL PREZZO PDI UNO!
MARAVILLOSO! SE VOLETE SEGUIRMI, VI SPIEGHERO' EL PROBLEMA!
UAO!
E COSI'...
MONTOÑEZ
BENVENUTI NELLA MIA MODESTA HACIENDA*!
MODESTA? IO DIREI ESAGERATA!
* CIOE', FATTORIA.

NOI ALLEVATORI CONDUCIAMO UNA VITA ISOLATA, DOBBIAMO PUR CONCEDERCI QUALCHE **COMODITÀ**!
EHM... VEDO!
A PROPOSITO! PNON CI AVETE ANCORA PDETTO **PCOSA** ALLEVATE!
PECORE, SEÑOR ETA BETA!
DAVVERO? EPPURE NON NE HO VISTE NEI VOSTRI PASCOLI!
SIGH! È APPUNTO QUESTO EL **DRAMMA**! PENSAVO FOSTE AL CORRENTE!
NON AVETE SENTITO I **NOTIZIARI** DEGLI ULTIMI GIORNI?
NO! ERAVAMO ACCAMPATI PRESSO I RUDERI, SENZA RADIO E TELEVISIONE!
ALLORA, SE PERMETTETE, VI METTERÒ AL CORRENTE DEGLI ULTIMI AVVENIMENTI!

TUTTE LE PECORE SONO SCOMPARSE, SEÑORES, VOLATILIZZATE!
ULP! MA COME...
E NON SOLO LE NOSTRE MERINOS DEL SUD AMERICA...
"...MA ANCHE LE DORSET HORN, LE HAMSHIRE E LE LEICESTER DEL NORD EUROPA..."
"...E QUELLE DI ZACKEL..."
BOOOH!
COME E' POSSIBILE?
VALLO A SAPERE! LA PRODUZIONE MONDIALE DI LANA E' IN CRISI!

E NON SONO SCOMPARSE SOLO LE PECORE...
AH, PNO?
... ANCHE TUTTE LE ALTRE RAZZE PRODUTTRICI DI LANE PREGIATE!
"COME LA VIGOGNA, L'ALPACA, LA CAPRA DEL CASHMERE E QUELLA D'ANGORA..."
E' SBALORDITIVO!
PEGGIO! E' UNA CATASTROFE!
CHE COSA NE PENSA LA POLIZIA?
NIENTE! ABBIAMO CONSULTATO L'F.B.I., SCOTLAND YARD, L'INTERPOL... NESSUNO SA COSA FARE!

LA LANA E' IMPORTANTISSIMA PER L'ECONOMIA MONDIALE E PER L'INTERA CIVILTA'!
LO CREDO BENE!
"PRESTO SI SCATENERA' LA CORSA ALL'ACCAPARRAMENTO..."
E' MIO!
TI SBAGLI! L'HO VISTO PRIMA IO!
MI E' RIMASTO SOLO QUESTO! INTERESSA?
NON ME LO POSSO PERMETTERE! SIGH!
"QUANDO ARRIVERA' EL FREDDO, COSA USERA' LA GENTE PER FARSI I MAGLIONI?"
LA PELLICCIA DEL MIO FUFY NON SI TOCCA! TSK!

BRRR! EFFETTIVAMENTE COMINCIO AD AVERE I BRIVIDI!
POSSIBILE CHE NON CI SIA NESSUNA TRACCIA?
UNA CI SAREBBE, MA E' INCOMPRENSIBILE! VENITE, VE LA MOSTRO!
INFATTI, POCO DOPO...
CHE STRANISSIMA IMPRONTA!
I COLLEGHI ALLEVATORI DEGLI ALTRI CONTINENTI NE HANNO TROVATE DI IDENTICHE NEI LORO TERRENI!
PSNIFF! PSNIFF!

PGUARDATE! PFLIP HA PSENTITO PQUALCOSA!
SICURO? IO NON SENTO NIENTE!
PERCHE' PNON PSEI UN PGANGARONE! IL LORO UDITO E' PFONO PTELEPATICO!
PDEV' ESSERE UNA PTRACCIA LONTANA!
DA COSA LO DEDUCI?
DALLA PCODA A PUNTO INTERROGATIVO!
PRENDETE PURE IL FUORISTRADA, SE VI PUO' SERVIRE!
PGRAZIE!
E VI PREGO, RITROVATE LE MIE PECORELLE, DOVUNQUE SIANO!
TRANQUILLO! LE CERCHEREMO FINO IN CAPO AL MONDO!
VROOM..

QUALCHE ORA DOPO...
PFLIP PCONTINUA A PUNTARE!
ALLORA PROSEGUIAMO!
E...
TRE BIGLIETTI PER DOVE, SEÑOR?
EHM... PER DI LA', DIREI!
3-4
PFLIP PUNTA ANCORA, TOPOLINO!
E STIAMO ATTRAVERSANDO L'OCEANO!
FINCHE', GIORNI DOPO...
CONTINUA A PUNTARE, ETA?
PSEMPRE!
VLAP
VLAP
VLAP
PVERSO IL PBASSO, PERO'! PCREDO CHE PSIAMO QUASI ARRIVATI!
ERA ORA!

NON MI ASPETTAVO DI SEGUIRE IL SUO TELE-UDITO FINO IN MONGOLIA!
CLIC
MI SPIACE, IO NON...
PGUARDATE!
PSEGUIAMOLO, PRESTO!
UN AGNELLINO!
PFLIP LO HA PSENTITO PBELARE DALL'ALTRA PARTE DELLA PTERRA!
SNIF
SNIF
BEE BEE-EE

SIAMO AMICI! NON VOGLIAMO FARTI DEL MALE!
DUBITO CHE POSSA COMPRENDERTI, PIPPO!
?
INVECE CAPISCO! STUDIO LA VOSTRA LINGUA A SCUOLA!
VISTO?
PIÙ TARDI, DOPO LE DOVUTE SPIEGAZIONI...
ECCO! E' QUI CHE PORTAVO A PASCOLARE IL GREGGE!
DI NUOVO QUEL **SEGNO CIRCOLARE**! C'ERA DA ASPETTARSELO!
CHISSÀ PERCHE' IL TUO AGNELLINO NON E' SPARITO CON LE ALTRE PECORE?
EHM... NON DOVREI DIRLO...
... MA DI NOTTE LO PORTAVO A DORMIRE A CASA CON ME!

ECCO PERCHE' I LADRI PNON L'HANNO PCATTURATO!
MA POTREBBERO TORNARE A CERCARLO!
LO PSPERO! PCERCHERO' D'INVOGLIARLI PCON UN'ESCA ADEGUATA!
NON COL MIO AGNELLINO, VI PREGO!
OH, PNO! PMI PBASTERA' IL SUO PBELATO!
QUELLA NOTTE...
PENSI CHE VERRANNO, ETA?
PGARANTITO... SE PNON SONO PSORDI!
IL PMIO PSIMULATORE PSTEREOOVINO LI PCONVINCERA' CHE PQUI C'E' ANCORA UN IMMENSO PGREGGE!
BEEEEE
BEEE-EEE
BEEEEE
BEE-E-E
BEEE-E

PASSANO LE ORE...
NON SUCCEDE NIENTE E QUESTI BELATI COMINCIANO A DARMI SUI NERVI!
PNIENTE, DICI?
BEE-EEE
BEEE
VRR-RRRR-RRR
U-ULP! MA COSA...
BEEEE-EEE
BEE-EEEE
GVB-ZR?
RS-BZY!
BEEEEE-E
BEEE-EEE
BEEEEEE
GUA... GUARDATE!
CHI SE L'ASPETTAVA? I RAZZIATORI DI PECORE SONO **EXTRATERRE-STRI!**

PP-RDG!
KNC-PSZ!
BEE-EE
BEE-EE
EH! EH! SI SONO ACCORTI DI AVER PRESO UNA CANTONATA!
E NOI NE APPROFITTEREMO!
PMENTRE PDISCUTONO PSALIAMO APBORDO!
GULP! ASPETTA,ETA!
SFRZ-ZB!
ZB!
BEE-E-E
MAGARI RESPIRANO METANO O VAPORI D'AMMONIACA!
PNE PDUBITO!
PSONO PSBARCATI PSENZA RESPIRATORI! PQUINDI LA LORO ATMOSFERA E' PBUONA ANCHE PER PNOI!

POCO DOPO, L'ASTRONAVE RIPARTE...
NDM-P!
O-KW!
ZIIIIING
EHM... CLANDESTINI A BORDO DI UN MEZZO ALIENO E DIRETTI CHISSÀ DOVE!
EH! EH!
SARÀ UN VIAGGIO LUNGO?
PNON PCREDO! SIAMO PGIÀ PNELL'IPERSPAZIO!
ZBP!
PIÙ TARDI...
QUANDO SVILUPPERÀ QUESTO RULLINO, IL MIO FOTOGRAFO NON CREDERÀ AI SUOI OCCHI! YUK!
E QUASI QUASI, NEANCH'IO CREDO AI MIEI!

OOOH!
UN PIANETA CHE SEMBRA AVVOLTO IN UNA GIGANTESCA **COPERTA DI LANA**!
AVETE PVISTO? PNELLA PCOLTRE STANNO APRENDO UN PVARCO PER PFARCI ENTRARE!
CHE MONDO **GRIGIO**!
L'INTERA SUPERFICIE E' DISSEMINATA DI COSTRUZIONI!
ZEEA-B

GUARDATE! STIAMO ATTERRANDO VICINO A... UNA **SERRA** GIGANTESCA!
WOOSH-H
ZPB-W!
NESSUNO IN PVISTA! POSSIAMO PSCENDERE, ADESSO!
PCHE SPETTACOLO!
EHI! ABBIAMO RITROVATO TUTTE **LE PECORE** TRAFUGATE SULLA TERRA!

144

GLI ALIENI HANNO RICOSTRUITO QUI SOTTO L'ECOSISTEMA DEI PASCOLI TERRESTRI!
LE PECORELLE NON SE LA PASSANO MALE! BRUCANO TRANQUILLAMENTE I GERMOGLI PIU' TENERI E...
MUNCH
MUNCH
EHM... PTOPOLINO!
GASP!
PUOI RIMANDARE IL PTUO PMOMENTO PBUCOLICO?
PAT
PAT
E COSì...
CI CONSIDERANO IMMIGRATI CLANDESTINI!
E NON HANNO TUTTI I TORTI!
ULP! CHE PALAZZO!
CI PORTERANNO DAL LORO CAPO?
ZEO-B

INDOVINATO!
EHI! IL CAPO E' UN' AFFASCINANTE SIGNORA!
E SEMBRA CHE NON SIA OSTILE!
BENVENUTI SUL PIANETA ROGOPAN, OSPITI DELLA TERRA!
OSPITI, NON INTRUSI? GRAZIE, MA...
...PARLATE LA NOSTRA LINGUA?
CHE REGINA SAREI SE NON CONOSCESSI ALMENO 328 IDIOMI DELLA NOSTRA GALASSIA? IL MIO NOME E' ESTRELLA!
NON VORREI SEMBRARVI SCORTESE, MA... PERCHE' AVETE PORTATO VIA LE PECORE DEL NOSTRO MONDO?
SIGH! NON SIAMO LADRI! SIAMO STATI COSTRETTI, GENTILE TERRESTRE!
UH? CHE VOLETE DIRE?

SEGUITEMI SULLA TERRAZZA REALE! MI SARA' PIU' FACILE SPIEGARVI!
?
COME VEDETE, IL NOSTRO MONDO HA SVILUPPATO UN ALTISSIMO **LIVELLO TECNOLOGICO**!
MA **È ALTAMENTE INQUINATO**!
HAI RAGIONE, **SAGGIO** TERRESTRE!
MODESTAMENTE...
PURTROPPO ABBIAMO RAGGIUNTO IL BENESSERE GENERALE A SPESE DELL'**AMBIENTE**! LA NATURA ORIGINARIA DI ROGOPAN ESISTE ORMAI SOLO IN POCHE **SERRE CONSERVATIVE**!

MA IL PEGGIO E' CHE IL NOSTRO INQUINAMENTO PLANETARIO S'E' ESTESO NELLO SPAZIO...
...RAGGIUNGENDO E CONTAMINANDO HAL, UNO DEI NOSTRI DUE SOLI GEMELLI!
TERRIBILE!
CIO' SIGNIFICA CHE HAL EMETTE RADIAZIONI VENEFICHE?
PURTROPPO, SI'!
SOLTANTO UNO SCUDO NATURALE PUO' PROTEGGERE I ROGOPANIANI DAI SUOI TERRIBILI RAGGI!
CIOE' LA COPERTONA DI LANA!

MA NON POTEVATE USARE MATERIALE LOCALE PER TESSERE IL VOSTRO SCUDO?
PURTROPPO LA NOSTRA ULTIMA PECORA SI E' ESTINTA **DODICIMILA** ANNI FA!
DUNQUE LA **LANA TERRESTRE** ERA L'UNICA SPERANZA! ORA CAPISCO IL VOSTRO COMPORTAMENTO!
PFATEMI PENSARE! ANCHE A PMIO PCUGINO **PDELTA PBETA** E' PCAPITATA UNA PCOSA DEL PGENERE!
?
AVEVA PCOMPERATO UNA PVILLETTA PDALLE PARTI DI UNA **PSTELLA INSTABILE**!
MA GUARDA! E COME HA RISOLTO IL PROBLEMA?
PNON E' PSTATO PDIFFICILE! PGLI HO PDATO UNA PMANO **IO**!
VUOI DIRE CHE POTRESTI **RIFARLO**?
PBISOGNA PSOLO ELABORARE UN PAIO DI **PFORMULETTE**... **PMUMBLE**!

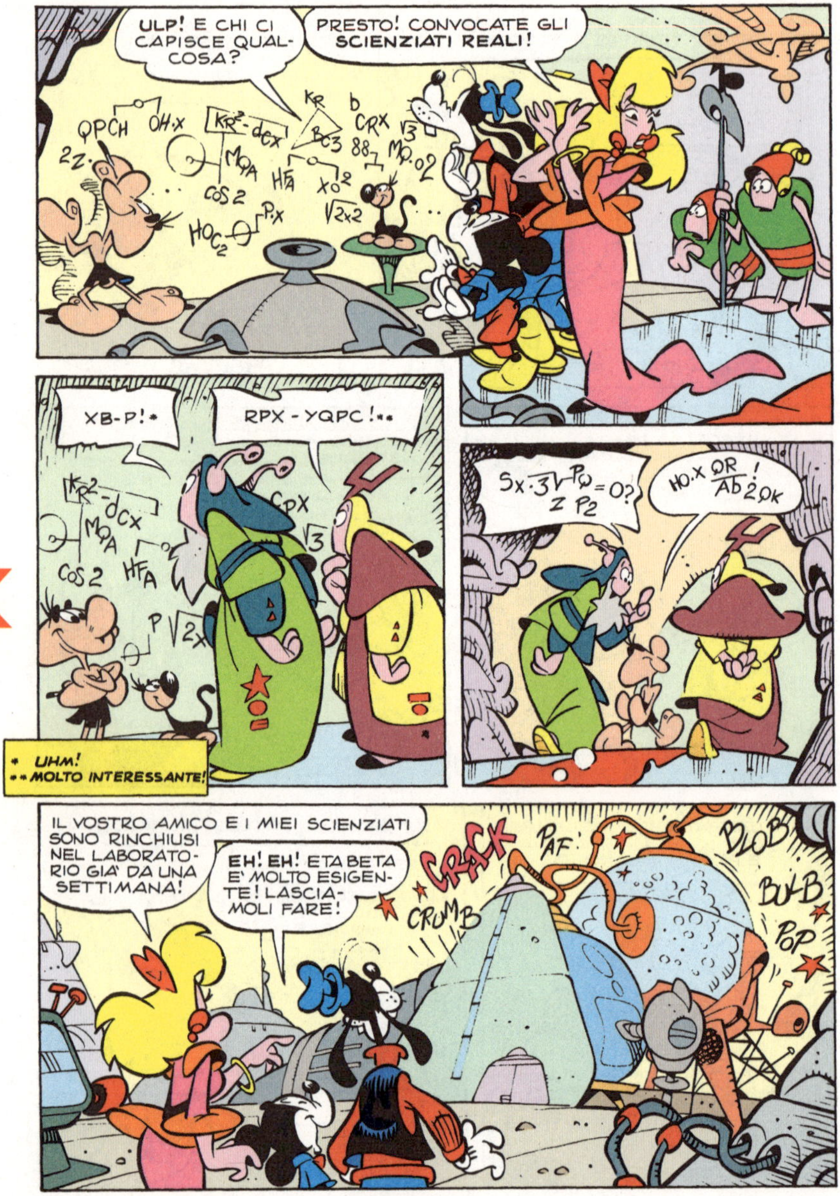

ULP! E CHI CI CAPISCE QUALCOSA?
PRESTO! CONVOCATE GLI **SCIENZIATI REALI!**
XB-P!*
RPX-YQPC!**
* UHM!
** MOLTO INTERESSANTE!
IL VOSTRO AMICO E I MIEI SCIENZIATI SONO RINCHIUSI NEL LABORATORIO GIA' DA UNA SETTIMANA!
EH! EH! ETA BETA E' MOLTO ESIGENTE! LASCIAMOLI FARE!
CRACK
PAF
BLOB
CRUMB
BULB
POP

ULP!
BOOOUM
EHM... ECCO PFATTO!
PQUESTO APPARECCHIO PNEUTRALIZZERA' IL PSOLE CONTAMINATO!
TUTTO QUI? POSSO...
PMEGLIO DI PNO, PTOPOLINO! E' COMPOSTO DI ANTI-PMATERIA!
QUALCOSA DI PERICOLOSO?
SE PQUALCUNO LO PTOCCASSE, LA REAZIONE PCANCELLEREBBE PQUESTA PZONA DI UNIVERSO!
GULP!
TU COME FAI A MANEGGIARLO?
TUTTI PQUELLI DELLA PMIA RAZZA SONO PVACCINATI PCONTRO L'ANTI-PMATERIA, PIPPO!

E PCOSÌ... EHM, E COSÌ...
PNON PMI ASPETTAVO PTANTA PFOLLA!
TI STUPISCI? QUELLO CHE STAI PER FARE SALVERÀ IL LORO MONDO!
MA... RIUSCIRÀ UN RAZZO COSÌ PICCOLO A PROIETTARE L'ANTI-MATERIA VERSO HAL?
POSSO FARTI UNA PCONFIDENZA?
CERTAMENTE!
LO PSPERO! PMA E' L'ULTIMO CHE PMI E' RIMASTO!
PAF
T-TCHII-OOOW
PDECOLLO PERFETTO!
FSS-SST...

152

PVENITE! SEGUIREMO IL PVOLO SUL PMONITOR!
IN SALA CONTROLLO...
EHM... PROCEDE TUTTO REGOLARMENTE, ETA?
A PGONFIE PVELE, PVECCHIO PMIO!
POTETE SPIEGARMI CHE COSA SUCCEDE?
IL PNEUTRALIZZATORE HA RAGGIUNTO L'ORBITA DEI SOLI PBINARI!
BIP BIP
ED ORA IL PCIRCUITO ANTI-PMATERICO PCOMINCIA AD ASSORBIRE E RIFLETTERE LE RADIAZIONI DANNOSE!
INNESCANDO UNA REAZIONE A PCATENA NELLA PFOTOSFERA PROVOCANDO L'IMPLOSIONE DI HAL...
KA-CHOW

...CHE PSCOMPARE DAL PTESSUTO DEL PTEMPO-SPAZIO, LASCIANDO SOLO IL SUO PGEMELLO PBUONO!
OOOH!
BLOP
NON CI SONO PAROLE PER ESPRIMERVI LA NOSTRA GRATITUDINE, TERRESTRI!
POTETE LEVARVI LA PCOPERTA DI LANA, AMICI! E' PTORNATA LA... PRIMAVERA!
FINALMENTE, SI TORNA A CASA!
STAVOLTA VIAGGIAMO IN PRIMA CLASSE, ETA!
E' PMEGLIO PDELLA PSTIVA!
ZIIRP-BI

154

E TU, PIPPO? NON HAI ANCORA FINITO LA PELLICOLA?
FORTUNATAMENTE, NO!
CLIC
CLIC
BEEE-E-E-E
BEEE-EE
BEEE-EE
BEEE-EE
BEE-EEE
QUANDO MI CAPITERÀ ANCORA DI FOTOGRAFARE UNA **FLOTTA GALATTICA** CARICA DI **PECORE**?
EH! EH!
BEE-E-EEE
BEEE-E-E
BEE-E
BEEE-EEE
TEMPO DOPO...
SEÑOR TOPOLINO! VOI E I VOSTRI AMIGOS SIETE STATI **GRANDIOSI**!

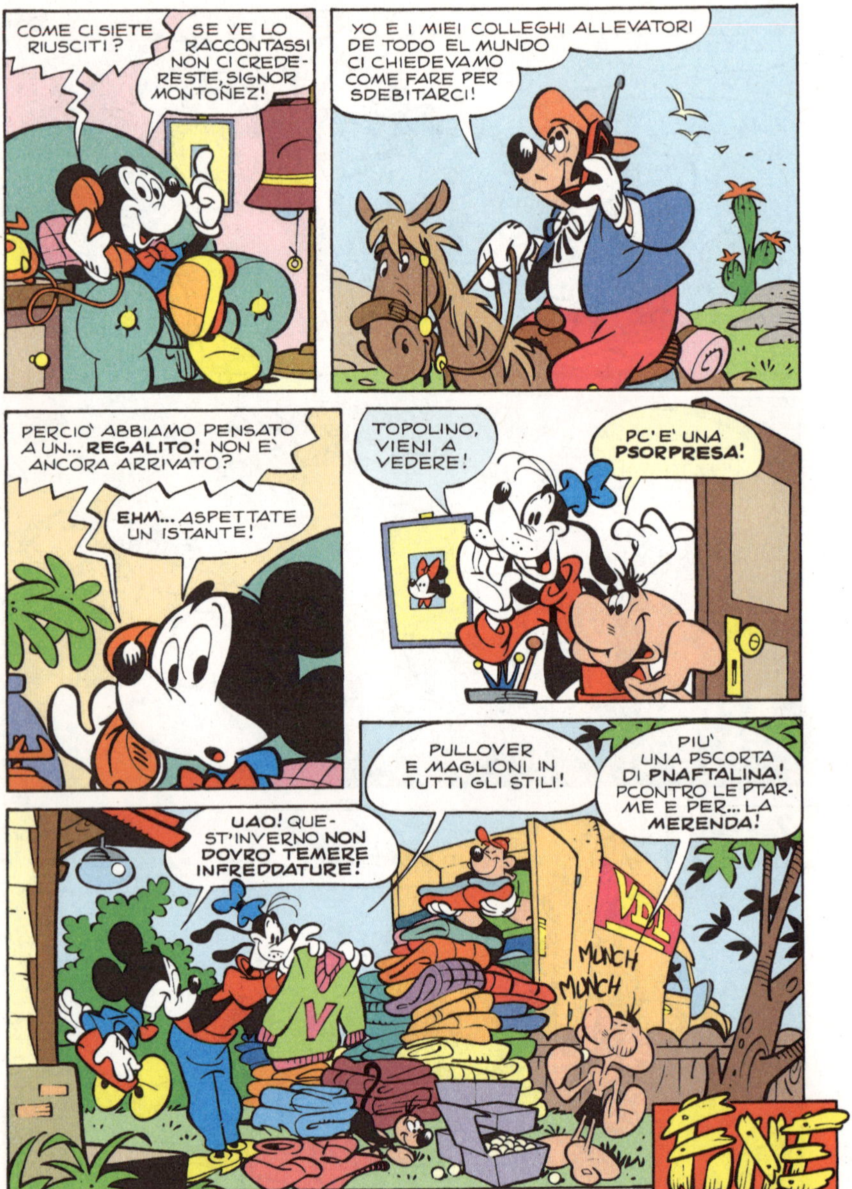

COME CI SIETE RIUSCITI?
SE VE LO RACCONTASSI NON CI CREDERESTE, SIGNOR MONTOÑEZ!
YO E I MIEI COLLEGHI ALLEVATORI DE TODO EL MUNDO CI CHIEDEVAMO COME FARE PER SDEBITARCI!
PERCIÒ ABBIAMO PENSATO A UN... **REGALITO!** NON È ANCORA ARRIVATO?
EHM... ASPETTATE UN ISTANTE!
TOPOLINO, VIENI A VEDERE!
PC'È UNA **PSORPRESA!**
PULLOVER E MAGLIONI IN TUTTI GLI STILI!
PIÙ UNA PSCORTA DI **PNAFTALINA!** PCONTRO LE PTARME E PER... LA **MERENDA!**
UAO! QUEST'INVERNO **NON DOVRÒ TEMERE INFREDDATURE!**
MUNCH
MUNCH
FINE

WALT DISNEY
TOPOLINO
e il caso del
CANCELLATORE
J-1972
1° TEMPO

UNA BELLA MATTINA D'ESTATE, A TOPOLINIA...
SONO ELETTRIZZATO! STIAMO PER ENTRARE NEL MONDO DELLA TV!
MEGA TV
BE', PER IL MOMENTO, ABBIAMO SOLTANTO VARCATO IL CANCELLO!
STUDIO
STUDIO 7
Bye Bye
CHI E' QUESTO SAM TELECAST CHE TI HA TELEFONATO?
E' IL PROPRIETARIO DI **MEGA TV!** L'HO CONOSCIUTO L'ANNO SCORSO AL CAMPEGGIO!

PER TELEFONO, E' STATO PIUTTOSTO VAGO! HA SOLO ACCENNATO A UNA PROPOSTA DI LAVORO!
CHISSA'! FORSE VOGLIONO ASSUMERCI PER CONDURRE UNA TRASMISSIONE! IO AVREI BUONE REFERENZE: SONO STATO CONDUCENTE DI SCUOLALABUS!
AH! AH!
CI SONO I SIGNORI TOPOLINO E PIPPO!
MEGA TV
MISTER TELECAST VI PREGA DI ATTENDERE QUALCHE MINUTO! ACCOMODATEVI PURE NELLA SALETTA!
EHI! QUELLO E' HALD TRISCARD, IL PRESENTATORE DEL VERDETTO DEL GIOVEDI'!
PANT! DEVO SBRIGARMI!

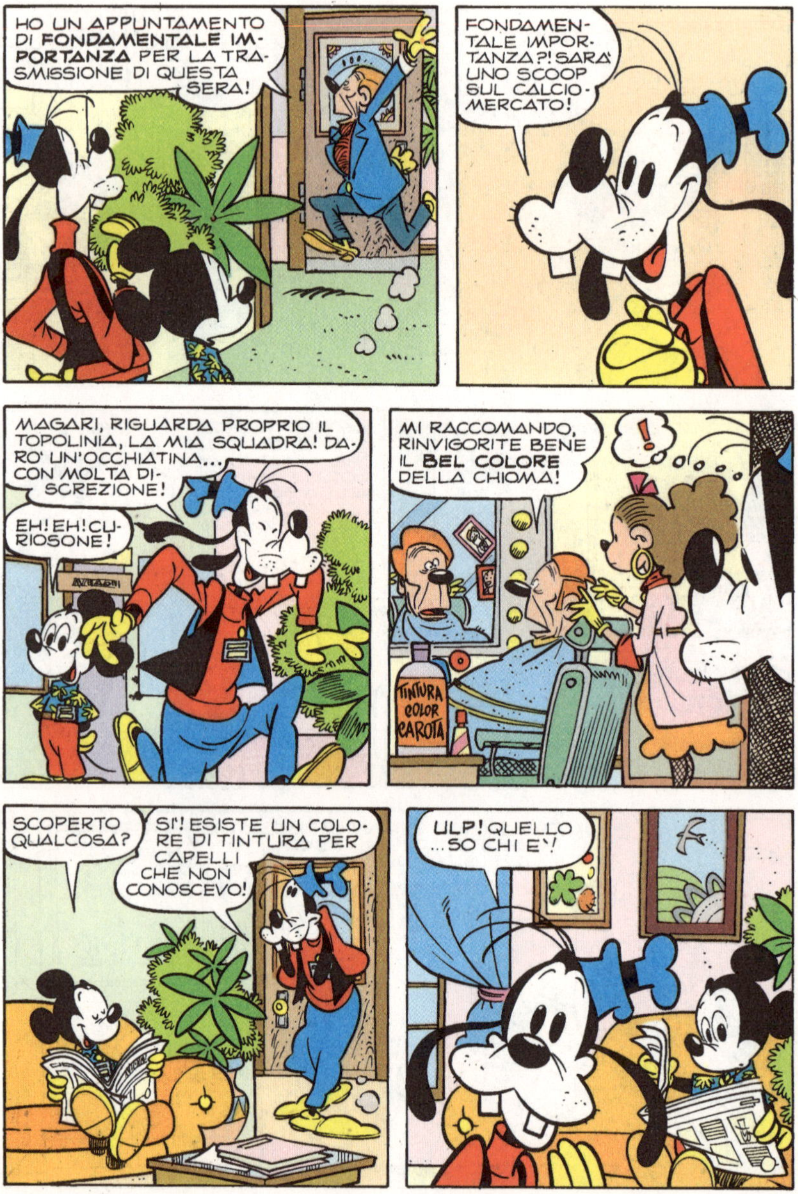
HO UN APPUNTAMENTO DI **FONDAMENTALE IMPORTANZA** PER LA TRASMISSIONE DI QUESTA SERA!
FONDAMENTALE IMPORTANZA?! SARÀ UNO SCOOP SUL CALCIOMERCATO!
MAGARI, RIGUARDA PROPRIO IL TOPOLINIA, LA MIA SQUADRA! DARÒ UN'OCCHIATINA... CON MOLTA DISCREZIONE!
EH! EH! CURIOSONE!
MI RACCOMANDO, RINVIGORITE BENE IL **BEL COLORE** DELLA CHIOMA!
!
TINTURA color CAROTA
SCOPERTO QUALCOSA?
SÌ! ESISTE UN COLORE DI TINTURA PER CAPELLI CHE NON CONOSCEVO!
ULP! QUELLO ...SO CHI È!

E' GUIDO KAROBELL, IL METEOROLOGO DELLE PREVISIONI DEL TEMPO!
CHIEDIAMOGLI COME SARA' IL WEEK-END!
NON HO DUBBI! PIOVERA'!
AVETE CONSULTATO IL COMPUTER?
NO, MA MI DUOLE IL DITONE DEL PIEDE...VI GARANTISCO CHE E' INFALLIBILE!
GULP!
QUESTI METEOROLOGI SONO DAVVERO IMPREVEDIBILI!
ULP! CHE SCIOCCO! NON HO PENSATO DI CHIEDERGLI L'AUTOGRAFO!
PAFF

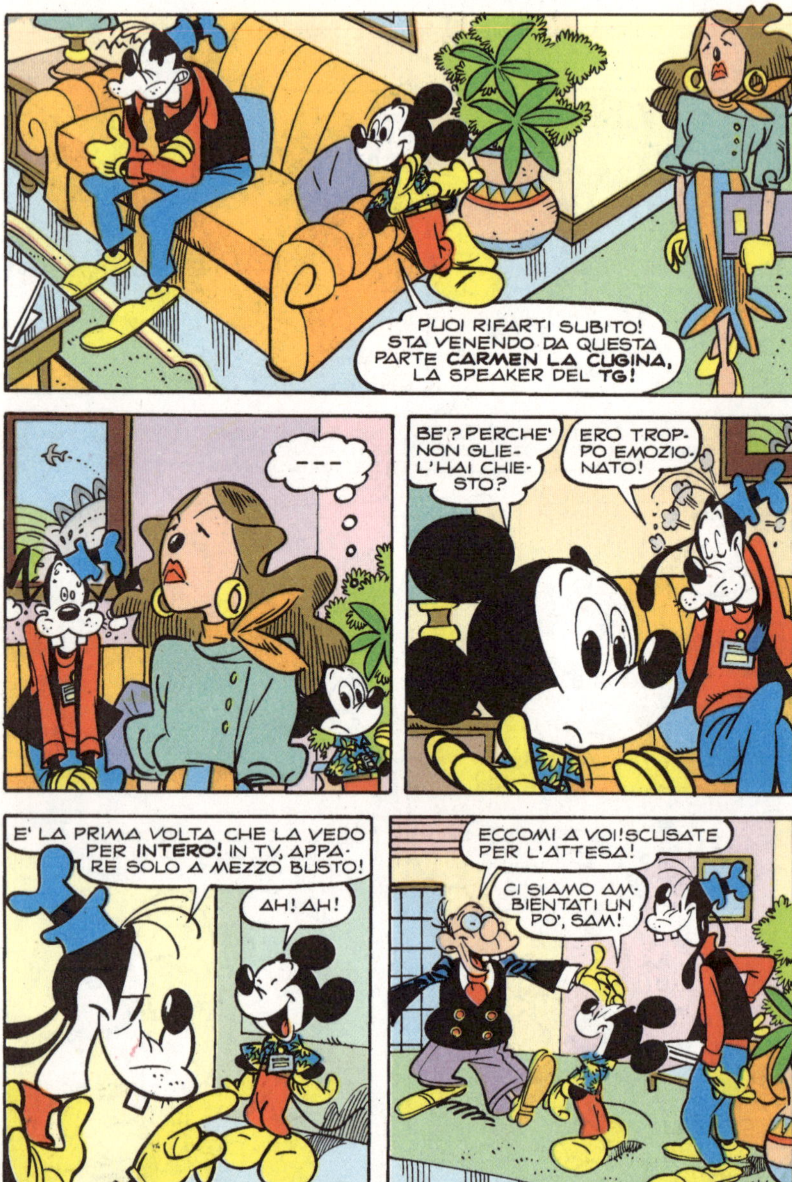
PUOI RIFARTI SUBITO! STA VENENDO DA QUESTA PARTE **CARMEN LA CUGINA**, LA SPEAKER DEL **TG**!

BE'? PERCHE' NON GLIE-L'HAI CHIESTO?
ERO TROP-PO EMOZIO-NATO!
E' LA PRIMA VOLTA CHE LA VEDO PER **INTERO!** IN TV, APPA-RE SOLO A MEZZO BUSTO!
AH! AH!
ECCOMI A VOI! SCUSATE PER L'ATTESA!
CI SIAMO AM-BIENTATI UN PO', SAM!

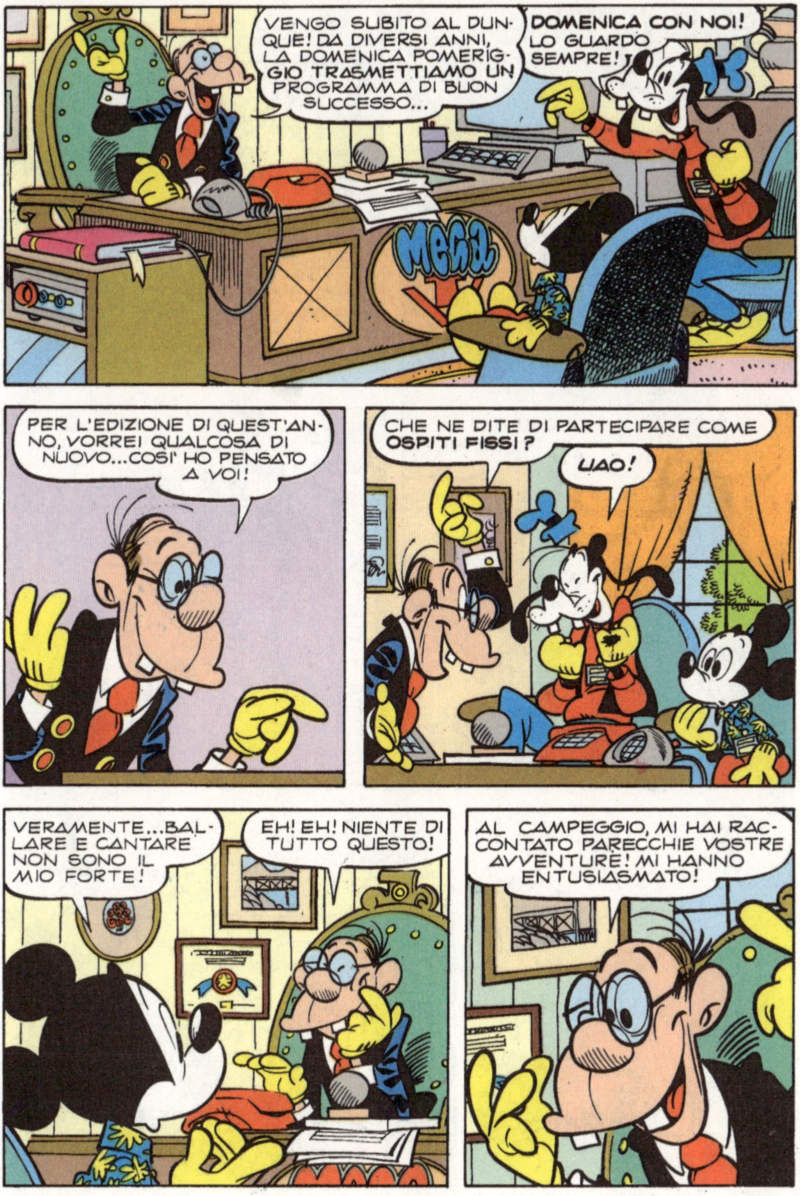
VENGO SUBITO AL DUNQUE! DA DIVERSI ANNI, LA DOMENICA POMERIGGIO TRASMETTIAMO UN PROGRAMMA DI BUON SUCCESSO...
DOMENICA CON NOI! LO GUARDO SEMPRE!
MEGA
PER L'EDIZIONE DI QUEST'ANNO, VORREI QUALCOSA DI NUOVO... COSI' HO PENSATO A VOI!
CHE NE DITE DI PARTECIPARE COME OSPITI FISSI?
UAO!
VERAMENTE... BALLARE E CANTARE NON SONO IL MIO FORTE!
EH! EH! NIENTE DI TUTTO QUESTO!
AL CAMPEGGIO, MI HAI RACCONTATO PARECCHIE VOSTRE AVVENTURE! MI HANNO ENTUSIASMATO!

SONO CONVINTO CHE ANCHE AGLI SPETTATORI PIACEREBBERO MOLTO!
UHM...
D'ACCORDO, SAM! ACCETTIAMO!
YUK! E CON ENTUSIASMO!
BENISSIMO!
VI PRESENTO A **PAT SHARE**! E' L'AUTORE DEL PROGRAMMA!
E NON SOLO DI QUELLO! TUTTE LE NOSTRE TRASMISSIONI VENGONO IDEATE DA LUI!
UN TIPO IN GAMBA!
SI', MA ANCHE MOLTO **ORGOGLIOSO**!
PIU' VOLTE GLI HO PROPOSTO DI AFFIANCARGLI UNO STAFF DI COLLABORATORI, MA HA SEMPRE RIFIUTATO: NON VUOLE INTERFERENZE NEL SUO LAVORO!
STUDIO 5

164

LA SCALETTA DELLA TRASMISSIONE VA RISPETTATA!
NO, SE E' ASSURDA!
PAT E' QUELLO CON LA CARTELLETTA!
ALTO
IL CANTANTE NON PUO' ESIBIRSI ALLE 17!
AH, NO? E PERCHE'?
IL SUO AEREO ARRIVA ALLE 18!
GULP!

DITEGLI DI PRENDERE IL VOLO PRECEDENTE! L'AUTORE SONO IO E SI FA COME DICO!
SGRUNT!
QUELLO E' TED SHOW, IL REGISTA!
ANTIPATICO E PRESUNTUOSO!
AVREBBE BISOGNO DI UNA BELLA LEZIONE!
LUI E PAT LITIGANO SPESSO, MA QUESTO NON INFLUISCE MINIMAMENTE SULL'OTTIMA QUALITA' DEL PROGRAMMA!
ATTENTO!
AAAH!
POK

VI SIETE FATTO MALE?
GRUMF! QUESTI CAVI... NO, NO!
SIETE MOLTO GENTILE! PRENDETE UNA CARAMELLA!
YUK! GRAZIE!
SONO SQUISITE, IO NE SONO GHIOTTISSIMO!
TIPO SIMPATICO, MA DAI GUSTI STRANI!
PERCHE'?
GLI PIACCIONO LE CARAMELLE AL CARCIOFO!
OH!
EHI, PAT! QUESTI SONO TOPOLINO E PIPPO! TI HO GIA' PARLATO DI LORO!

HANNO APPENA ACCETTATO LA NOSTRA PROPOSTA DI COLLABORAZIONE!
MAGNIFICO! LA VOSTRA PRESENZA CONTRIBUIRA' MOLTO AL SUCCESSO DEL PROGRAMMA!
SAM CI HA DETTO CHE SIETE L'AUTORE DI TUTTE LE TRASMISSIONI! ALLORA, ANCHE **TUTTI IN PIAZZA** E' UNA VOSTRA IDEA!
SICURO!
E' IN PROGRAMMAZIONE PER IL TERZO ANNO CONSECUTIVO! HA UN'OTTIMA **AUDIENCE**!
YUK! A ME PIACE COSI' TANTO, CHE VIDEOREGISTRO TUTTE LE PUNTATE!
EH! EH! ALLORA, OLTRE CHE ME, FATE CONTENTI I VENDITORI DI VIDEOCASSETTE!
A PROPOSITO DI PROGRAMMI DI SUCCESSO... A CHE PUNTO E' L'IDEA PER LO SHOW DEL SABATO SERA? CI LAVORI DA SEI MESI!
STO PERFEZIONANDO GLI ULTIMI DETTAGLI!

168

POTREI AVERE UN'ANTICIPAZIONE?
MI SPIACE! E' TOP SECRET!
EH! EH! A PAT PIACE FARE IL MISTERIOSO! NON NE HA ANCORA PARLATO A NESSUNO!
E' UNA SPECIE DI SCARAMANZIA!
PERO', POTRAI TENERE IL SEGRETO ANCORA PER POCO! ALLA RIUNIONE DI DOPODOMANI, DOVRAI ESPORRE LA TUA IDEA!
DOBBIAMO COMINCIARE A REALIZZARLA!
GIA'!
IN QUANTO ALLA NOSTRA COLLABORAZIONE...
ORA VI SPIEGO... UHM!
PIU' AL CENTRO, QUEL RIFLETTORE!
BENG
BENG

QUI C'E' TROPPA CONFUSIONE...E POI, HO POCO TEMPO! CHE NE DITE DI PARLARNE CON CALMA A CASA MIA?
VOLENTIERI!
OKAY! VI ASPETTO DOMANI ALLE DIECI!
CONTENTO, PIPPO? ORA FAI PARTE DEL MONDO DELLA TELEVISIONE!
SI', MA...
...SE LA DOMENICA POMERIGGIO SARO' QUI, COME FARO' A SEGUIRE IL PROGRAMMA ALLA TV?
AH! AH!
PARCHEGGIO RISERVATO

IL MATTINO SEGUENTE...
SIAMO IN PERFETTO ORARIO.. PER FORTUNA, NON C'ERA TRAFFICO!
AD AGOSTO E' NORMALE! E' TEMPO DI VACANZE!
DRIIIINN
PAT NON RISPONDE! STRANO, CI ASPETTAVA!
LA PORTA E' SOCCHIUSA! DIAMO UN'OCCHIATA!
GULP! ECCOLO! MA...

PAT! TUTTO BENE?
EH? UH? COSA...
PAT PAT
HO... HO AVUTO COME UN CAPOGIRO!
EHI! COME MAI IL TERMOSIFONE E' SPENTO?
?
CO-CO-COSA?!
COS'E' SUCCESSO ALL'ALBERO IN GIARDINO? E' PIENO DI FOGLIE!
?!

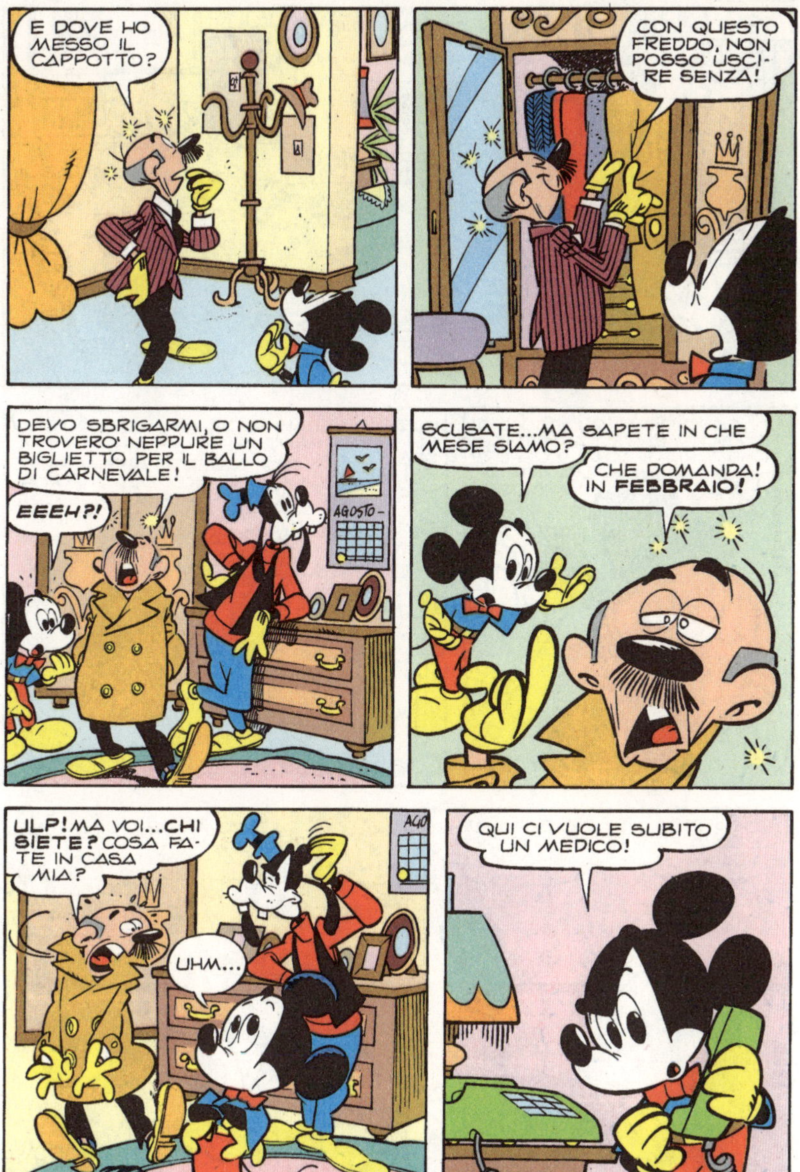
E DOVE HO MESSO IL CAPPOTTO?
CON QUESTO FREDDO, NON POSSO USCI-RE SENZA!
DEVO SBRIGARMI, O NON TROVERO' NEPPURE UN BIGLIETTO PER IL BALLO DI CARNEVALE!
EEEH?!
AGOSTO
SCUSATE... MA SAPETE IN CHE MESE SIAMO?
CHE DOMANDA! IN FEBBRAIO!
ULP! MA VOI... CHI SIETE? COSA FA-TE IN CASA MIA?
UHM...
QUI CI VUOLE SUBITO UN MEDICO!

POI...
NON CI SONO DUBBI! SI TRATTA DI AMNESIA!
UN CASO DAVVERO INSOLITO! GENERALMENTE, LA PERDITA DI MEMORIA E' TOTALE, OPPURE LIMITATA A UN SINGOLO FATTO!
QUESTA VOLTA, INVECE, RIGUARDA TUTTI GLI AVVENIMENTI DEGLI ULTIMI SEI MESI!
QUESTO SPIEGA PERCHE' CREDEVA CHE FOSSE FEBBRAIO... MENTRE SIAMO IN AGOSTO!
COSA PUO' AVERLA PROVOCATA?
PROBABILMENTE, UN FORTE SHOCK!
E' COME SE QUESTI MESI NON FOSSERO MAI ESISTITI... NON RIESCO A RICORDARE!

RACCOMANDO TRANQUILLITÀ E RIPOSO! PRIMA O POI, LA MEMORIA TORNERÀ DA SÈ!
GRAZIE, DOTTORE!
DOV'È PAT? COME STA?
?
SIGH! HO UN BUCO NELLA MEMORIA DI SEI MESI!
ALLORA È VERO!
COME FACEVI A SAPERLO?
LEGGI QUESTO!
HO CANCELLATO PER SEMPRE GLI ULTIMI SEI MESI DALLA MEMORIA DI PAT SHARE
IL CANCELLATORE

DUNQUE, L'AMNESIA E' STATA **PROVOCATA!** MA PERCHE'?
E' FIN TROPPO CHIARO!
PROPRIO DA SEI MESI PAT LAVORAVA ALL'IDEA PER IL GRANDE SHOW DEL SABATO SERA!
SAREBBE STATO LA PUNTA DI DIAMANTE DEL NOSTRO **PALINSESTO AUTUNNALE...** ORA, E' SVANITO NEL NULLA!
PURTROPPO, NESSUNO SA A COSA STAVA LAVORANDO!
SE SOLO RIUSCISSI A RICORDARE...
MAGARI, HAI SCRITTO DEGLI APPUNTI!
LO ESCLUDO!
TENGO SEMPRE TUTTO A MENTE, E POI BUTTO GIU' L'IDEA DEFINITIVA!
UN BEL GUAIO!

176

IL MISTERIOSO FURFANTE HA SCELTO BENE IL SUO BERSAGLIO! PAT E' UN ELEMENTO CARDINE DELLA NOSTRA EMITTENTE!
E' QUASI IMPOSSIBILE TROVARE UNA NUOVA IDEA IN POCO TEMPO!
A MENO CHE PRENDIATE TE IN CONSIDERAZIONE LA MIA!
SIETE ANCHE VOI AUTORE?
NON PROPRIO! E' LA PRIMA VOLTA CHE CI PROVO!
HO PENSATO A UNA NUOVA FORMULA PER IL PROSSIMO VARIETA'! L'HO PROPOSTA A SAM, MA NON HA NEPPURE VOLUTO ASCOLTARMI!
SAREBBE STATO INUTILE! CI STAVA GIA' LAVORANDO PAT... E' LUI L'AUTORE DI TUTTI I NOSTRI PROGRAMMI!
GIA'! HA IL MONOPOLIO!

177

UH? COSA C'E' SUL PAVIMENTO?
UHMM... UNA CARAMELLA... AL CARCIOFO!
MUNCH MUNCH
E' UNA DI QUELLE DI TED! GLI SARA' CADUTA ADESSO... OPPURE NO?
SONO SICURO CHE DIETRO QUESTA STORIA C'E' LARRY NETWORK, IL MIO ACERRIMO CONCORRENTE!
IL PROPRIETARIO DI CANALE TOP?
SI'! TRA LE NOSTRE EMITTENTI C'E' SEMPRE STATA GUERRA... A COLPI DI PROGRAMMI!
MOLTE VOLTE MI HA PORTATO VIA VALIDI COLLABORATORI, PAGANDOLI GROSSE CIFRE! ADESSO, PERO', HA ESAGERATO!

VOGLIO DIRGLI A QUATTR'OCCHI QUELLO CHE PENSO DI LUI!
RIPOSATI, PAT! PIU' TARDI, TELEFONERO' PER SENTIRE COME VA!
PAT PAT
IO TORNO AGLI STUDI! TENETEMI INFORMATO!
OKAY!
POCO DOPO...
MISTER NETWORK E' OCCUPATO! NON RICEVE NESSUNO!
CANALE TOP
TOP
DR NETWORK
PER ME FARA' UN'ECCEZIONE!
MA...

GRRR!
TELECAST! COSA SIGNIFICA QUESTA IRRUZIONE?
HAI ANCHE IL CORAGGIO DI CHIEDERMELO, DOPO QUELLO CHE HAI FATTO A PAT SHARE?
EH?! DI COSA STAI PARLANDO?
MA GUARDA! NON DIRMI CHE ANCHE TU HAI PERSO LA MEMORIA!
ADESSO BASTA!
ANDATEVENE TUTTI, O CHIAMO IL SERVIZIO DI SICUREZZA!
UN MOMENTO, MISTER NETWORK!

SAM E' SCONVOLTO! LASCIATE CHE VI SPIEGHI!
UHM...
COSI'...
MI SPIACE PER PAT! MA IO NON C'ENTRO PER NIENTE!
DA MESI HO ACQUISTATO UN NUOVO PROGRAMMA CHE MANDERO' IN ONDA IL SABATO SERA!
E' UN GROSSO SUCCESSO INTERNAZIONALE! L'AUDIENCE E' GARANTITA!
NON HO PAURA DELLA CONCORRENZA DEL TUO VARIETA'! QUINDI, NON AVEVO MOTIVO DI CANCELLARE I RICORDI DI PAT!
STORIE! TI HO SEMPRE BATTUTO! PERCIO', TU...

MI HAI SECCATO CON LE TUE ACCUSE! VE NE ANDATE SPONTANEAMENTE, O DEVO FARVI **ACCOMPAGNARE?**
ULP!
DR NETWORK
SONO CERTO CHE E' LUI, IL COLPEVOLE!
E' STATO PIUTTOSTO BRUSCO, MA SEMBRAVA SINCERO!
113
NON FARTI INGANNARE, PIPPO! HA CERCATO SOLO DI SVIARE I SOSPETTI!
SPERO CHE A PAT TORNI LA MEMORIA, COSI' CHIUDEREMO QUESTA STORIA!
CI VEDIAMO, SAM!
113

HAI QUALCHE IDEA SULL'IDENTITA' DEL CANCELLATORE?
E' TUTTO MOLTO CONFUSO, PIPPO!
NETWORK SOSTIENE CHE IL SUO PROGRAMMA AVRA' SUCCESSO... MA LA CONCORRENZA FA SEMPRE PAURA!
ANCHE TED SHOW, PERO', E' SOSPETTO! QUESTA CIRCOSTANZA GLI DAREBBE LA POSSIBILITA' DI AFFERMARSI COME AUTORE A SPESE DI PAT, CON IL QUALE NON VA AFFATTO D'ACCORDO!
ARF! ARF!
E QUESTA CARAMELLA AL CARCIOFO CHE HO TROVATO A CASA DI PAT AUMENTA LE MIE PERPLESSITA' SUL SUO CONTO!
UHM... DAVVERO UN BEL MISTERO!
RIUSCIRA' TOPOLINO A RISOLVERLO? LO SAPREMO GIRANDO PAGINA!
FINE DEL 1° TEMPO

WALT DISNEY
TOPOLINO e il caso del CANCELLATORE
A TAVOLA, PIPPO! E' PRONTO!
YUM! CHE PROFUMINO!
2° TEMPO

ARF! ARF!
ARRIVO, PLUTO! NON MI SONO DIMENTICATO DI TE!
NON RIESCO A DISTOGLIERE LA MENTE DAL MISTERO DEL **CANCELLATORE**!
POT
ME NE SONO ACCORTO! HAI DATO A ME LA **PAPPA** DI PLUTO!
OH!
PLUTO
MENTRE PRANZIAMO, ASCOLTIAMO IL NOTIZIARIO!
CLIC
... ECCO LA NOSTRA INTERVISTA A PAT SHARE SULL'ACCADUTO!
GULP!
TG
PLUTO

185

NON RICORDATE PROPRIO NULLA DEGLI ULTIMI SEI MESI, MISTER SHARE?
PURTROPPO, NO!
ALLORA, ANCHE L'IDEA PER IL NUOVO SHOW DEL SABATO SERA E' SVANITA!
GIA'!
UN VERO PECCATO! NON SAPREMO MAI SE AVREBBE AVUTO SUCCESSO!
POSSIAMO SOLTANTO SPERARLO! ULTIMAMENTE, I PROGRAMMI DI MEGA TV MANCAVANO DI NOVITÀ!
SGRUNT!
NON E' AFFATTO VERO! TUTTI IN PIAZZA, PER ESEMPIO, HA UNA FORMULA MOLTO ORIGINALE!

186

E AL PUBBLICO PIACE TANTISSIMO! CONOSCO UNO SPETTATORE CHE ADDIRITTURA VIDEOREGISTRA TUTTE LE PUNTATE!
STA PARLANDO DI ME! GLIEL'HO DETTO IERI MATTINA!
ULP! E' VERO!
SNIF
SNIF
PLUTO
SE SI E' RICORDATO, VUOL DIRE CHE LA MEMORIA COMINCIA A TORNARGLI!
PRESTO! ANDIAMO DA LUI!
EHI! E LA ZUPPA?
ANDIAMO! QUESTA FACCENDA E' PIU' IMPORTANTE!
UMF!
SLAM
SLURP!
BOING

MA...
PURTROPPO, NON RICORDO ALTRO!
CANALE TOP
QUELL'EPISODIO È STATO SOLTANTO UN **FLASH**!
COMUNQUE, È UN PRIMO PASSO!
SONO SICURO CHE, POCO PER VOLTA, RICORDERAI ANCHE IL RESTO!
LO SPERO!
PENSI CHE ANCHE TED SHOW E LARRY NETWORK ABBIANO SEGUITO IL NOTIZIARIO?
UHM... È PROBABILE!

SOSPETTI DI LORO?
È TUTTO ANCORA MOLTO VAGO! SIAMO NEL CAMPO DELLE IPOTESI!
SE TI DOVESSE TORNARE IN MENTE QUALCHE ALTRO PARTICOLARE, CHIAMACI SUBITO!
D'ACCORDO!
QUELLA NOTTE...
SKREEEK
EH! EH! IL **CANCELLATORE** STA PER COLPIRE DI NUOVO!
ZIP
BOING

BENVENUTO! TI STAVAMO ASPETTANDO!
CLIK
SGRUNT! UNA TRAPPOLA!
SAPEVO CHE IL NOTIZIARIO TI AVREBBE MESSO IN ALLARME! PAT STAVA RECUPERANDO LA MEMORIA, E POTEVA RICORDARE QUALCHE PARTICOLARE IMPORTANTE SULLA TUA IDENTITÀ!

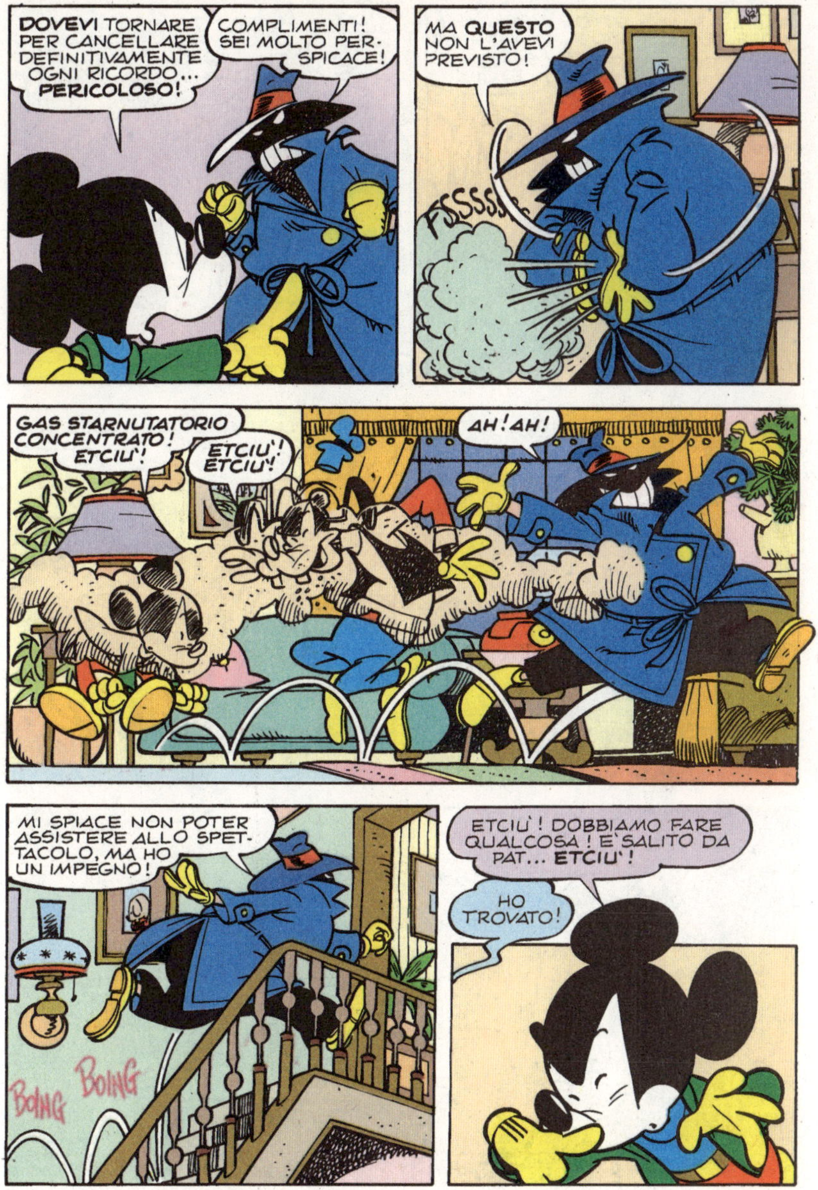
DOVEVI TORNARE PER CANCELLARE DEFINITIVAMENTE OGNI RICORDO... PERICOLOSO!
COMPLIMENTI! SEI MOLTO PERSPICACE!
MA QUESTO NON L'AVEVI PREVISTO!
FSSSSSS
GAS STARNUTATORIO CONCENTRATO! ETCIU'!
ETCIU'! ETCIU'!
AH! AH!
MI SPIACE NON POTER ASSISTERE ALLO SPETTACOLO, MA HO UN IMPEGNO!
BOING
BOING
ETCIU'! DOBBIAMO FARE QUALCOSA! E' SALITO DA PAT... ETCIU'!
HO TROVATO!

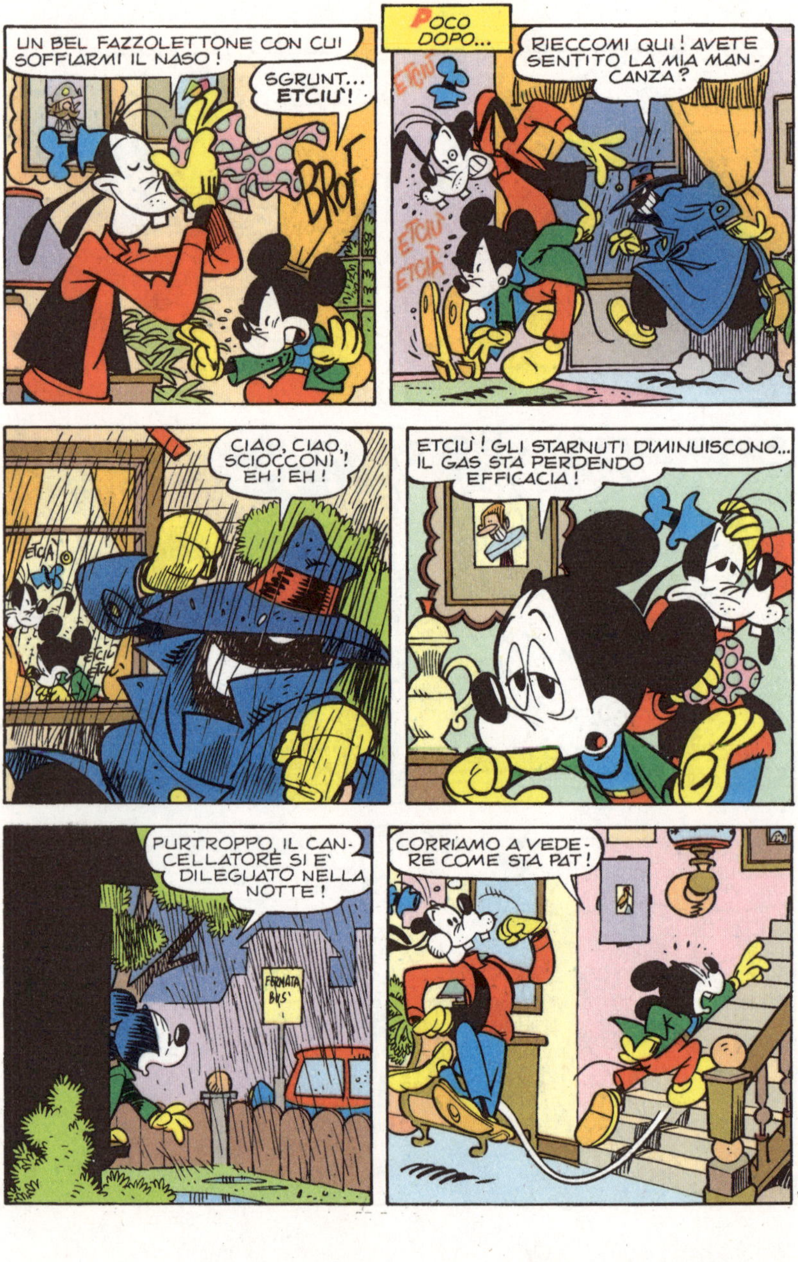
UN BEL FAZZOLETTONE CON CUI SOFFIARMI IL NASO!
SGRUNT... ETCIÙ!
BROF
POCO DOPO...
RIECCOMI QUI! AVETE SENTITO LA MIA MANCANZA?
ETCIÙ
ETCIÙ
ETCIÀ
CIAO, CIAO, SCIOCCONI! EH! EH!
ETCIÙ! GLI STARNUTI DIMINUISCONO... IL GAS STA PERDENDO EFFICACIA!
PURTROPPO, IL CANCELLATORE SI E' DILEGUATO NELLA NOTTE!
FERMATA BUS
CORRIAMO A VEDERE COME STA PAT!

COME TEMEVO! E' DI NUOVO SOTTO SHOCK!
BLIIB!
PAT! SIAMO NOI!
NOI... CHI? NON VI CONOSCO!
COSÌ STA SCOMODO! PORTAMI UN ALTRO CUSCINO, PIPPO!
ECCOLO! ETCIU'! ETCIU'!
BRONF! IL GAS STARNUTATORIO E' ARRIVATO FINO QUI!
UHM...

OCCUPATI DI PAT! VADO A TELEFONARE AL MEDICO!
COSÌ...
OGNI BARLUME DI RICORDO DEGLI ULTIMI SEI MESI È STATO COMPLETAMENTE CANCELLATO!
ALLORA, NON C'È PIÙ SPERANZA CHE RECUPERI LA MEMORIA!
FORSE, QUALCOSA SI PUÒ FARE!
HO ESPOSTO IL CASO A UN COLLEGA SPECIALISTA, E LUI MI HA DATO QUESTO! È UNO **STIMOLATORE DI MEMORIA!**
È LA NOSTRA UNICA POSSIBILITÀ!
TENTIAMO!

ZOT
ALLORA? TI TORNA IN MENTE QUALCOSA?
UHM... PURTROPPO, NO!
FAI UNO SFORZO, PAT!
CI PROVO, MA E' INUTILE!
SEI SICURO? NEPPURE UN'IMMAGINE?
STO FACENDO IL POSSIBILE!
NON TI CONCENTRI ABBASTANZA! METTICELA TUTTA!
NON CI RIESCO! NON INSISTERE, TOPOLINO!

DAVVERO? ALLORA, COME MAI MI HAI CHIAMATO PER NOME? POCO FA NON RICORDAVI CHI SONO!
OH?
È STATO UN FLASH! COME QUELLO DI OGGI POMERIGGIO!
AH! DUNQUE RICORDI ANCHE QUELLO!
GULP! IO...
HO SOLO QUALCHE FRAMMENTO DI RICORDO! DEV'ESSERE STATO LO STIMOLATORE!
NON CREDO PROPRIO! È SOLTANTO **UNA TORCIA ELETTRICA** IN UNA SCATOLA!
COSA?! MA... MA...

196

CHE MI DICI ORA, CARO **CANCELLATORE**?
SGRUNT! HAI VINTO, TOPOLINO!
COSÌ...
NON RIESCO A CREDERCI, PAT! CHE MOTIVO AVEVI DI ARCHITETTARE TUTTO QUESTO?
SOB! DA MESI NON AVEVO IDEE PER NUOVI PRO-GRAMMI!

NON SAPEVO COSA INVENTARE PER LO SHOW DEL SABATO SERA, COSI' HO CERCATO DI GUADAGNARE TEMPO, FACENDO IL MISTERIOSO!
SPERAVO IN UNA TROVATA DEL-L'ULTIMO MINUTO, MA NON E' SERVITO A NIENTE!
NON CAPISCO... PERCHE' NON ME NE HAI PARLATO?
NON VOLEVO AMMETTERE DI ESSERE A CORTO DI IDEE! PER UN AUTORE DEL MIO CALIBRO, SA-REBBE STATA UNA **INSOPPORTABILE UMILIAZIONE**!
PAFF
L'AVEVI PENSATA DAVVE-RO BENE! SAPEVI DELLA SINGOLARE PASSIONE DI TED SHOW PER LE CARAMELLE AL CARCIOFO...

... PERCIÒ, DOPO LA VISITA DEL FANTOMATICO **CANCELLATORE**, NE HAI LASCIATA UNA BENE IN MOSTRA SUL PAVIMENTO!
VOLEVI ATTIRARE I SOSPETTI SU DI LUI!
GIÀ! NON HO MAI POTUTO SOFFRIRE QUELL'ANTIPATICO!
IL TROPPO ORGOGLIO, PERÒ, TI HA TRADITO!
SÌ, QUANDO QUEL GIORNALISTA HA CRITICATO I MIEI PROGRAMMI, HO REAGITO... E, PER FARE BELLA FIGURA, HO PARLATO TROPPO!
RICORDANDO L'EPISODIO DI PIPPO, AVEVO DATO L'IMPRESSIONE CHE LA MEMORIA MI STESSE TORNANDO!
DOVEVO RIMEDIARE ALL'**ERRORE**!

SAPEVI CHE PIPPO E IO CI SAREMMO APPOSTATI PER CATTURARE IL CANCELLATORE...
... COSÌ, HAI ORGANIZZATO LO SCHERZETTO DEL GAS STARNUTATORIO!
ERAVATE PROPRIO BUFFI! AH! AH!
HAI ANCHE APPROFITTATO DELL'OCCASIONE FAVOREVOLE PER FARCI CREDERE CHE SI TRATTASSE DI UN INDIVIDUO ROBUSTO... COME TED SHOW!
VOLEVO RAFFORZARE I SOSPETTI SU DI LUI!
C'ERI QUASI RIUSCITO, MA HAI COMMESSO DUE PICCOLI ERRORI!
UH?
IL PRIMO, È STATO IL CUSCINO USATO PER SIMULARE IL PANCIONE!

200

NON HAI PENSATO CHE ERA STATO TROPPO VICINO ALLO SPRUZZATORE NASCOSTO SOTTO IL COSTUME...
FFSSSSS
... COSÌ, E' RIMASTO IMPREGNATO DI GAS, E PIPPO L'HA **SCOPERTO** SUBITO!
QUESTO MI HA MESSO SULLA STRADA GIUSTA!
E IL SECONDO ERRORE?
PER USCIRE DALLA CAMERA E RIENTRARNE, NON POTEVA CERTO SERVIRSI DELLE SCALE, PERCHE' L'AVREMMO VISTO!

COSÌ, È PASSATO DALLA FINESTRA, SERVENDOSI DI UNA FUNE!
NON HA PENSATO, PERÒ, CHE, A CAUSA DELLA PIOGGIA, IL TERRENO ERA FANGOSO E QUINDI SAREBBERO RESTATE IMPRESSE LE SUE IMPRONTE...
...MA SOLTANTO SOTTO LA FINESTRA, MENTRE NEL RESTO DEL GIARDINO NON CE N'ERANO!
QUESTO MI HA FATTO CAPIRE CHE IL **CANCELLATORE** NON POTEVA ESSERE VENUTO DA FUORI, MA SI ERA CALATO DALL'ALTO!
NON AVEVO PROPRIO PENSATO A QUEL PARTICOLARE!

202

POI, IL MEDICO MI HA AIUTATO NEL TRUCCHETTO DELLO STIMOLATORE DI MEMORIA, IDEATO NELLA SPERANZA CHE TI TRADISSI!
E COSÌ È STATO!
SGRUNT!
TI È ANDATA MALE, PAT! MA ADESSO AVRAI MODO DI RIFLETTERE SUL TUO ERRORE!
COMPLIMENTI, TOPOLINO! HAI RISOLTO IL CASO MAGISTRALMENTE!
DIRÒ A TED SHOW DI REALIZZARE IL SUO PROGETTO! ABBIAMO GIÀ PERSO TROPPO TEMPO!
UFF!

SGRUNT! SE NON FOSSI STATO A CORTO DI IDEE...
UH ?!
A CORTO DI IDEE ?! MA SE HAI IDEATO QUESTO INTRICATISSIMO GIALLO!
È VERO! MA ALLORA, NON È FINITA TANTO MALE! STO RITROVANDO LA VENA CREATIVA! EH, EH!
FINE

Walt Disney
Paperinik e il ritorno di Mad Ducktor
Paperopoli! Notte da tregenda!
KRAAAK
I/D 2011-003
Tempo perfetto per le lumache...
SKREEK
... e gli spettri!
Ah, eccovi! Ho fatto bene ad aspettarvi sulla porta!

IN EFFETTI, SE IL PROBLEMA È QUELLO DI CUI MI AVETE ACCENNATO AL TELEFONO, NON AVRESTE DOVUTO POTER BUSSARE! OPPURE, TELEFONARE...
MA NO! NON DITEMI NIENTE! CAPIRÒ TUTTO ANALIZZANDO LA VOSTRA AFFASCINANTE COMPOSIZIONE MOLECOLARE!
ACCOMODATEVI! NON CAPITA SPESSO DI CONOSCERE UN COLLEGA CHE HA SCOPERTO LA FORMULA DELL'INVISIBILITÀ!
NON BADATE AL DISORDINE! EDI, IL MIO ASSISTENTE, È ANDATO A UN CONVEGNO PER IL RISPARMIO ENERGETICO...
POK POK
... ED ESSENDO LUI UNA LAMPADINA VIVENTE, CAPIRETE, È ADDIRITTURA L'OSPITE D'ONORE!

NIENTE MALE, EH? È UN **FRULLATORE DI MATERIA!** FRULLA E RIMESCOLA LE PARTICELLE SUBATOMICHE!
HO ELABORATO QUESTO MACCHINARIO PROPRIO PER ANALIZZARE E TROVARE LA SOLUZIONE AL VOSTRO PROBLEMA!
VOI AVETE SCOPERTO COME DIVENTARE INVISIBILE, MA NON COME TORNARE A ESSERE **VISIBILE!** DICO BENE?
FRRR
BE', ECCO QUA! LA MIA MACCHINA HA GIÀ TROVATO IL RIMEDIO PIÙ ADATTO! UNA **FRULLATINA** E...
CLIK
FRATZZZ
FRATZZZ
ESATTO! **EH, EH!** AVETE APPENA RIPRESO LA VOSTRA **CONSISTENZA FISICA** E, ORA, POTETE ANCHE TOGLIERVI QUELLE **BENDE!**

UHM! TORNANDO AD ANALIZZARE I DATI, NON RIESCO ANCORA A CAPIRE COME ABBIATE FATTO A TELEFONARMI!
HO USATO UN SINTETIZZATORE, CHE HA MODIFICATO LA MIA VOCE! NON VOLEVO INSOSPETTIRTI, DATO CHE È IDENTICA ALLA TUA!
ULP!
M-MA COSA...
NON MI RICONOSCI? IO SONO MAD DUCKTOR! E SOLO TU POTEVI RESTITUIRMI LA CONSISTENZA FISICA! PERCHÉ SEI UN GENIO, ALMENO QUANTO ME!
KRAAAK

"RICORDI QUANDO PAPERINIK HA CHIESTO A EDI DI CREARE UN'ARMA IN GRADO DI ANNULLARE L'EFFETTO DELLA MACCHINA DELL'EGO, DA TE INVENTATA..."*
*VEDI TOPOLINO N°2897
"... E QUEI DUE SONO RIUSCITI A SCINDERE LA TUA PERSONALITÀ POSITIVA DALLA MIA, NEGATIVA?"
BUAAARZZZ
"TU SEI RIMASTO CONSISTENTE, MENTRE IO SONO DIVENTATO UN... FANTASMA, COSTRETTO A VAGARE SENZA META!"
ZZZZZZZZZZZZZZZZ
ZZZZZZZ
!
"ALMENO FINCHÉ, IN UN MISTICO LUOGO AI CONFINI DEL MONDO, UN MONACO HA SENTITO LA MIA PRESENZA!"
"EGLI MI HA INSEGNATO A CONTROLLARE LA MENTE E QUEL CHE RESTAVA DEL CORPO, PERMETTENDOMI DI AFFERRARE GLI OGGETTI LEGGERI!"

COSÌ... CIOMP... SHONO RIUSCHITO A METTERMI LE BENDE, A USHARE IL TELEFONO E IL SHINTETIZZATORE VOCALE! IL RESHTO, LO SHAI!
GLOM! SCUSA! DA FANTASMA NON AVEVO BISOGNO DI MANGIARE, MA SENTIVO I PROFUMI E DESIDERAVO IL CIBO!
SOGNAVO DI ADDENTARE QUINTALI DI MUFFIN! YUM! MONTAGNE DI MUFFIN! NON NE HAI, NELLA TUA DISPENSA?
IO LI DETESTO!
NON MI SORPRENDE! DOPOTUTTO, NOI DUE SIAMO OPPOSTI IN TUTTO! TRANNE CHE NELL'ASPETTO!
E SAI UNA COSA? SARÀ PROPRIO QUESTA SOMIGLIANZA A PERMETTERMI DI PERPETRARE LA MIA DIABOLICA RIVALSA!
ZIP
?

PIÙ TARDI...
PER FORTUNA TI HO TROVATO ANCORA SVEGLIO! SENZA GLI STIVALETTI A MOLLA MI SENTO... SCALZO!
ECCO A TE! AVEVANO SOLO BISOGNO DI UN PAIO DI MOLLE NUOVE!
SEI UN AMICO, ARCHIE! OLTRE CHE UN OTTIMO CALZOLAIO!
IO VADO! TU RICORDA DI... SCORDARE TUTTO...
... MANGIANDO UNA CARAMELLA CAR-CAN! SICURO! LO FACCIO SUBITO!
BONG
BONG
SGRUNT! QUELL'IPOCRITA NON SOLO TI SFRUTTA, MA PRETENDE PERSINO DI MANIPOLARTI LA MEMORIA!
OSSERVA! SAPEVO CHE SI SAREBBE FATTO VIVO! COSÌ, HO INSERITO NEI SUOI STIVALETTI UNA MICROCAMERA...

"... CHE MI PERMETTERÀ DI SCOPRIRE LA SUA VERA IDENTITÀ!"
YU-UUUH!
SVEGLIA, PIGRONE!
ULP! I NIPOTINI!
EHM! CHE COSA C'È? È QUESTO IL MODO DI BUTTARE GIÙ DAL LETTO VOSTRO ZIO?
ESIGO UN PO' DI RISPETTO! E GUAI A VOI SE VI AZZARDATE AD APRIRE LA PORTA DELLA MIA STANZA!
AH! QUANTO RIMPIANGO I TEMPI IN CUI USARE IL BATTIPANNI...
... ERA ANCORA POLITICALLY CORRECT*! LO SAPPIAMO!
*POLITICAMENTE CORRETTO!
TI ABBIAMO SVEGLIATO PER DIRTI CHE STIAMO ANDANDO AL RADUNO DELLE GIOVANI MARMOTTE...
... E CHE, IN SALOTTO, C'È ZIO PAPERONE CHE TI ASPETTA!

SEI STATO TU A CHIEDERMI DI VENIRTI A PRENDERE, PER PORTARTI AL DEPOSITO! VUOI SCENDERE, OPPURE DEVO SALIRE IN CAMERA TUA?
NO, NO! STO ARRIVANDO! ASPETTAMI LÌ!
SGRUNT! LA NOTTE, FACCIO L'EROE! LA MATTINA, LUCIDO MONETE! POI MI CHIEDONO PERCHÉ PASSO IL RESTO DEL GIORNO SULL'AMACA...
BZZZZZZZZZ
INCREDIBILE! PAPERINIK E IL NIPOTE DI PAPERON DE' PAPERONI SONO... LA STESSA PERSONA!
?!
MA CERTO! NON LO SAPEVI NEPPURE TU! BEGLI AMICI CHE HAI! TI TENGONO ALL'OSCURO DI TUTTO!
MA CONSOLATI! CI SONO QUA IO! E HO INTENZIONE DI PRENDERE LE REDINI DELLA TUA VITA!

PIÙ TARDI, AL DEPOSITO...
UNO SPRAY TRACCIANTE?
ESATTO! FIDATI, PAPERONE! DA ORA IN POI, NESSUNO SI AZZARDERÀ A PORTARTI VIA LA NUMERO UNO!
BASTERÀ SPRUZZARLO SULLA TUA AMATA MONETA E, SE QUALCUNO PROVERÀ A RUBARTELA...
FSSSSHH
... QUESTO RILEVATORE OLFATTIVO TI AIUTERÀ A RITROVARLA!
BIPBIP
SNIFF SNIFF
BIP
FRITT FRITT
GRAZIE, ARCHIMEDE! SEI SEMPRE COSÌ VULCANICO! COSÌ GENEROSO! COSÌ...
... GRATUITO! LO SO! ORA SCUSA, MA DEVO ANDARE!
YAWN
BUONANOTT... EHM... BUONGIORNO, ARCHIE!
A PRESTO! EH, EH!

214

LA SERA SUCCESSIVA...
NON PUOI TENERMI SEGREGATO NEL CAVEAU DEL LABORATORIO! PRIMA O POI, QUALCUNO SCOPRIRÀ CHE TU NON SEI ME!
LO SO! MA, QUANDO SUCCEDERÀ, SARÀ TROPPO TARDI!
NEL FRATTEMPO, MI SCUSERAI SE MODIFICO UNA DELLE TUE BRILLANTI INVENZIONI...
WOSH
WOSH
WOSH
... E LA USO PER CAMBIARE IL MIO ASPETTO!
WOSH
WOSH
WOSH
ZOT
ULP! SI PUÒ SAPERE CHE COSA STAI MACCHINANDO?
NON AVERE FRETTA! SONO UN GENIO COME TE, PERCIÒ HO UNA MENTE COMPLESSA!
PER ADESSO, SAPPI CHE HO INTENZIONE DI FAR DIVENTARE IL TUO AMICO PAPERINIK UN... FUORILEGGE!

DETTO FATTO, MAD DUCKTOR COMPIE UNA SERIE DI FURTI INCREDIBILI, USANDO LE SEMBIANZE DEL PAPERO MASCHERATO!
BANK

LE SUE MALEFATTE, SEGUITE DA CENTINAIA DI **TESTIMONI**, VENGONO FOTOGRAFATE, FILMATE, REGISTRATE...
UEEEEEE

... E I SUOI DELITTI, SPESSO **FUTILI** E **ODIOSI**, LO FANNO DIVENTARE IN BREVE TEMPO IL **PERICOLO PUBBLICO**...
BOING
TOY

216

... NUMERO UNO!
IERI, ERA IL PIÙ AMATO! IN UNA SOLA NOTTE, È DIVENTATO IL PIÙ TEMUTO!
SECONDO TE, CHE COSA PUÒ ESSERGLI SUCCESSO?
CHI LO SA? POTRESTI CHIEDERE A PAPERINO! TUTTI SANNO CHE LUI E PAPERINIK SONO GRANDI AMICI!
GIÀ! È VERO!
A PROPOSITO DI TUO NIPOTE... EHM...
LASCIA PERDERE! IO NON DOVREI METTERE IL BECCO IN CERTE FACCENDE!
ANDIAMO! TU SEI COME UNO DI FAMIGLIA! PARLA PURE!

217

BE', PAPERINO MI HA CONFIDATO DI ESSERE STUFO DI MONETE LUCIDATE E AVVENTURE MAL RETRIBUITE E... SÌ, INSOMMA...
... MI HA FATTO CAPIRE DI AVERCELA CON TE E DI AVER DECISO DI FARTELA PAGARE!
BAH! QUEL BUONO A NULLA NON È CAPACE DI PORTARE RANCORE!
IO TI DICO SOLO QUELLO CHE HO SENTITO!
DIMMI DI PAPERINIK, PIUTTOSTO! SECONDO TE, ARRIVERÀ ANCHE QUI?
LE API NON RONZANO INTORNO AI FIORI?
GNIK GNIK
MA STAI TRANQUILLO, HO MESSO A PUNTO IL TUO SISTEMA ANTIFURTO! CON QUESTO E LO SPRAY TRACCIANTE, IL TUO DENARO È AL SICURO!

218

QUELLA NOTTE...
WOSH WOSH
WOSH
È ARRIVATO IL MOMENTO DI FAR SCATTARE LA TRAPPOLA!
SCIÒ!
ALT!
VIA!
PER PRIMA COSA, ASSUMO DI NUOVO L'ASPETTO DI PAPERINIK!
WOSH
WOSH
ZOT
QUINDI, FACCIO IN MODO CHE LE TELECAMERE DEL DEPOSITO MI INQUADRINO PER BENE...
BZZ ZZZ
... POCO PRIMA DI SPEGNERLE GRAZIE A QUESTO ANNICHILITORE DI MIA INVENZIONE!
WIIIINNN
ZIP
È PROGETTATO PER BLOCCARE TEMPORANEAMENTE QUEL SISTEMA ANTIFURTO CHE IO STESSO HO MESSO A PUNTO!
RIECCOTI, PREZIOSA MONETINA! SARAI PROPRIO TU IL VEICOLO DELLA MIA VENDETTA!

NELLO STESSO MOMENTO, IL VERO PAPERINIK...
VENDETTA, TREMENDA VENDETTA!
NON APPENA TROVERÒ IL LESTOFANTE MASCHERATO CHE STA INFANGANDO IL MIO NOME, IO...
ECCOLO! È LUI!
GASP!
VATTENE! BRUTTO CATTIVO!
E TU SARESTI UN EROE? SEI SOLO UN CIALTRONE, LADRO DI PELUCHE!
ZIP
SIGH! CHE VERGOGNA! COSTRETTO A FUGGIRE COME UN DELINQUENTE! E TUTTO PER COLPA DI QUELL'IMPO-STORE!

"DAREI QUALSIASI COSA PER SAPERE DOVE SI TROVA IN QUESTO MOMENTO..."
CI SIAMO! ECCO L'INGRESSO DEL RIFUGIO SEGRETO DI PAPERINIK!
RUDIMENTALE, MA EFFICACE! DEVO AMMETTERLO!
INVECE, QUESTO POSTO È PIENO DI PACCOTTIGLIA! ROZZI TRAVESTIMENTI E ALTRE ATTREZZATURE ANTIDILUVIANE!
UHM! SOTTO QUESTA MASCHERA, LA NUMERO UNO STARÀ BENISSIMO!
SÌ! MI SEMBRA UN NASCONDIGLIO PIUTTOSTO AZZECCATO! EH, EH!

POCO DOPO, NEL LABORATORIO DI ARCHIMEDE...
PER QUALE MOTIVO HAI NASCOSTO LA NUMERO UNO NEL RIFUGIO DI PAPERINIK?
NON CI ARRIVI, VERO? DOPO IL FURTO, HO RIMESSO IN FUNZIONE IL SISTEMA DI ALLARME DI PAPERONE...
"IN QUESTO MOMENTO, IL VECCHIO TACCAGNO STARÀ GIÀ CHIAMANDO A RACCOLTA LE FORZE DELL'ORDINE!"
GRRR! NO! NON SI TRATTA SOLO DI UNA MONETINA! SI TRATTA DELLA MONETINA!
SONO IL MAGGIOR CONTRIBUENTE DI PAPEROPOLI, PERCIÒ PRETENDO CHE MANDIATE TUTTI GLI AGENTI DISPONIBILI!
SE HO QUALCHE SOSPETTO SU CHI SIA STATO A COMPIERE IL FURTO? MA CERTO CHE CE L'HO...
... E, ORA CHE CI PENSO, CREDO ANCHE DI SAPERE COME TROVARLO!
BEEP BEEP
SNIF
SNIF
BEEP

ORA CAPISCO! VUOI CHE PAPERONE SCOPRA LA VERA IDENTITÀ DEL NIPOTE! E NEL PEGGIORE DEI MODI!
EH, EH! CI SEI ARRIVATO, FINALMENTE! VEDIAMO SE RIESCI A INTUIRE ANCHE IL RESTO!
UNA VOLTA A CASA DI PAPERINO, PAPERONE VERIFICHERÀ CHE IL PAPERO MASCHERATO È UN LADRO! E COSÌ...
... PAPERINIK SARÀ SVERGOGNATO E IL SUO ALTER EGO, QUASI SICURAMENTE, ARRESTATO E... DISEREDATO! EH, EH!
CHE PIANO TORTUOSO! POSSEDEVI LE MIE SEMBIANZE! PERCHÉ NON HAI DETTO A PAPERONE COME STAVANO LE COSE?
TSK! I PIANI SEMPLICI SONO PER LE MENTI SEMPLICI! NON SAREBBE STATA UNA VENDETTA DEGNA DI MAD DUCKTOR! E...

"... POI, PAPERONE CREDE SOLO AI PROPRI OCCHI! PERCIÒ, DEVE SCOPRIRE IL TRADIMENTO DEL NIPOTE DI PERSONA!"
CI SIAMO! DA QUELLA PARTE!
WOFF WOFF
SNIFF BIP SNIFF
UHM! IL RILEVATORE OLFATTIVO DI ARCHIMEDE CI STA CONDUCENDO PROPRIO NEL QUARTIERE...
SNIFF BIP SNIFF
... IN CUI ABITA PAPERINO!
BEEP BEEP BEEP
MI HA FATTO CAPIRE DI AVERCELA CON TE E DI AVER DECISO DI FARTELA PAGARE!
MA NO! CHE COSA VADO A PENSARE? SI TRATTA SENZA DUBBIO DI UN CASO!
SNIFF BIP SNIFF

TUTTO INUTILE! HO FATTO IL GIRO DELL'INTERA CITTÀ, MA DI QUELL'IMPOSTORE NESSUNA TRACCIA!
ULP! MA QUELLI...
... SONO POLIZIOTTI! E SI AGGIRANO PER IL MIO QUARTIERE!
GLAB! POSSIBILE CHE ABBIANO SCOPERTO IL MIO SEGRETO?
QUALUNQUE COSA STIA SUCCEDENDO, SARÀ MEGLIO GIRARE AL LARGO!

UN MUFFIN! IL MIO CERVELLO PER UN MUFFIN!
ARCHIMEDE INVENTA TUTTO
SGRUNT! HO SVALIGIATO MEZZA CITTÀ E HO TROVATO DI TUTTO, TRANNE QUEGLI SFIZIOSI DOLCETTI!
SHAKE
ANCORA NON CAPISCO! PERCHÉ TI COMPORTI COSÌ?
UH? FORSE PERCHÉ SONO CATTIVO E HO BISOGNO DI UN'ALIMENTAZIONE INSANA E SBILANCIATA?
SAI A CHE COSA MI RIFERISCO!
IO INTERPRETO I TUOI PENSIERI PIÙ RECONDITI, ARCHIMEDE! FACCIO QUELLO CHE TU NON AVRESTI MAI IL CORAGGIO DI FARE!
NOI DUE NON ABBIAMO NIENTE IN COMUNE! LO DIMOSTRA IL PIANO SCONCLUSIONATO CHE HAI MESSO A PUNTO!

VOGLIO DIRE: TUTTA QUESTA MACCHINAZIONE SOLO PER SCREDITARE PAPERINIK? ANDIAMO!
UHM!
HAI RAGIONE! MI SONO CONCENTRATO SUL BUFFONE MASCHERATO E HO DIMENTICATO IL VECCHIO CILINDRO! ANCHE LUI DEVE PAGARE!
A-ASPETTA UN ATTIMO! IO NON HO DETTO NIENTE!
NO! MA L'HAI PENSATO! PAPERONE TORNERÀ IN POSSESSO DELLA MONETA E DEL SUO DENARO E IO NON POSSO PERMETTERE CHE SUCCEDA!
CHE STUPIDO SONO STATO! AVREI DOVUTO DISINTEGRARE IL CONTENUTO DEL DEPOSITO SUBITO DOPO AVER PRESO LA NUMERO UNO!
SAI CHE TI DICO? RIMEDIO IMMEDIATAMENTE! E, AL MIO RITORNO, MI OCCUPERÒ ANCHE DI TE!
GASP!

STO VIVENDO IN UN INCUBO! LA GENTE MI ODIA! LA POLIZIA MI BRACCA! E COME SE NON BASTASSE...
... LA 313 MI HA ABBANDONATO! SIGH!
UN MOMENTO! VEDO UNA PICCOLA LUCE, IN FONDO AL TUNNEL!
EDI! AMICO MIO! COME MAI TUTTO SOLO SOLETTO, IN QUESTO QUARTIERE BUIO E DESOLATO?
CAPISCO! ANCHE LA TUA VETTURA È ANDATA! TI DAREI UN PASSAGGIO, MA PERSINO GLI STIVALETTI A MOLLA HANNO DEI PROBLEMI!

228

IN EFFETTI, ARCHIMEDE AVEVA DETTO DI AVERLI MESSI A POSTO! INVECE, SEMBRA CHE LE MOLLE SIANO ANCORA DIFETTOSE!
È COME SE NON LE AVESSE NEPPURE TOCCATE! EPPURE, QUANDO LUI RIPARA QUALCOSA, DI SOLITO TORNA COME NUOVA!
!
EH? VUOI DARGLI UN'OCCHIATA? BE', NON MI SEMBRA IL LUOGO E NEPPURE IL MOMENTO PER METTERSI A...
ULP! E QUELLA, CHE COS'È? SEMBRA UNA SPECIE DI MICROSPIA!
BOP
ZIP
SALTA SU! SARÀ MEGLIO CORRERE SUBITO DAL TUO DATORE DI LAVORO!

IN BREVE...
ADESSO SAI OGNI COSA, PAPERINIK! MAD DUCKTOR HA USATO QUELLA MICRO-CAMERA PER SCOPRIRE LA TUA VERA IDENTITÀ!
FRIT FRIT
QUINDI, LA CONOSCI ANCHE TU!
TRANQUILLO! QUANDO TUTTO SARÀ FINITO, FARÒ UN'INDIGESTIONE DI CAR-CAN...
... NEL FRATTEMPO, DEVI CORRERE AL TUO RIFUGIO E PRENDERE LA MONETA, PRIMA CHE ARRIVI PAPERONE!
MA DEVO ANCHE FERMARE QUEL FOLLE!
LO FARAI DOPO! ADESSO, TIENI! INDOSSA QUESTI RETRORAZZI!
ZIP
PENSIAMO IO E EDI A RALLENTARE MAD DUCKTOR!
WAP

WIIIIINNN
PERFETTO! L'ANNICHILITORE HA FATTO DI NUOVO IL SUO DOVERE!
DOPO TANTA FATICA PER TENTARE DI SCREDITARE PAPERINIK, NON VOGLIO CERTO CHE PAPERONE SCOPRA CHE SONO STATO IO...
STAVOLTA, PERÒ, HO EVITATO DI FARMI RIPRENDERE DALLE TELECAMERE!
... A NEBULIZZARE IL SUO INTERO PATRIMONIO! EH, EH!
BOING

NEL FRATTEMPO, DALL'ALTRA PARTE DELLA CITTÀ...
ALLORA?
EHM! DOVREMMO ESSERCI QUASI!
SNIFF BIP SNIFF
WOFF WOFF
NON POSSO CREDERCI! IL RILEVATORE OLFATTIVO PUNTA DAVVERO VERSO LA CASA DI PAPERINO!
POSSIBILE CHE LUI E PAPERINIK SI SIANO MESSI D'ACCORDO PER FARMELA PAGARE, RUBANDOMI LA NUMERO UNO?
SNIFF BIP SNIFF
ULP! STANNO ARRIVANDO! DEVO SBRIGARMI!
WOFF WOFF
BZZ BZZ

DOVE PUÒ AVER MESSO QUELLA MONETA? È COME CERCARE UN AGO IN UN PAGLIAIO!
NIENTE DA FARE! NON RIESCO PROPRIO A TROVARLA!
WOOF WOOF
È LA FINE! ORMAI SONO QUI! NON MI RESTA CHE TENTARE DI PORTARE FUORI STRADA I POLIZIOTTI!
MAGARI, POTREI TRAVESTIRMI DA ZIO PAPERON...
ZIP
?
PLING

MUOVITI, EDI! AIUTAMI A PORTARE IL FRULLATORE DI MATERIA IN GIARDINO E A PUNTARLO VERSO IL DEPOSITO!
BENE! ORA NON MI RESTA CHE MODIFICARE ALCUNE IMPOSTAZIONI DEL MACCHINARIO E...
TIK
TIK
TAK
CI SIAMO! ADESSO NON DOVREBBE PIÙ SERVIRE A FAR DIVENTARE SOLIDI I FANTASMI...
... MA A TRASFORMARE L'ORO IN QUALCOSA DI PIÙ GOLOSO! ALMENO, PER IL MIO MALEFICO GEMELLO!
CLIK

DANNATI LUCCHETTI! QUEL VECCHIO TACCAGNO NON SI FIDA ABBASTANZA DEL SUO SOFISTICATO SISTEMA D'ALLARME!
ZOOT
FATTO! ADESSO NESSUNO POTRÀ PIÙ IMPEDIRMI DI DISINTEGRARE...
GASP! UN INTERO DEPOSITO DI MUFFIN!

INTANTO, DAVANTI ALL'ABITAZIONE DI PAPERINO...
NON RISPONDE NESSUNO! CHE COSA FACCIAMO? SFONDIAMO LA PORTA?
DIREI DI SÌ! IL RILEVATORE OLFATTIVO DI ARCHIMEDE, DOPOTUTTO, NON PUÒ SBAGLIARE!
INFATTI! INDICA ESATTAMENTE... GULP!
SNIFF BIP SNIFF
BIP
BIP
BIP
SNIFF BIP SNIFF
BIP BIP BIP BIP
BIP
BIP
BIP
... IN QUELLA DIREZIONE, SOTTOTERRA, E POI...
...VERSO IL MIO DEPOSITO!
SNIFF BIP SNIFF
NON PUÒ SBAGLIARE, EH?
EHM!
CLIK

HO FATTO BENE A PRENDERE IL **TUNNEL SOTTERRANEO DI EMERGENZA!** MI HA PORTATO ALLA GIUSTA DISTANZA DAL RIFUGIO...
... MENTRE QUESTI RETRORAZZI MI CONDURRANNO AL DEPOSITO DELLO ZIONE IN MEN CHE NON SI DICA!
WOP
COSÌ, POTRÒ RIMETTERE LA NUMERO UNO AL SUO POSTO E FAR SAPERE A TUTTI CHE È STATO MAD DUCKTOR A RUBARLA!
WOOOOSHHH
ANCHE SE NON SARÀ FACILE DIMOSTRARLO! QUEL FOLLE NON È CERTO IL TIPO DA FARSI BECCARE CON LE **MANI NELLA MARMELLATA!**

FORSE, NO! MA CON IL... BECCO NEI MUFFIN?
CIOMP! GNAM... CIOMP!
?
P-PAPERINIK! CIOMP! AIUTAMI! GNAM! DIRÒ TUTTO! AMMETTERÒ LE MIE COLPE, MA AIUTAMI!
È PIÙ FORTE DI ME! CIOMP! HO DESIDERATO I MUFFIN COSÌ TANTO CHE ORA... GNAM... NON RIESCO PIÙ A FERMARMI!
OOOH! UN PO' DI BICARBONATO! IL MIO GENIO PER UN PO' DI BICARBONATO!
N-NON RIESCO... N-NEPPURE PARLARE!
EH, EH! SAI CHE COSA TI DICO? MEGLIO COSÌ!
CLAK

238

PARECCHIE BUSTINE DI BICARBONATO DOPO, ALLA CENTRALE DI POLIZIA DI PAPEROPOLI...
POLICE
VOGLIO PARLARE! DEVO RIVELARE AL MONDO LA VERITÀ!
LA CONOSCIAMO! DOPO AVER RIPORTATO IL DENARO DI PAPERONE ALLA NORMALITÀ, ARCHIMEDE PITAGORICO CI HA SPIEGATO OGNI COSA!
CI HA DETTO ANCHE COME HAI FATTO A INCASTRARE PAPERINIK, PRENDENDO LE SUE SEMBIANZE E ACCUSANDOLO DEI TUOI FURTI!
MA NO! NON QUELLA VERITÀ! IO VOGLIO PARLARE DELL'IDENTITÀ SEGRETA DI QUEL PAPERO MASCHERATO E...
ZIP
EHM! È FORSE UN MUFFIN, QUELLO?

TU CHI SEI? CHE COSA STAVI FACENDO, CON IL PRIGIONIERO?
RILASSATI, COLLEGA! GLI HO SOLO PORTATO LA **COLAZIONE**!
COSA? MA NON LO SAI CHE HA FATTO INDIGESTIONE? DEVE ARRIVARE AL CARCERE DI SING SONG IN BUONA SALUTE!
EHI! SI PUÒ SAPERE PERCHÉ NON PARLA E HA QUELLA FACCIA DA **EBETE**?
FORSE PERCHÉ HA APPENA **DIMENTICATO TUTTO**! COMPRESA LA MIA **VERA IDENTITÀ**!
WOP
SUCCEDE, QUANDO SI MANGIA UN... **MUFFIN CAR-CAN! EH, EH!**

TOPOLINO E LA SCATOLA DEI 100 ANNI
1964
WALT DISNEY
ZORK
BINGO
JUZ
JUZ
BINGO
ZOF
SPESSO, QUANDO IL GIUSTO DORME IL SONNO DELL'ONESTO, IL DISONESTO VEGLIA CON MALEVOLI INTENZIONI! ECCO CHE COSI' TOPOLINIA, DI NOTTE, SI TRASFORMA NEL REGNO DEI LADRI...
J. 1997

QUALCHE COLPO RIESCE...
SCREEEEK
BAU! GRROW!
...QUALCHE ALTRO UN PO' MENO...
MIEOWW!
GROOOWW! ARF! ARF!
...E QUALCHE ALTRO ANCORA SI RISOLVE IN UN TOTALE FALLIMENTO!
GRRR! BAU! BAU MIAOO..
NO! NOO! NOOO! NON E' POSSIBILE!

QUATTRO GIORNI DI COSCIENZIOSO LAVORO...
...ESEGUITO CON RARA MAESTRIA ED ELEVATA PROFESSIO-NALITÀ...
...PER METTERE A SEGNO IL COLPO DELL'ANNO, DEL SECOLO, DEL MILLENNIO...
...NEL CAVEAU DELLA PIU' RICCA BANCA DELLA CITTÀ...
...E INVECE...INVECE MI SONO PERSO! TUTTA COLPA DI QUESTA MAPPA FASULLA...

...E DELL'IMBROGLIONE CHE ME L'HA VENDUTA! GRRR! NON C'E' PIU' ONESTA' A QUESTO MONDO!
BASTA! CASCASSE IL MONDO, NON MUOVO PIU' UN SASS...
...OOOHHH!
CRRR
TRUK
GULP! AHI! OHI!
BROUM
SGRUNT! MI DOMANDO COS'ALTRO POTREBBE ACCADERMI!
AHIA!
BONK

STUPIDO MATTONE! IO...
EHI! MA TU NON SEI UN MATTONE!
UHM...
ANNO MCMLXIV DA APRIRE SOLO FRA UN SECOLO
FORSE CONTIENE QUALCOSA D'INTERESSANTE! SENTO UN RUMORINO...
CRRR
...E ANCHE UN RUMORONE! QUI RISCHIA DI CROLLARE TUTTO! MEGLIO RIEMERGERE!
VIA LIBERA! BENE...

GULP!
ARF! GRRRAUW!
MIAUUU!
ZOW
FERMO DOVE SEI! IN NOME DELLA LEGGE!
MIAUUU!
BAU! ARF!
INVECE ME LA BATTO... IN NOME DEL BUON-SENSO!
NON LA FARAI FRANCA, GAMBA-DILEGNO! TI HO RICONOSCIUTO!

QUALCHE GIORNO DOPO E MOLTISSIMI CHILOMETRI PIU' IN LÀ...
POSTAAA!
BENE! METTILA NEL CESTO!
POSTA
GNIII
GNIK
GNIK
CO...CO...COSA?!
TOPOSERA
CLAMOROSO "BUCO" DEL FAMIGERATO GAMBADILEGNO!
IL FAMOSO LADRO SBAGLIA LA MI
E, INVECE DELLA BANCA, RAGGIUNGE
LE FONDAMENTA DI UN GRATTA-
CIELO, DOVE RUBA LA "SCATOLA
DEL TEMPO" POSTA NELLA PRIM
PIETRA DELL'EDIFICIO.
ACCIDENTACCIO! QUESTA NON CI VOLEVA! DOPO TUTTI QUESTI ANNI...
EHI, TU! ASPETTA!
UH? AVETE QUALCOSA DA IMBUCARE?

SI'! ME STESSO!
EHI, ASPETTATE! LA TELEFERICA NON PUO' REGGERE...
GNIGNII GNIGNII GNIGNII
...IL VOSTRO PESO! ULP!
SPLASH
OLTRETUTTO, NON AVETE NEANCHE LA PRESCRITTA AFFRANCATURA! EH! EH!
OH, PIANTALA DI DIRE SPIRITOSAGGINI...
...E REMA! DEVO ANDARE MOLTO LONTANO E IL TEMPO STRINGE!
IN TAL CASO, VI CONSIGLIO...LA POSTA AEREA!
QUALCHE GIORNO DOPO, A TOPOLINIA, IN UNA PIOVOSA SERATA...
SEI IN GRAN FORMA, TOPOLINO!

FARAI COLPO SU MINNI, VECCHIO MI... OH!
DIN DON
SI'?
IL FAMOSO TOPOLINO, VERO? HO BISOGNO DEL VOSTRO AIUTO!
EHM...TEMO CHE DOVRETE ASPETTARE DOMANI! QUESTA SERA HO UN IMPEGNO E...
MI TROVO IN UN GROSSO GUAIO E PER COLPA DI UNA PERSONA CHE CONOSCETE MOLTO BENE!
SGUISH
SGUISH
IL SIGNOR GAMBADILEGNO!
GAMBADILEGNO!?
RACCONTATEMI TUTTO, SIGNOR...
MARK O'LIRY! SONO UN... EHM...MILIARDARIO E ABITO FUORI CITTA'! QUALCHE SETTIMANA FA SONO VENUTO A TOPOLINIA PER RIPORRE I GIOIELLI DI MIA MOGLIE NELLA CASSETTA DI SICUREZZA DELLA BANCA...

...E A SUA INSAPUTA NE HO APPROFITTATO PER DAR SFOGO A UNA MIA **PASSIONE PROIBITA!** QUELLA PER LE CARTE! COSÌ MI SONO LASCIATO COINVOLGERE IN UN GIRO DI **POKER**...
"...NEL QUALE TEMO DI AVER FATTO LA CLASSICA FIGURA DEL **POLLO!** GAMBADILEGNO, INFATTI, MI HA SPENNATO!"
"HO PERSO TUTTO, COMPRESI I GIOIELLI!"
PUNTO ANCHE QUESTI!
D'ACCORDO, AMICO! **CI STO!**
"SONO CERTO CHE QUEL TIPO HA BARATO, MA NON È QUESTO IL PROBLEMA!"
NON BASTA! IO HO **QUATTRO ASSI!**
POKER DI RE!
IL PROBLEMA È MIA MOGLIE! SABATO PROSSIMO DOVRÀ INDOSSARE QUEI GIOIELLI A UNA FESTA... E IO DEVO ASSOLUTAMENTE RECUPERARLI!
CAPISCO! MA IO...

VOI DOVETE AIUTARMI A FARLO! SONO DISPOSTO A RICOMPRARE I GIOIELLI DA GAMBADILEGNO... MA E' INTROVABILE!
LO CREDO BENE! E' RICERCATO PER FURTO!
SONO DISPERATO! NON POSSO TORNARE A CASA SENZA GIOIELLI! SE MIA MOGLIE SCOPRE CHE HO GIOCATO NUOVAMENTE A POKER... LEI SI' CHE MI **SPENNA** PER DAVVERO!
E VA BENE! SENTIAMO SE ALLA POLIZIA POSSONO DARMI QUALCHE INDICAZION...
NOOO!
NIENTE POLIZIA! NON VOGLIO PUBBLICITA'! TREMO AL PENSIERO CHE MIA MOGLIE...
CAPISCO IL VOSTRO IMBARAZZO, MA NON ESAGERATE!
DLIN DON
CHE COSA POTETE TEMERE DA UNA GENTILE SIGNORA?

BA...
DAN
DIN
DON
SIGNOR TOPOLINO! SONO ORE CHE ASPETTO SOTTO LA PIOGGIA CHE QUEL CAFONE DEL MIO FIDANZATO SI RICORDI DI ME!
OH, MINNI! IO...
TU SEI UN VERME! ECCO COSA SEI!
SCUSATE, SIGNORINA, MA IL CAFON... EHM... IL VOSTRO FIDANZATO E' INNOCENTE! E' COLPA MIA SE SI E'...
SSST...
...DIMENTICATO DELL'APPUNTAMENTO! HA APPENA ACCETTATO DI RISOLVERE UN CASO E...
COSA?!
OH, CAPISCO! IL MIO TESORUCCIO VUOL GIOCARE AL POLIZIOTTO! MA IO LO LASCIO FARE!

252

E GLI **LASCIO** ANCHE QUESTO!
THUD
MMMF... MMMF...
SLAM
ALLORA, CHE COSA DICEVATE A PROPOSITO DELLE **GENTILI** SIGNORE?
SGRUNT!
LASCIAMO PERDERE **QUEL** PROBLEMA...E PENSIAMO AL VOSTRO! VISTO CHE NON POTETE TORNARE A CASA...
...QUESTA NOTTE DORMIRETE QUI! DOMANI, POI, ANDREMO **A CACCIA!**
GRAZIE, TOPOLINO! E SCUSATE SE VI HO MESSO NEI GUAI!

253

IL MATTINO DOPO...
SE SIETE PRONTO, MISTER O'LIRY, POSSIAMO COMINCIARE LA NOSTRA RICERCA!
UN ATTIMO E SONO DA VOI, TOPOLINO!
ECCOMI! POSSIAMO ANDARE!
EHM...SICURO DI NON ESSERVI DIMENTICATO QUALCOSA?
OH, GIÀ! CHE SBADATO!
PROVVEDO SUBITO!
FATTO! SI PARTE?

POCO DOPO...
COMINCEREMO LE INDAGINI DALLA CASA DI GAMBADILEGNO! IL PRIMO PROBLEMA DA RISOLVERE E'...
ONE WAY
ONE WAY
...COME RIUSCIRE A ENTRARE!
CHE NE DIRESTE DI SUONARE SEMPLICEMENTE IL CAMPANELLO?
CRRRR
NOOO!
VEDETE! NON E' DIFFICIL...
PLIN
PLON
...EEEEEHHH!
BAM
UN MECCANISMO DAVVERO INGEGNOSO! BRACCIO CON ACCENTUATORE DI POTENZA E DISTRIBUTORE DI BOTTA SERVO-ASSISTITO CON FORZA CHE STIMEREI NELL'ORDINE DI ALMENO DIECI SBENGHILIONI!
GRIND
GNIC
IL...GLAB... IL VECCHIO GAMBA NON AMA... OHI...LE VISITE A SORPRESA!
SALVE

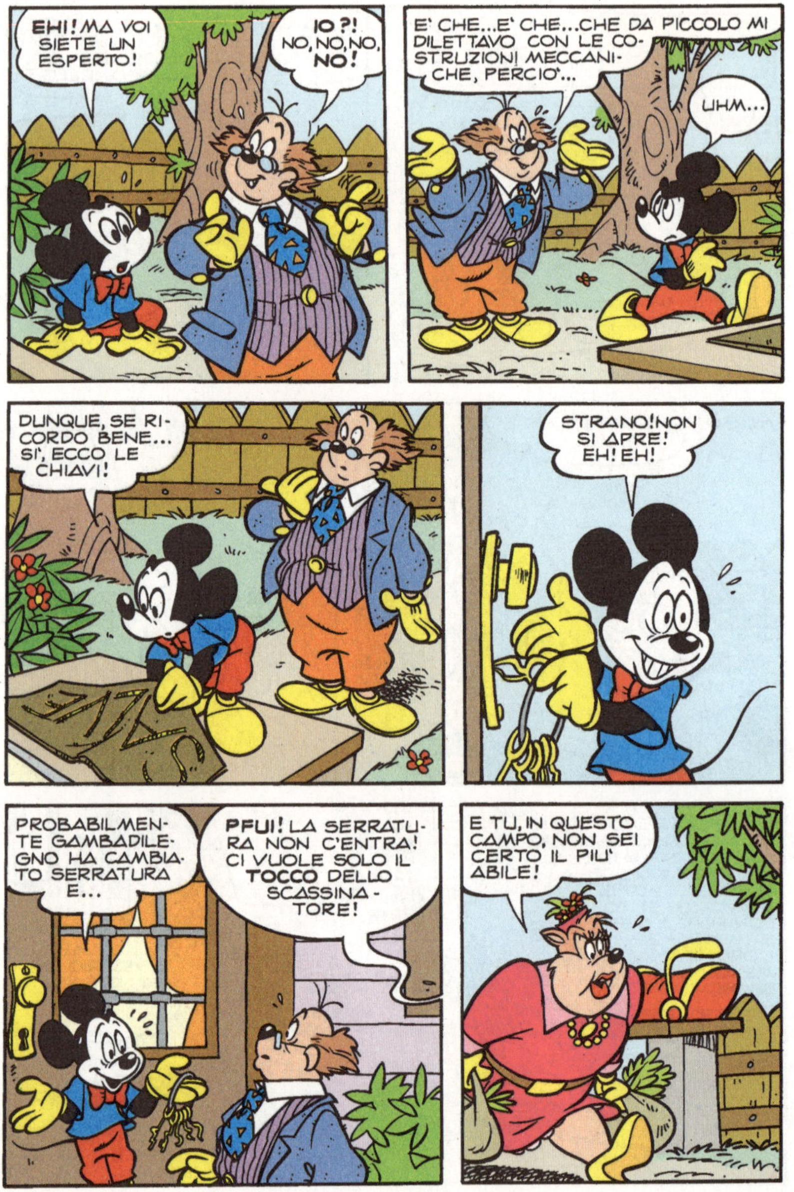

EHI! MA VOI SIETE UN ESPERTO!
IO?! NO, NO, NO, NO!
E' CHE... E' CHE... CHE DA PICCOLO MI DILETTAVO CON LE COSTRUZIONI MECCANICHE, PERCIO'...
UHM...
DUNQUE, SE RICORDO BENE... SI', ECCO LE CHIAVI!
STRANO! NON SI APRE! EH! EH!
PROBABILMENTE GAMBADILEGNO HA CAMBIATO SERRATURA E...
PFUI! LA SERRATURA NON C'ENTRA! CI VUOLE SOLO IL TOCCO DELLO SCASSINATORE!
E TU, IN QUESTO CAMPO, NON SEI CERTO IL PIU' ABILE!

DAMMI! CI PENSO IO!
A PROPOSITO! CHE VUOI? NON SARAI QUI PER ARRESTARE IL MIO PIETRUCCIO, EH?
NO, NON TI PREOCCUPARE!
MMM...
QUESTA VOLTA DEVO PROPORGLI UN VANTAGGIOSO AFFARE!
EHI, MA... LA PORTA ERA GIA' APERTA! ECCO PERCHE' NON RIUSCIVI A FAR SCATTARE LA SERRATURA!
?
IIIHHH! LA MIA CASAAAAHHH!
ALBATRAZ
ESSENZA DI SING SING

SEI STATO TU, EH? NON STAVI ENTRANDO... MA **USCENDO,** DOPO AVERE **FICCANASATO** COME TUO SOLITO E...
NO, TRUDY! NON E' COME TU PENSI!
METTITI TRANQUILLA E LASCIAMI SPIEGARE! MISTER O'LIRY E IO STIAMO CERCANDO GAMBADILEGNO PER... BLA... BLA... BLA...
...E QUESTO E' TUTTO!
D'ACCORDO, MI HAI CONVINTA! MA ALLORA... **CHI** E' ENTRATO QUI? E **COSA** CERCAVA?
UHM... SI DIREBBE CHE QUALCUN ALTRO SIA SULLE TRACCE DEL VECCHIO PIETRO!
OH, NO! DOBBIAMO TROVARLO PRIMA NOI!
DOVE SI NASCONDE? DITECELO! PRESTO! **PRESTO!**
S-SI'! MA... MA CALMATEVI!

POCO DOPO, NELLA ZONA DEL PORTO...
AL BITORFO-ROSA
SECONDO TRUDY, QUELLO E' UNO DEI POSTI DOVE GAMBA SI RIFUGIA QUANDO LA POLIZIA S'INTERESSA TROPPO A LUI!
STRANO! NON C'E' NESSUNO! EPPURE...
GNNGFF...
OH?!
MMGNFFF...
COS'E' SUCCESSO?
DUE UOMINI! CERCAVANO GAMBADILEGNO! MI HANNO LEGATO PER POTERSI APPOSTARE E ATTENDERLO...
...MA QUANDO VI HANNO SENTITO ARRIVARE...
LA'! ECCOLI! NON POSSONO ESSERE CHE LORO!
VROOOOM

ACC...BISOGNA RAGGIUNGERLI! DEVO SAPERE PERCHE' SONO COSI' INTERESSATI A GAMBADILEGNO!
NON CE LA FAREMO MAI! SONO TROPPO LONTANI!
BROOOOOOOMM
PESSIMISTA! IN SELLA, PRESTO!
NON CI SFUGGIRANNO! CONOSCO IL PORTO COME IL GIARDINO DI CASA MIA!
ROOOOOAR
ECCOLI LA'! REGGETEVI FORTE!
AAAHHH!

ADESSO TAGLIAMO LORO LA STRADA E...
EHI! QUELLI CE L'HANNO CON NOI!
GLI STIAMO ANDANDO ADDOSSO! VIRATE!
NO! FERMO! LASCIATE STAR...
...EEEEEEHHH!
BONK
AIUTOOO!
SPLOF
CIAF
GHRGHRGHRGHHH

SPLUMF
Ariel II
?
EH, EH! COME VA, RAGAZZI? TOGLIAMO SUBITO IL DISTURBO, NON PREOCCUPATEVI!
PROPRIO UNA BELLA SFORTUNA, EH?
SFORTUNA?!
LA SFORTUNA NON C'ENTRA! LA VERITA' E' CHE MI SONO RIVOLTO A UN **INCAPACE**!

E' DALL'INIZIO CHE NON NE COMBINATE UNA GIUSTA!
CALMATEVI, **AMICO!** C'E' QUALCOSA CHE NON QUADRA IN QUESTA STORIA!
C'E' TROPPO MOVIMENTO INTORNO A QUEI GIOIELLI! MI DOMANDO SE...
GIOIELLI?! QUALI GIOIELLI?
AH, SI'! **QUEI** GIOIELLI! CERTO, CERTO...
I GIOIELLI, APPUNTO! DOBBIAMO RECUPERARLI!
ANDIAMO! ABBIAMO GIA' PERSO TROPPO TEMPO!
NO! NON DA QUELLA PARTE!

AAAHHH!
DIVIETO D'ACCESSO CELLA FRIGORIFERA
UHM...DIREI CHE GLI SI SONO CALMATI I BOLLORI!
POCO DOPO...
PIUTTOSTO SALATO, EH?
LOGICO! E' TUTTO PESCE DI MARE! EH, EH!
A CASA, ADESSO! E SPERIAMO CHE I GUAI SIANO FINITI!
AHIAHI! HO PARLATO TROPPO PRESTO!
TOPOLINO

MINNI CARA, SE E' PER IERI SERA, IO...
TUTTO DIMENTICATO! SONO VENUTA PROPRIO PER FARE LA PACE!
SEI UN TESORO! LASCIA CHE...OH, NOOO!
GLUB!
SPLASH
A-AMORE! SO-SONO MO-MORTIFICATISSIMO! NON...NON SO COME...SE... SE PO-POSSO FARE QUALCOSA...
HAI GIA' FATTO ANCHE TROPPO, MOSTRO! ORA FACCIO IO!
ONE WAY
TOP 113
SBRANG
KRONK
TOPOLINO

QUALE ALTRA SORPRESA ATTENDE IL NOSTRO TOPOLINO?

HO BISOGNO DEL TUO AIUTO E... **GULP!**
BE', PERCHE' TI SEI FERMATO?
PE-PERCHE' HO UNA **PISTOLA** PUNTATA CONTRO!
BASTA CON I **CONVENEVOLI** E PASSIAMO AI FATTI!
EHI! CHE VI PREND...
SCIO'! NON HO PIU' BISOGNO DI VOI!
OOOF!
QUANTO A TE... DAMMI SUBITO LA **SCATOLA** CHE HAI RUBATO!

LA... LA SCA-SCATOLA, EH? NON... NON CE L'HO!
COSA?!
NIENTE SCHERZI, **CICCIONE!** FALLA SALTAR FUORI...
...SE NON VUOI CHE TI... **UH?!**
?
?
LA PISTOLA!!!
MIA!
MIA!
MIA!
ZOMP
ZOMP
ZOMP

268

MOLLA!
LASCIA!
TUMP
BOF
TOC
GIAFF
NO!
IL MIO ORECCHIO!
GIAFF
IL NASO! AHI!
TUDH
TOK
POK
TOK
TOK
EH, EH, EH!
LASCIAMI IL NASO!
MOLLA L'ORECCHIO!
GIAF
BOF
CONC
MENTRE NON BADANO A ME... **URGH!**
CREDO CHE MI DOBBIATE QUALCHE SPIEGAZIONE, SIGNORE!

TE LE DO IO LE SPIEGAZIONI! COSTUI E' UNA SPIA!
IO, UNA SPIA?! MA...MA...
LA SPIA SEI TU!
BUGIARDO! SEI TU!
CONFESSA!
PARLA!
BASTAAA!!!
LITI CON MINNI! FIGURACCE! INSEGUIMENTI! BAGNI FUORI PROGRAMMA! RISSE! NON NE POSSO PIU'!
E' ARRIVATO IL MOMENTO DI FAR LUCE SULL'INTERA VICENDA! CHI COMINCIA A... ILLUMINARMI?
BE', VISTO CHE NON C'E' ALTRO DA FARE... NON MI RESTA CHE TIRAR FUORI LA VERITA'!

NON MI CHIAMO O'LIRY, NON SONO MILIARDARIO, MIA MOGLIE NON HA MAI AVUTO GIOIELLI E NON SONO NEMMENO SPOSATO!
IL MIO NOME E' ZWEISTEIN E SONO... ERO PROFESSORE DI FISICA NUCLEARE, UNO DEI PIU' VALENTI DEL CENTRO RICERCHE DELL'UNIVERSITA' DI TOPOLINIA!
"UNA SERA DI TRENT'ANNI FA, MENTRE STAVO LAVORANDO A UN GROSSO PROGETTO, NEL QUALE ERO SEGRETAMENTE IMPEGNATO DA MESI E MESI..."
E ADESSO VEDIAMO SE...
"...OTTENNI INASPETTATAMENTE CIO' CHE CERCAVO!"
EVVIVA! CE L'HO FATTA!
BIP BIP BIP BIP BIP
AVEVO SCOPERTO UNA NUOVA FORMA DI ENERGIA! QUALCOSA DI TERRIFICANTE...

"...COME EBBI MODO DI CONSTATARE IMMEDIATAMENTE!"
GULP! LA REAZIONE E' INCONTROLLABILE!
ALARM!
"EBBI APPENA IL TEMPO DI RACCOGLIERE I FOGLI SU CUI AVEVO SEGNATO LA FORMULA DELLA MIA SCOPERTA!"
"UN MINUTO DOPO, IL CENTRO RICERCHE, PER FORTUNA DESERTO, SVANIVA LETTERALMENTE NEL NULLA! CIO' CHE AVEVO SCOPERTO, PUR RIPRODOTTO IN SCALA RIDOTTA, AVEVA POLVERIZZATO UN SOLIDO EDIFICIO DI DODICI PIANI!"
BOOM

"AVEVO COMBINATO UN BEL GUAIO, MA NE ERA VALSA LA PENA!"
EVVIVA! SONO GRANDE! SONO IL MEGLIO!
"IMMAGINAI SUBITO ONORI E GLORIA..."
PREMIO NOBEL
1°
"...MA UN ATTIMO DOPO PENSAI ANCHE AGLI ASPETTI NEGATIVI DELLA MIA INVENZIONE! GUERRE, LUTTI, DISTRUZIONI..."
BOOM
"NO! IL MONDO NON ERA PRONTO... E NON LO SAREBBE STATO PER MOLTI ANNI ANCORA!"
SIGH!
"COSI' DECISI DI LASCIAR CREDERE DI ESSERE PERITO NELLO SCOPPIO E DI SPARIRE PER SEMPRE!"

MA PERCHE' SPARIRE? NON SAREBBE BASTATO TENER NASCOSTA LA SCOPERTA?
NO! COME AVREI POTUTO SPIEGARE L'ESPLOSIONE? TUTTI SAPEVANO CHE STUDI STAVO COMPIENDO E, MESSO ALLE STRETTE, SAREI STATO COSTRETTO A PARLARE!
ANDARSENE ERA L'UNICA SOLUZIONE! MA NON VOLLI CHE LA MIA INVENZIONE SI PERDESSE, COSI' DECISI DI **REGALARLA** AL MONDO...
"...FIDANDO CHE UN GIORNO L'UMANITA' AVREBBE SAPUTO FARNE BUON USO! PERCIO' NASCOSI LE MIE CARTE IN UNA **SCATOLA DEI CENT'ANNI**, UNA DI QUELLE TECHE DEL TEMPO COLLOCATE NELLE FONDAMENTA DEI PIU' IMPORTANTI EDIFICI..."
VIETATO L'ACCESSO
AUTOMEZZI IN MANOVRA
OPLÀ!
ALT
VOTA ME!
VOTA ME!
"...E NELLE QUALI SI USA PORRE TESTIMONIANZE DELLA NOSTRA EPOCA, DA TRASMETTERE ALLE GENERAZIONI FUTURE..."
ANNO MCMLXIV
LA **MIA** SCATOLA!
TUA UN CORNO!

274

QUELLA SCATOLA APPARTENEVA AI POSTERI E DOVEVA RIMANERE DOV'ERA PER ALTRI SETTANT'ANNI! E CI SAREBBE RIMASTA...
...SE QUALCHE IMPICCIONE NON CI AVESSE MESSO LE MANI PRIMA DEL TEMPO!
BE'...IO NON SAPEVO...
"VI LASCIO IMMAGINARE COME SONO RIMASTO QUANDO HO APPRESO DELLA MANOMISSIONE!"
ACCIDENTACCIO! QUESTA NON CI VOLEVA! DOPO TUTTI QUESTI ANNI...
DOVEVO ASSOLUTAMENTE TROVARE IL LADRO...PERCIO' MI SONO RIVOLTO A VOI!
BENE! ADESSO TOCCA A TE!
COME SAPETE, QUELLA SCATOLA E' TUTTO CIO' CHE HO RICAVATO DA UN COLPO CHE MI IMMAGINAVO BEN PIU' CONSISTENTE! SONO RIMASTO DELUSO QUANDO HO SCOPERTO CHE CONTENEVA SOLO INSIGNIFICANTI OGGETTI DEGLI ANNI SESSANTA!
"L'UNICA COSA CHE POTEVA AVERE UN CERTO VALORE ERANO DELLE CARTE CON L'INTESTAZIONE DELL'ISTITUTO DI FISICA DELL'UNIVERSITA', COSI'..."
ISTIT

"...CON LA SPERANZA DI POTERCI GUADAGNARE QUALCOSA, MI SONO RECATO LÀ E HO PARLATO CON UN CERTO PROFESSOR **McTORW**, CHE SI È MOSTRATO **MOLTO** INTERESSATO..."

"SONO UN LADRO ONESTO, IO! NON TRADIREI MAI IL MIO PAESE! PERCIO' HO DECISO DI FUGGIRE..."
OFF! PANT!
"...COSA CHE SONO RIUSCITO A FARE..."
PLOP
"...NON SENZA QUALCHE DIFFICOLTA'!"
NON T'ILLUDERE! RIUSCIREMO A RITROVARTI!
ADESSO E' TUTTO CHIARO! LA PERQUISIZIONE A CASA TUA... I DUE LOSCHI FIGURI SULLE TUE TRACCE... LA TUA PRESENZA QUI...
E LA MIA FORMULA, DOV'E'? DOV'E' LA MIA FORMULA?

TRANQUILLO, PROFESSORE! LE CARTE SONO NASCOSTE NELLA MIA AUTO, TARGATA TOP 1717, PARCHEGGIATA IN PIAZZA DEL MUNICIPIO! LE SPIE NON...
GRAZIE DELL'INFORMAZIONE!
SLAM
FERMI TUTTI!
SUBITO DOPO...
FATECI USCIRE! SOFFOCHEREMO IN QUESTO RIPOSTIGLIO!
MA NO, NON SOFFOCHERETE!
SALTERETE IN ARIA, INVECE... E TRA CINQUE MINUTI ESATTI! AH! AH!

PRESTO!
BAMP
TUMB
SPINGI!
AHIA!
TUMP
E SBRIGATI, PIETRO! CHE RAZZA DI SCAS-SINATORE SEI?
UN DILETTANTE! PFUI!
CREDI CHE SIA FACILE LAVO-RARE IN QUESTE CONDIZIONI?
CLICK
PIPPO!
OH, SCUSATE! RICHIUDO SUBITO!
SLAM
PIPPO!

POCO DOPO, NEUTRALIZZATA LA BOMBA...
NON TE LA PRENDERE, TOPOLINO! CREDEVO CHE STESTE GIOCANDO A NASCONDINO! COME POTEVO IMMAGINARE...
LASCIAMO PERDERE LE SCUSE E PENSIAMO AD AGIRE!
RICHIUDO SUBITO, EH? SGRUNT!
GIUSTO! CHE ASPETTIAMO A PARTIRE ALL'INSEGUIMENTO?
LA MIA FORMULA NON DEVE CADERE IN MANI SBAGLIATE!
NE VA DEL DESTINO DELL'UMANITÀ!
CALMA, GENTE! POSSIAMO PURE PRENDERCELA COMODA!
??
DA OGGI, IL CENTRO STORICO E' ZONA PEDONALE! PERCIO' LE AUTO IN SOSTA ABUSIVA SONO STATE SICURAMENTE PORTATE AL DEPOSITO COMUNALE...
TOPOSERA
VIETATA LA SOSTA IN CENTRO
RIMOZIONE FORZATA PER LE AUTO IN SOSTA
IL COMUNE HA FINALMENTE VARATO LA DISPOSIZIONE CHE CONSENTE AI CITTA-
...ED E' LI' CHE TROVEREMO L'AUTO DI GAMBADILEGNO!
EVVIVA!

MA...
RITIRO AUTO - CASSA
COME SAREBBE A DIRE CHE NON HAI IL LIBRETTO DI CIRCOLAZIONE E CHE NON PUOI DIMOSTRARE CHE L'AUTO E' TUA?
BE', SAI COM'E'? LA MIA AUTO...
...NON E' MAI LA MIA! QUESTIONE DI ETICA PROFESSIONALE!
MA BENE! E ADESSO?
SI ENTRA DI STRAFORO! LASCIA FARE ALL'ESPERTO!
SI'! HO VISTO COME TE LA SEI CAVATA CON LA PORTA DEL RIPOSTIGLIO!
UFFA! SEMPRE A RIVANGARE IL PASSATO! MA ADESSO...
EHI! FERMO! CHE COSA VUOI FARE?
BUTTARTI DALL'ALTRA PARTE, NO?
NOOO! ASPETTA! C'E'...
AAAHHH!

E UNO!
MIAOOO!
AHIAHIII!
CAI'! CAI'!
ASPETTA! C'E'...
E DUE!
POCK
E TRE!
RIPOCK
E LASCIAMI PARLARE! VOLEVO DIRTI CHE C'E' UNA PORTA!

MA GUARDA! E' VERO! ED E' ANCHE **APERTA**!
THUD
TIRATI SU! NON PERDIAMOCI IN **TRASTULLI**!
CI SARANNO MIGLIAIA DI AUTO, LÀ DENTRO! SPERIAMO DI TROVARLA SUBITO!
BOH?!
MAH?
NO! SONO **QUASI** SICURO!
CHISSÀ! PERÒ...
QUESTA NO!
UHM... FORSE!

MA INSOMMA... ANF, ANF...PROPRIO NON TI RICORDI COM'ERA?
MA CHE PRETENDI DA ME? CAMBIO AUTO QUASI OGNI GIORNO, IO!
Z
UN MOMENTO! RICORDO CHE IL FRENO A MANO NON FUNZIONAVA!
BELL'AIUTO! CI METTIAMO A CONTROLLARLE TUTTE?
TOP 1717
EHI!
GNEK
TOP 1717
GNEK
GNEK
L'HO TROVATA! L'HO TROVATA! NON LASCIATELA SCAPPARE!
TUMP
CI PENSO IO!
OFF!
TUMP

ULP!
ATTENTO, TOPOLINO!
HAI DIMENTICA-TO DI ALLACCIARE LA CINTURA DI SICUREZZA!
ZOOW
AAAHHH!
DITE A MINNI CHE L'AMOOO!
SALUTATEMI TIP E TAAAP!
RICORDATEVI DI PLUTOOO!

USC
ECCO, IL POSTO E' QUESTO! L'AUTO DEL **CICCIONE** DEV'ESSERE QUI!
TOP XYZ
ORA NON CI RESTA CHE TROVARLA E...
OH, OH! FORSE L'ABBIAMO GIÀ TROVATA!
USCITA
AAAH!
SCRASH
TOP XYZ
PRESA!
PRESO!
AH, SÌ?

PRENDI ANCHE QUESTO, ALLORA!
ADESSO TOCCA A ME PRENDERE!
MOLLA L'OSSO, SPIONE!
SAI CHE TI DICO? CI HAI FATTO ARRABBIARE!
MOLTO ARRABBIARE! GRRR...
ULP! SONO SPAC-CIATO!

?
?!
UGRRR
EHI! VIENI FUORI!
NON TI SERVIRÀ A NULLA GIOCARE A NASCONDINO!
GUANG
ADDOSSO!
DISINFORMATI! A TOPOLINO QUEL GIOCO NON PIACE!
CHE NE DITE DI CE L'HAI?
?
VIAAA!
SÌ, SÌ, VIA!
VIA, VIA!
INUTILE AFFANNARSI! CI PENSERÀ IGOR A FERMARLI!
GIUSTO! IH! IH!

GENTE! NON MI DIVERTIVO COSI' TANTO DAI TEMPI GLORIOSI DELLA SQUADRA DI **FOOTBALL** DEL PENITENZIARIO...
CITA
CONC
...OOO-OPS!
IO TI SPIEZZO IN DUE!
ANCHE IN **TRE**, IGOR!
GNFFF...
EH? UH? QUANTO FA **TI SPIEZZO IN TRE?** IO NON SA, IO...
...IO TI SPIEZZO TUTTI COME VIENE VIENE! GRRR!
PRENDI!
ONE W

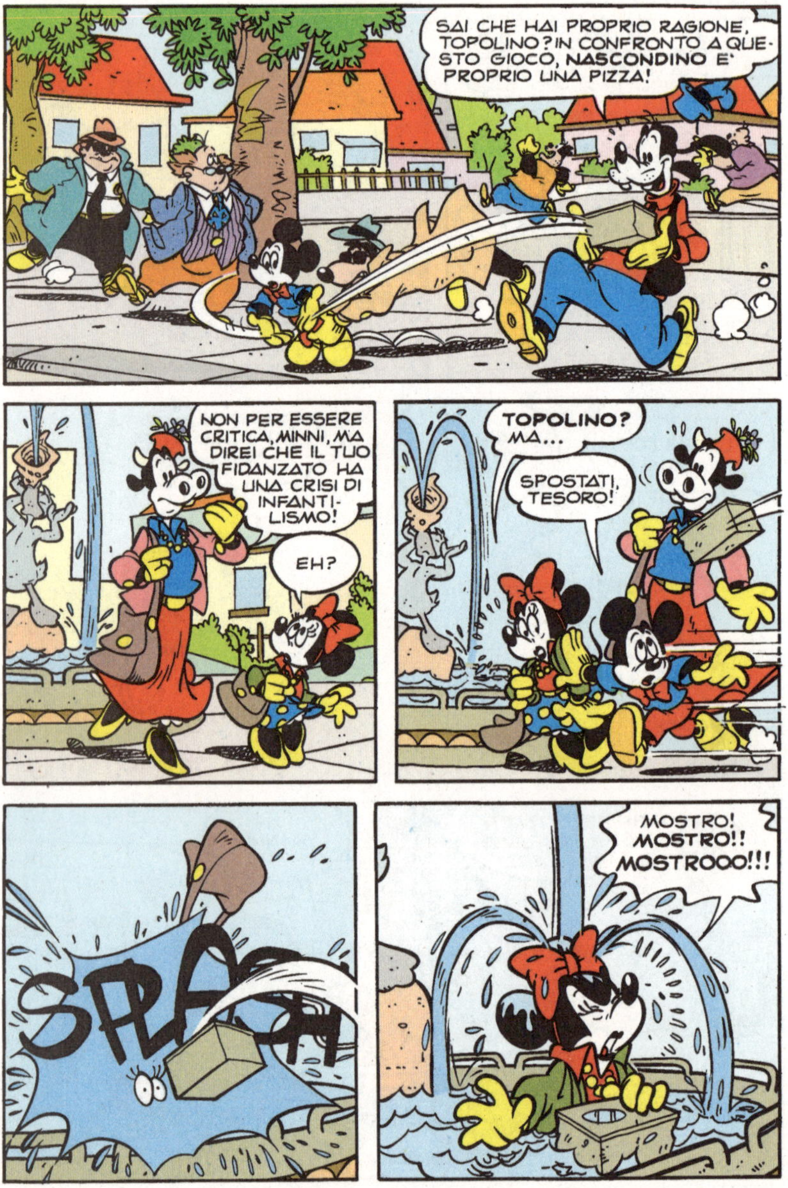
SAI CHE HAI PROPRIO RAGIONE, TOPOLINO? IN CONFRONTO A QUESTO GIOCO, NASCONDINO E' PROPRIO UNA PIZZA!
NON PER ESSERE CRITICA, MINNI, MA DIREI CHE IL TUO FIDANZATO HA UNA CRISI DI INFANTILISMO!
EH?
TOPOLINO? MA...
SPOSTATI, TESORO!
SPLASH
MOSTRO! MOSTRO!! MOSTROOO!!!

SIGNOR TOPOLINO! NON VOGLIO VEDERE MAI PIU' TE E I TUOI STUPIDI GIOCATTOLI!
MIA!
NO! MIA!
SCROC
LA MIA FORMULA!
E ADESSO, CON COSA GIOCHIAMO?
E' FINITA LASSU'!
DOBBIAMO PRENDERLA!

LARGO!
PISTA!
LASCIA PASSARE!
SPOSTATI!
NO! SPOSTATI TU!
ECCOLA! ECCOLA!
ARRIVO! ARRIVO!
ATTENTO!
L'HO PRESA!
L'HO PRESO!
ANCH'IO!
IO PURE!
E IO NO?

GIOCO MOLTO BELLO! VIENGO ANCH'IO!
NOOO! TU NO!
MA PERCHE'?
COL TUO PESO, FARESTI SPEZZARE L'ASTA!
MA... MA...
MA NO! IO SOLO PERSONE **SPIEZZA** IN DUE!
EHI, GENTE! VOLETE **RIDERE**? QUESTA FORMULA NON SERVE ASSOLUTAMENTE A **NIENTE**! EVIDENTEMENTE, LA REAZIONE OTTENUTA ERA STATA CASUALE!
E PENSARE CHE PER TUTTI QUESTI ANNI... **MA CHE AVETE DA GUARDARMI COSI'?**

TEMPO DOPO...
MOSTRO! BLUB!
OH, SCUSA, MINNI!
LO SPIEZZO! SI'! LO SPIEZZO!
CON TUTTE LE ISOLE CHE CI SONO NEL PACIFICO, PASSERANNO ALMENO CENT'ANNI PRIMA CHE MI TROVINO! EH! EH!
SPLASH
FINE
ANNO XYZ
DA LEGGERE SOLO FRA 100 ANNI

TOPOLINO E
WALT DISNEY
PD
1
LA VENDETTA DI LUTHER BLOT
3-2306-1

DA QUALCHE PARTE, A TOPOLINIA...
GULP! E' TUTTO BUIO, QUI DENTRO!
QUELLO CHE AMMIRO IN TE E' LA... PERSPICACIA!
SILENZIO! SIETE IN RITARDO! VI HA SEGUITO QUALCUNO?
NESSUNO, CAPO! NON E' FACILE STARE DIETRO A DUE COME NOI!
IL RAPIMENTO E' FISSATO PER QUESTA SERA...
GLOM! SIETE PROPRIO CERTO CHE SIA L'UNICO MODO?
NE ABBIAMO GIA' PARLATO... TOPOLINO E' UNA VARIABILE TROPPO PERICOLOSA!
GIA'! LA SUA PASSIONE E' FICCARE IL NASO!
ANDATECI PIANO, RAGAZZI! SEGUITE CON CURA IL PIANO!
CI PENSIAMO NOI, CAPO!
GROAN! E' PROPRIO QUESTO QUELLO CHE MI PREOCCUPA...

UNA PESSIMA NOTTE, PER COMINCIARE UNA STORIA...
GRRR! DA QUANDO ORAZIO HA RIPARATO LA SERRATURA, NON E' PIU' POSSIBILE APRIRE LA PORTA AL PRIMO COLPO!
PLUTO
CI MANCAVA ANCHE LA SERATA DI BENEFICENZA PER LE OCHE MIGRATORIE! CON QUESTO TEMPO...
MA QUANDO MINNI STRAPPA UNA PROMESSA, NON C'E' MODO DI FARLA RECEDERE!

AH... FINALMENTE!
GULP! BUONASERA...
OPS... SCUSA!
AHIA!
FATE PURE CON CALMA! IO HO UN IMPEGNO!
SPACK
OOOF...
SWISS
PRESO!
TOPOLINO
PLUTO
POFF

AHI! NON POTRESTI CERCARE DI ESSERE MENO... GOFFO?
SMETTILA DI LAMENTARTI! IN FONDO...
... È ANDATA BENE, NO?
GROARR
PRESTO! IN MACCHINA, ROCK!
GULP! BUONO, CAGNETTO BELLO... AIUTOOO!
PARTI!
GRRRR
GRRRR

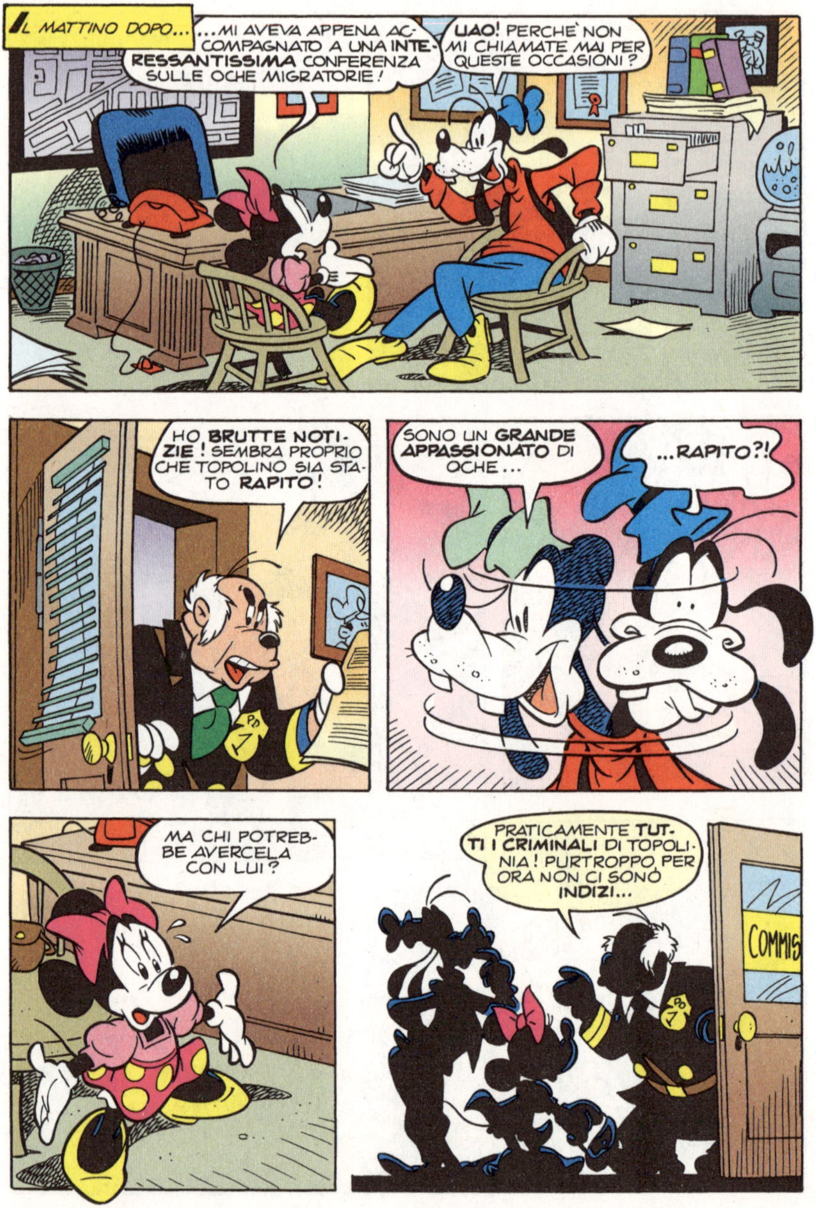
IL MATTINO DOPO...
...MI AVEVA APPENA ACCOMPAGNATO A UNA INTERESSANTISSIMA CONFERENZA SULLE OCHE MIGRATORIE!
UAO! PERCHÈ NON MI CHIAMATE MAI PER QUESTE OCCASIONI?
HO BRUTTE NOTIZIE! SEMBRA PROPRIO CHE TOPOLINO SIA STATO RAPITO!
SONO UN GRANDE APPASSIONATO DI OCHE...
...RAPITO?!
MA CHI POTREBBE AVERCELA CON LUI?
PRATICAMENTE TUTTI I CRIMINALI DI TOPOLINIA! PURTROPPO PER ORA NON CI SONO INDIZI...
COMMIS

300

NON TEMETE... FAREMO DEL NOSTRO MEGLIO!
PD
SE VI SERVE UNA MANO, ISPETTORE MANETTA, CONTATE PURE SU DI ME! HO UNA CERTA ESPERIENZA...
RESTANE FUORI, PIPPO! È UN LAVORO DA POLIZIOTTI!
LO DICE SEMPRE ANCHE A TOPOLINO... MA POI SI LASCIA AIUTARE!
INTANTO...
MI DISPIACE, TOPOLINO...
X ADAMO BASETTONI
...MA NON POSSO PERMETTERE CHE TI SUCCEDA QUALCOSA! NON CON LUI DI MEZZO!

TOPOLINIA, MOLTI ANNI FA...
FERMI, IN NOME DELLA LEGGE! SONO L'ISPETTORE BASETTONI E SONO QUI PER ARRESTARE LUTHER BLOT!
NON CREDO PROPRIO...
TU NON ARRESTI NESSUNO!
CALMA, RAGAZZI! IO E L'ISPETTORE SIAMO AMICI DA TANTO TEMPO! CI SARÀ CERTAMENTE UN MODO PER SISTEMARE LE COSE...
NON SONO MAI STATO AMICO DI UN CRIMINALE COME TE E L'UNICO MODO PER AGGIUSTARE LE COSE È CHE TU MI SEGUA SENZA OPPORRE RESISTENZA!
TU, PICCOLO POLIZIOTTO, VIENI A CASA MIA, INTERROMPI LA MIA FESTA, MI INSULTI E PRETENDI CHE IO NON REAGISCA?

HO GIURATO DI FAR RISPETTARE LA LEGGE E LO FARÒ... COSTI QUELLO CHE COSTI!
TRANQUILLI, RAGAZZI! FACCIAMO I BRAVI BAMBINI COME VUOLE L'ISPETTORE!
TRA MENO DI VENTIQUATTRO ORE SARÒ FUORI DI GALERA! AH, AH!
CLIC
QUANTO A TE, PICCOLO POLIZIOTTO... QUESTO SARÀ L'ULTIMO ARRESTO DELLA TUA CARRIERA! PAROLA DI LUTHER BLOT!
RICORDAVA I BEI TEMPI, COMMISSARIO?
QUALCHE VECCHIA FIAMMA?
GULP! ZITTI, VOI DUE! DOBBIAMO SUBITO DARCI DA FARE...

MENTRE LA POLIZIA SI DÀ DA FARE...
OHI-OHI! MI SENTO COME SE FOSSI STATO INVESTITO DA UN BRANCO DI ELEFANTI...
DI CHI SARÀ STATA LA BELLA IDEA DI RAPIRMI, QUESTA VOLTA?
GAMBADILEGNO? E' IN PRIGIONE! MACCHIA NERA? NON E' IL SUO STILE!
AH! NON SONO SOLO...
EHI! C'E' QUALCUNO? SE FOSSE POSSIBILE, NIENTE FORMAGGIO PER PRANZO...

ANCHE PIPPO NON DEMORDE...
NON TI DEVI ASSOLUTAMENTE PREOCCUPARE!
GLOM! AVRÒ PURE IMPARATO QUALCOSA IN TUTTI QUESTI ANNI DI INDAGINI CON LUI...
TROVERÒ TOPOLINO E LO RIPORTERÒ A CASA! TE LO PROMETTO!
ARF! ARF!
CERTO CHE PUOI DARMI UNA MANO ANCHE TU!
ARF!
REGOLA NUMERO UNO! CERCATE UN INDIZIO SUL LUOGO DEL RAPIMENTO...
ARF ARF
DI SOLITO TOPOLINO LO TROVA AL PRIMO COLPO...

AH! TROVATO!
BUONO, PLUTO! SE VUOI LAVORARE CON ME, RICORDATI CHE SONO IO IL CAPO!
ARF! ARF!
QUESTE SONO LE CHIAVI DI CASA DI TOPOLINO! È CHIARO CHE HA VOLUTO LASCIARCI UNA TRACCIA DA SEGUIRE...
SE SOLO CAPISSI CHE COSA VOLEVI DIRCI, AMICO MIO! SIGH!
ARF! ARF!
DAMMI QUELLA COSA, PLUTO! POTREBBE ESSERE UN INDIZIO! NON DEVI GIOCARCI!
GULP! MEGLIO CHIAMARE SUBITO BASETTONI!
POLICE

MA AL COMMISSARIATO...
UN GIUBBOTTO DI PELLE QUASI NUOVO...
BE', POTEVA ANCHE ANDARE PEGGIO!
POTEVA ANCHE ANDARE MEGLIO, SE LA TUA MIRA FOSSE STATA MIGLIORE!
BAH! RICORDATI PIUTTOSTO DI LASCIARE QUI PISTOLA E DISTINTIVO!
EHM...
NON VORREI CHE TI SBUCASSERO FUORI, PROPRIO MENTRE STIAMO PARLANDO CON LUTHER BLOT!
GROAN... TEMO DI AVERE PERSO IL DISTINTIVO...

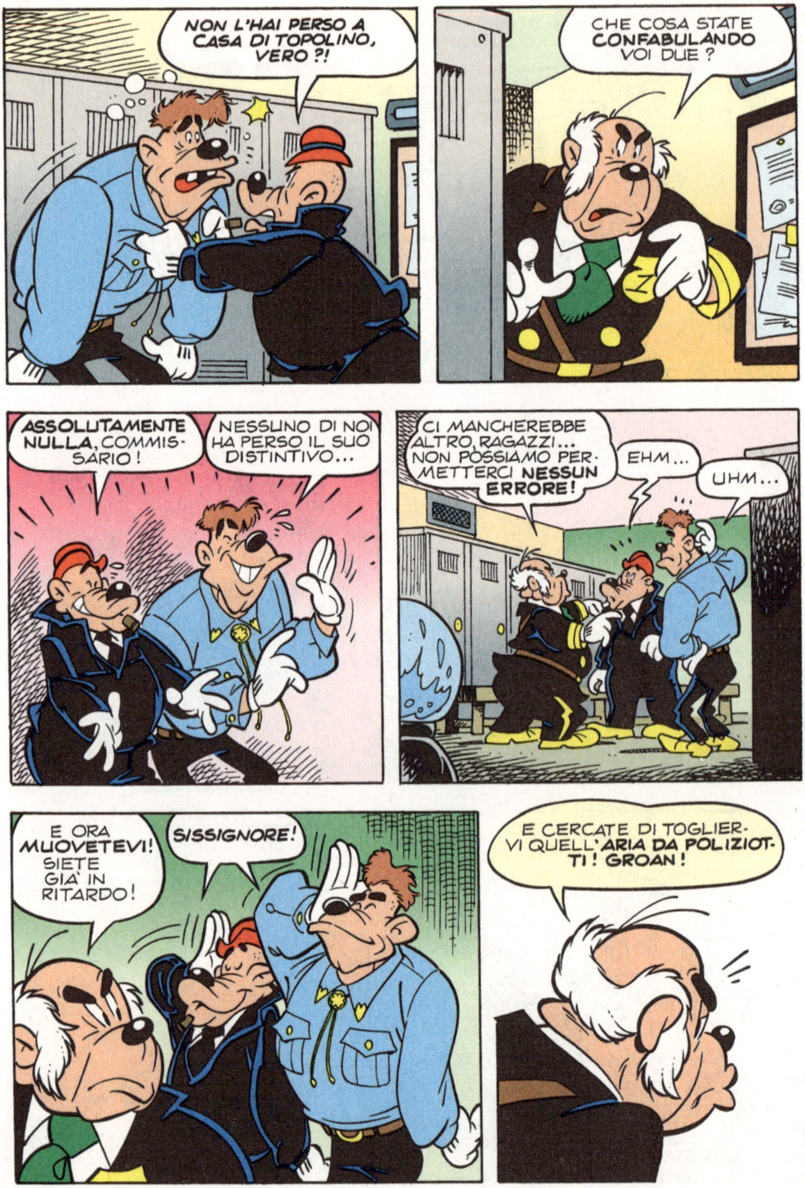
NON L'HAI PERSO A CASA DI TOPOLINO, VERO?!
CHE COSA STATE CONFABULANDO VOI DUE?
ASSOLUTAMENTE NULLA, COMMISSARIO!
NESSUNO DI NOI HA PERSO IL SUO DISTINTIVO...
CI MANCHEREBBE ALTRO, RAGAZZI... NON POSSIAMO PERMETTERCI NESSUN ERRORE!
EHM...
UHM...
E ORA MUOVETEVI! SIETE GIÀ IN RITARDO!
SISSIGNORE!
E CERCATE DI TOGLIERVI QUELL'ARIA DA POLIZIOTTI! GROAN!

E PIPPO?
"IL COMMISSARIO È FUORI UFFICIO. PROVATE A RICHIAMARE PIÙ TARDI!" BAH! DOVREMO FARE TUTTO DA SOLI, PLUTO!
CHE SUCCEDE, PLUTO? HAI SENTITO QUALCOSA?
GRRR!
CRASH
DIREI PROPRIO DI SÌ!
FACCIAMO PIANO... POTREBBE ESSERE UN LADRO!
ANZI! LEZIONE NUMERO DUE! IL COLPEVOLE TORNA SEMPRE SUL LUOGO DEL RAPIMENTO! È SICURAMENTE IL CRIMINALE CHE HA RAPITO TOPOLINO...
ARF!

"VAI A CASA DI TOPOLINO E FAI UN SOPRALLUOGO!" BAH! POTEVANO ANCHE ESSERE PIU' PRECISI!
FERMO! IN NOME DELLA LEGGE! SEI IN ARRESTO!
URGH!
EHI! MA AL-LORA CI SO FARE...
OOOF!
TUMP
FERMALO, PLUTO!
EH?!
GRRR!

GRRR!
NON MOLLARLO, PLUTO!
AIUTOOO!
BASTA! MI ARRENDO...
ARF! ARF!
ORA LASCIALO A ME, PLUTO! SO COME CONDURRE UN **INTERROGATORIO**...
ORA CI RACCONTERAI TUTTO SUL **RAPIMENTO** DI TOPOLINO!
ULP!
GULP! COME FAI A SAPERE CHE VOGLIAMO RAPIRE TOPOLINO?

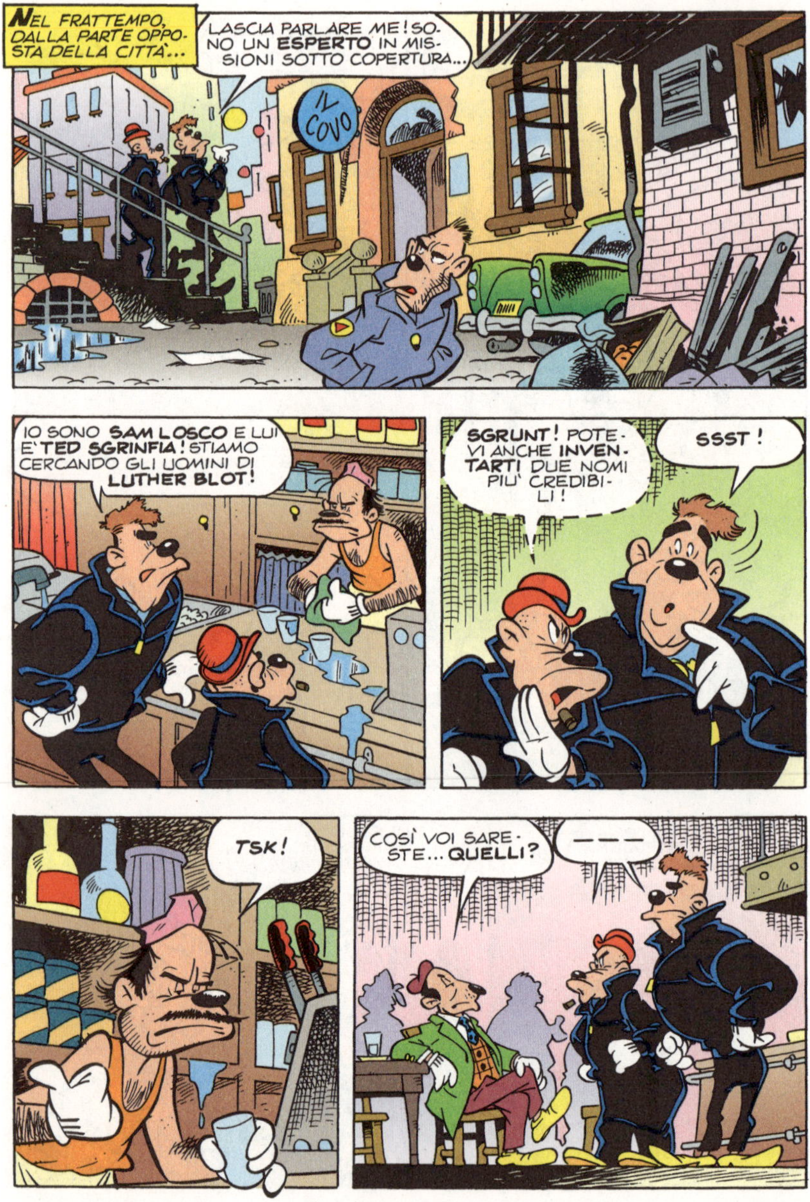
NEL FRATTEMPO, DALLA PARTE OPPOSTA DELLA CITTÀ...
LASCIA PARLARE ME! SONO UN ESPERTO IN MISSIONI SOTTO COPERTURA...
IL COVO
IO SONO SAM LOSCO E LUI E' TED SGRINFIA! STIAMO CERCANDO GLI UOMINI DI LUTHER BLOT!
SGRUNT! POTEVI ANCHE INVENTARTI DUE NOMI PIU' CREDIBILI!
SSST!
TSK!
COSÌ VOI SARESTE... QUELLI?
– – –

PUOI DIRLO FORTE, AMICO!
SIAMO PROPRIO QUELLI CHE HANNO RAPITO TOPOLI-NO...IGH!
GULP!
NON MI PIACCIO-NO I CHIACCHIERO-NI! SONO PERICO-LOSI...
EHM...
EHI! NON DOVEVA-MO INCONTRARE IL CAPO?
OGNI COSA A SUO TEMPO... NON SIAMO PRINCIPIANTI!
DOBBIAMO PREN-DERE QUALCHE PRECAUZIONE!
POTRESTE GUIDARE PIANO? IO SOFFRO L'AUTO...

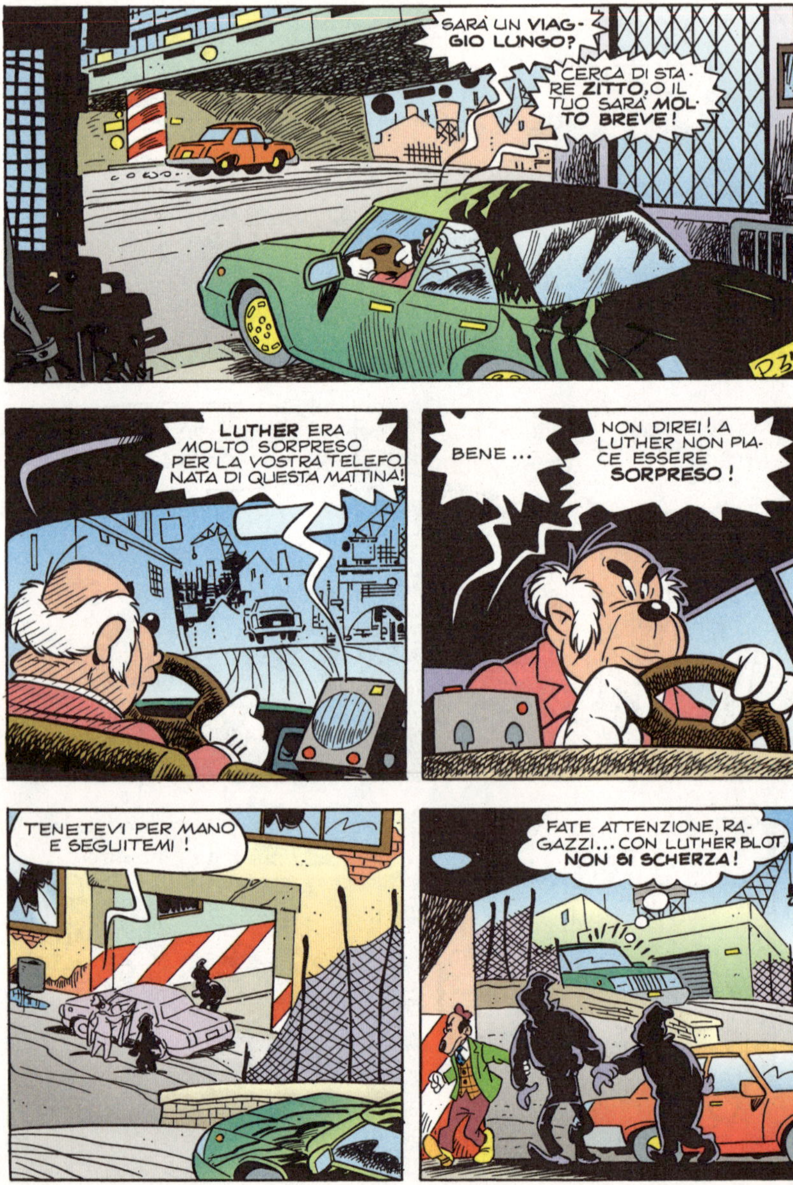
SARÀ UN VIAGGIO LUNGO?
CERCA DI STARE ZITTO, O IL TUO SARÀ MOLTO BREVE!
LUTHER ERA MOLTO SORPRESO PER LA VOSTRA TELEFONATA DI QUESTA MATTINA!
BENE...
NON DIREI! A LUTHER NON PIACE ESSERE SORPRESO!
TENETEVI PER MANO E SEGUITEMI!
FATE ATTENZIONE, RAGAZZI... CON LUTHER BLOT NON SI SCHERZA!

E BASETTONI RICORDA...
...PERTANTO DICHIARO L'IMPUTATO LUTHER BLOT INNOCENTE DEI REATI ASCRITTI PER NON AVERE COMMESSO IL FATTO!
AH! AH! AH!
SGRUNT!
INTIMO INOLTRE ALLA POLIZIA, NELLA PERSONA DELL'ISPETTORE BASETTONI, DI NON INDAGARE PIÙ SU UN RISPETTABILE CITTADINO CON TANTO ACCANIMENTO!
LE FORZE DELLA GIUSTIZIA DOVREBBERO PREOCCUPARSI DEI CRIMINALI E NON PERSEGUITARE LE COLONNE DELLA NOSTRA CITTÀ!
MI DISPIACE, PICCOLO POLIZIOTTO! TI SEI SCONTRATO CON QUALCOSA PIÙ GRANDE DI TE!
SE PENSI CHE QUESTO BASTERÀ A FERMARMI, TI ILLUDI! SARÒ DOVUNQUE TU SARAI!

NON POTRAI FARE UN PASSO SENZA CHE IO LO SAPPIA! NEMMENO UN RESPIRO!
OGNI VOLTA CHE TI ADDORMENTERAI, IO SARÒ L'ULTIMO A VEDERTI E IL PRIMO AD AUGURARTI BUONGIORNO APPENA SVEGLIO!
E, PRIMA O POI, TU COMMETTERAI UN ERRORE E LA GIUSTIZIA TRIONFERÀ DEFINITIVAMENTE!
GULP! MA ALLORA FAI SUL SERIO...
CHIEDERÒ AL CAPO DELLA POLIZIA LE TUE DIMISSIONI!
NON SERVIRÀ A FERMARMI!
E PUOI STAR CERTO CHE NEANCHE QUESTA VOLTA LA PASSERAI LISCIA!

INTANTO, NEL MAGAZZINO...
SCUSA!
AHIA!
SIETE UN DISASTRO!
TUMP
CRASH
E' MEGLIO CHE VI TOLGA QUEL CAPPUCCIO, O MI DI-STRUGGERETE IL MAGAZZINO!
MA QUESTA E' TUTTA MERCE RUBATA!
TACI!
MA CHE RAZZA DI CRIMINALE SEI?
E' DA POCO CHE ESERCITO... FACEVO L'IDRAULICO, PRIMA!
BAH! SEGUITEMI! IL CAPO CI ASPETTA...

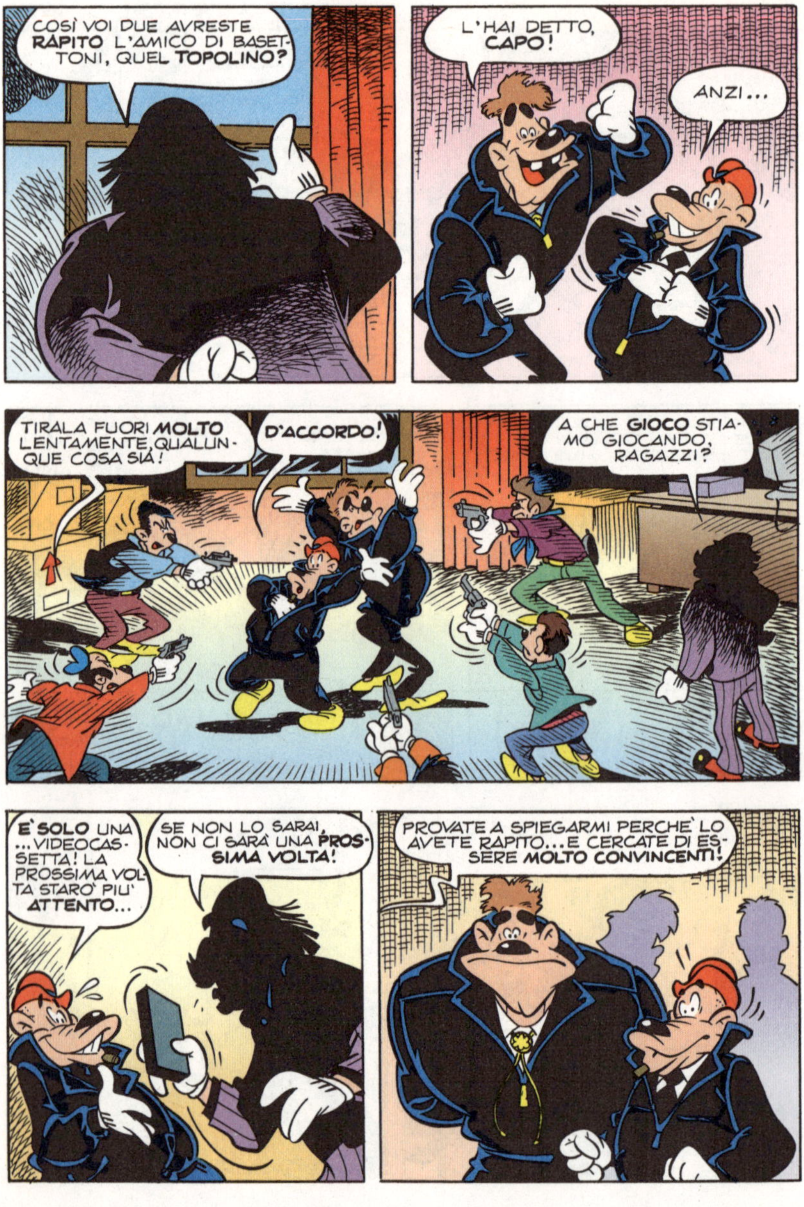
COSÌ VOI DUE AVRESTE RAPITO L'AMICO DI BASETTONI, QUEL TOPOLINO?
L'HAI DETTO, CAPO!
ANZI...
TIRALA FUORI MOLTO LENTAMENTE, QUALUNQUE COSA SIA!
D'ACCORDO!
A CHE GIOCO STIAMO GIOCANDO, RAGAZZI?
È SOLO UNA ...VIDEOCASSETTA! LA PROSSIMA VOLTA STARÒ PIÙ ATTENTO...
SE NON LO SARAI, NON CI SARÀ UNA PROSSIMA VOLTA!
PROVATE A SPIEGARMI PERCHÉ LO AVETE RAPITO... E CERCATE DI ESSERE MOLTO CONVINCENTI!

IL TAM-TAM DELLA MALA CI HA SUGGERITO CHE VOLEVI RAPIRE TOPOLINO PER VENDICARTI DEL CAPO DEGLI SBIRRI!
COSÌ ABBIAMO GIOCATO D'ANTICIPO E PRELEVATO NOI IL TOPO AL TUO POSTO!
ORA TE LO RECAPITIAMO E, IN CAMBIO, VORREMMO ENTRARE NEL GIRO DEI TUOI SGHERRI!
A PARTE IL FATTO CHE PARLATE COME IN UN PESSIMO FILM POLIZIESCO...
...MI STATE CHIEDENDO UN POSTO NELLA MIA BANDA?
ALLORA, FORSE, NON SIETE TANTO STUPIDI COME SEMBRATE...
MA AI MIEI TEMPI LE COSE SAREBBERO ANDATE DIVERSAMENTE!

"ALLORA TOPOLINIA ERA LA MIA CITTA' E NESSUNO POTEVA PERMETTERSI DI TRASGREDIRE I MIEI ORDINI!"
AH! AH! AH!
ASCOLTATELO SENZA INTERROMPERLO... SARA' UNA COSA LUNGA!
IO CONTROLLAVO TUTTO IL CRIMINE E NESSUNO POTEVA NIENTE CONTRO DI ME...
"PERFINO GLI SCIPPI DOVEVANO ESSERE APPROVATI DA ME!"
"E LA POLIZIA NON POTEVA FARE ASSOLUTAMENTE NULLA!"

"I MIEI UOMINI ALLORA AVEVANO UNA CLASSE INNATA!"
"E IO ERO UN ESEMPIO PER LE GIOVANI LEVE DEL CRIMINE CITTADINO!"
"POI ARRIVÒ LUI E LE COSE COMINCIARONO A CAMBIARE!"
"NON CI FU MODO DI FERMARLO...SEMBRAVA INTOCCABILE!"
MA ORA, FINALMENTE AVRÒ MODO DI VENDICARMI DI BASETTONI!
YAWN! L'AVEVO GIÀ SENTITA ALMENO DIECI VOLTE DAL COMMISSARIO...

PIPPO, INTANTO, NON HA PERSO TEMPO...
VUOI DECIDERTI A CONFESSARE?
SÌ! DIRÒ TUTTO! BASTA CHE LA FAI SMETTERE!
NON CE LA FACCIO PIÙ...
...BLA, BLA...ALLORA IO LE HO DETTO "CARA MIA ...BLA, BLA...LA FIGLIA DELLA SUA VICINA DI CASA...BLA, BLA... SE AVESSE SAPUTO QUELLO CHE DICEVA DI LEI...
NESSUNO RESISTE PER PIÙ DI MEZZ'ORA AL TELEFONO CON MIA ZIA PIPPONIA! YUK!
FIUUU!
ALLORA...DOVE HAI PORTATO TOPOLINO?
MA NON LO ABBIAMO ANCORA RAPITO!
AH, NO? ALLORA...
NOOO! ANCORA LA ZIA, NO! TI SPIEGHERÒ TUTTO... E' UNA STORIA MOLTO COMPLICATA!

TUTTO È COMINCIATO UNA SETTIMANA FA, QUANDO IL GRANDE LUTHER BLOT È USCITO DA ALTACRAZ...
NON HO CAPITO UNA COSA...
MA SIAMO SOLO ALL'INIZIO!
TSK! CHI È LUTHER BLOT?
È STATO IL PIÙ FAMOSO CRIMINALE DI TOPOLINIA! FU ARRESTATO DA BASETTONI, QUANDO ERA ANCORA ISPETTORE!
TI STAI CONFONDENDO... BASETTONI È COMMISSARIO! MANETTA È UN ISPETTORE!
PREFERISCO TUA ZIA! ALMENO DEVO SOLO ASCOLTARE...
CAMBIAMO STRATEGIA! PORTACI DOVE TENETE TOPOLINO!

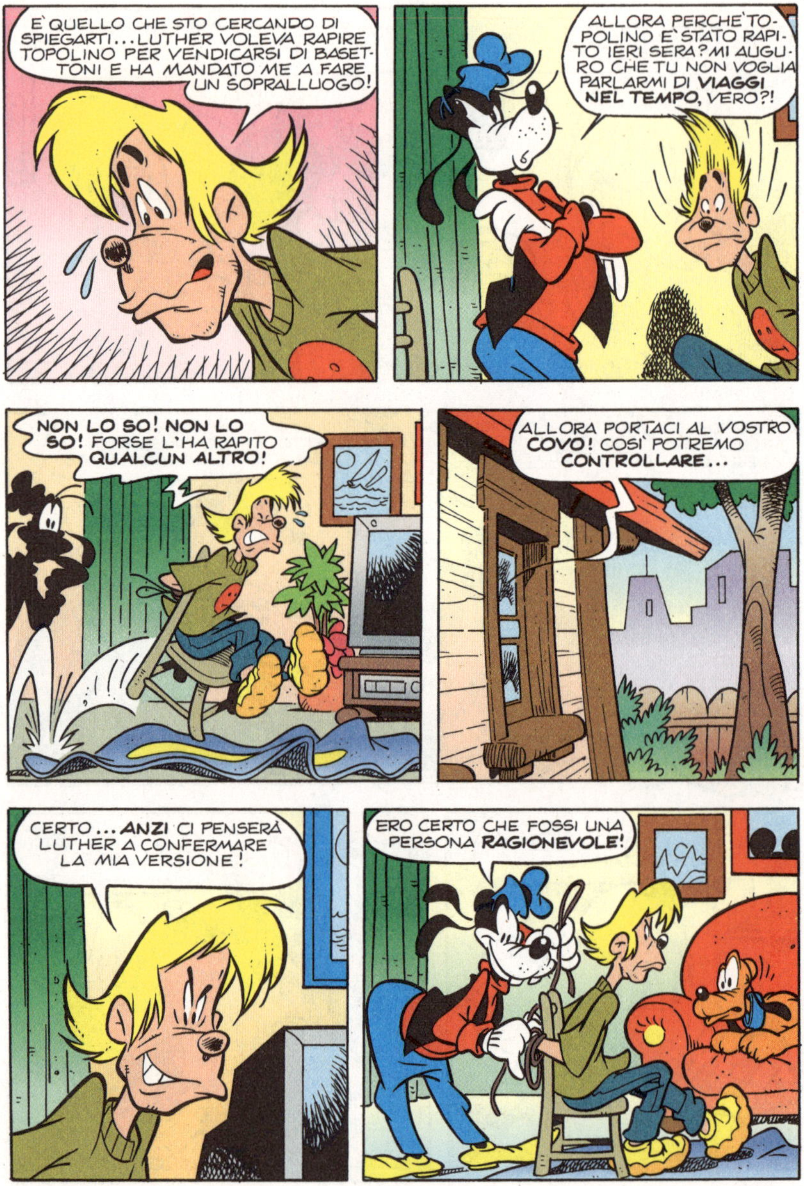

È QUELLO CHE STO CERCANDO DI SPIEGARTI... LUTHER VOLEVA RAPIRE TOPOLINO PER VENDICARSI DI BASETTONI E HA MANDATO ME A FARE UN SOPRALLUOGO!
ALLORA PERCHÈ TOPOLINO È STATO RAPITO IERI SERA? MI AUGURO CHE TU NON VOGLIA PARLARMI DI **VIAGGI NEL TEMPO**, VERO?!
NON LO SO! NON LO SO! FORSE L'HA RAPITO **QUALCUN ALTRO!**
ALLORA PORTACI AL VOSTRO **COVO!** COSÌ POTREMO **CONTROLLARE...**
CERTO... **ANZI** CI PENSERÀ LUTHER A CONFERMARE LA MIA VERSIONE!
ERO CERTO CHE FOSSI UNA PERSONA **RAGIONEVOLE!**

MA, NEL FRATTEMPO, AL COVO...
SONO ANDATI A PRENDERE TOPOLINO, CAPO!
MA DAVVERO HAI INTENZIONE DI FARLI ENTRARE NELLA BANDA, LUTHER?
IH, IH! HO SEMPRE SCELTO CON CURA I MIEI UOMINI...E NON HO CERTO INTENZIONE DI FARE UNA DEROGA PER QUEI DUE RUBAGALLINE!
MA A TUTTO QUESTO PENSEREMO PIÙ TARDI!
FIUUU! MENO MALE!
ORA LASCIAMI SOLO! DEVO TELEFONARE A UN VECCHIO AMICO...STO ORGANIZZANDO UNA FESTA IN SUO ONORE!

AL COMMISSARIATO...
OH, MINNI! NON MI ASPETTAVO UNA TUA VISITA...
CI SONO NOVITÀ?
TEMO DI NO... ALTRIMENTI TI AVREI AVVISATA SUBITO!
SI SARÀ CERTAMENTE CACCIATO IN QUALCHE PASTICCIO...
GLOM! MA SE FOSSE DAVVERO IN PERICOLO?
EHM... CIOÈ... NO... IO SONO SICURO CHE TOPOLINO, DOVUNQUE SIA, STIA BENISSIMO!
COMMISSARIO BASETTONI! C'È FORSE QUALCOSA CHE IO DOVREI SAPERE?

SCUSAMI, MINNI, MA ABBIAMO MOLTO DA FARE QUI!
MA... MA...
COMMISS
STIAMO FACENDO DEL **NOSTRO MEGLIO**!
COMMI
ABBIATE **CURA** DI LUI, COMMISSARIO...
MI DISPIACE, MA È UN **GIOCO** TROPPO PERICOLOSO!
FORZA! CHE COSA ASPETTI?
NON PUOI AVERE SCORDATO **QUEL GIORNO**...

"IL GIORNO IN CUI RIUSCII A INCASTRARTI..."
CHE COSA SAREBBE QUESTO? UNO SCHERZO?
TI DICHIARO IN ARRESTO, LUTHER BLOT!
E PER CHE COSA? HO RUBATO LE CARAMELLE A UN BAMBINO?
LO RICONOSCI QUESTO?
GULP!
TI AIUTO! È IL REGISTRO DEI TUOI INVESTIMENTI... DA CUI RISULTA CHE HAI EVASO LE TASSE PER MOLTI MILIONI DI DOLLARI!

QUESTA È LA PAROLA FINE ALLA TUA CARRIERA... PICCOLO CRIMINALE!
NON FINISCE QUI! NON C'È UN POSTO DOVE POTRAI NASCONDERTI DA ME!
IO TORNERÒ A CERCARTI!
BRIIIP
BRIIIP
BR...
BASETTONI...
VIENI SUBITO AL DUNQUE!
PUOI STAR CERTO CHE CI SARÒ!

MA ANCHE PIPPO SI STA DANDO DA FARE...
ECCOCI ARRIVATI!
ORA NON CI RESTA CHE ENTRARE E VEDRAI TU STESSO CHE TOPOLINO NON SI TROVA LÌ!
TSK! PER CHI MI HAI PRESO?
SE ENTRASSIMO LÌ DENTRO INSIEME, I TUOI AMICI MI FERMEREBBERO SUBITO!
GIÀ... MI SEMBRAVA TROPPO FACILE!
ENTRERAI TU DA SOLO! E MI PORTERAI FUORI TOPOLINO!
MA CERTO!
ARF ARF
NON LA PASSERETE LISCIA, FURFANTI!
TACI, TOPASTRO!

330

COSÌ NON L'AVEVATE RAPITO VOI? QUESTO CAMBIA I **NOSTRI PIANI**...
NON NE SAPEVO NIENTE! NON SO NEMMENO CHI SIANO QUEI DUE CHE LO ACCOMPAGNAVANO!
ANDRÒ **IO** A DARE UN'OCCHIATA! TU RESTERAI QUI CON PLUTO!
MI SEMBRA UNA **GRANDE IDEA!**
E TI CONSIGLIO DI NON FARE **SCHERZI!**
È MOLTO **ARRABBIATO** DA QUANDO HANNO RAPITO TOPOLINO...
GRRR
BUONO, CAGNOLINO BELLO...
GRRR

ALL'INTERNO DEL MAGAZZINO, E' L'ORA DELLA RESA DEI CONTI...
SAI PER QUANTO TEMPO HO ATTESO QUESTO MOMENTO?
HO POCA FANTASIA... AIUTAMI TU!
OGNI NOTTE SOGNAVO DI VENDICARMI!
DOVEVANO ESSERE SCOMODI I MATERASSI DELLA PRIGIONE...
TI FARÒ PASSARE LA VOGLIA DI SCHERZARE!
HAI AVUTO SOLO UN COLPO DI FORTUNA A TROVARE IL REGISTRO DEI MIEI AFFARI!
FORTUNA? TSK! MESI DI INDAGINI, DI APPOSTAMENTI, DI INTERCETTAZIONI...
NON MI SONO MAI ARRESO!
QUESTA VOLTA SARAI COSTRETTO A FARLO!

332

QUESTA VOLTA HO IO LA CARTA VINCENTE IN MANO!
CHE COSA VUOI IN CAMBIO?
PER COMINCIARE... LE CHIAVI DELLA LAST NATIONAL BANK! POI VEDREMO...
QUANDO DOBBIAMO INTERVENIRE?
QUANDO IL COMMISSARIO DARÀ IL SEGNALE!
ROCK... QUAL ERA IL SEGNALE?
GULP! NON ME LO RICORDO...
QUESTA VOLTA NON TI PIOVERÀ DAL CIELO NESSUN AIUTO...

MA CHE COSA SUCCEDE?
CRASH
EHM... E' PERMESSO?
SE FOSSE **QUESTO** IL SEGNALE?
NON MI SEMBRA C'ENTRASSE PIPPO...
GASP! SONO ARRIVATO **TROPPO TARDI!** IL CASO È GIÀ STATO **RISOLTO!**
C'È IL COMMISSARIO BASETTONI...
... E ANCHE I **DETECTIVE** MANETTA E ROCK SASSI!

DETECTIVE?!
NON CERTO NEL SENSO LETTERALE DEL TERMINE...
SONO CERTO CHE TROVEREMO UN' OTTIMA SPIEGAZIONE!
PRENDETELI!
NON MI ERAVATE MAI PIACIUTI!
HO DETTO QUALCOSA DI SBAGLIATO?
TSK! CI HAI PROVATO... MA TI E' ANDATA MALE!
SAI QUAL E' IL TUO PROBLEMA?
SOTTOVALUTI I TUOI AVVERSARI!

VERO, TOPOLINO?
EH?!
QUESTO ERA IL SEGNALE!
ALLA CARICA, RAGAZZI!
LASCIATI ABBRACCIA-RE...
URGH!
FATEVI SOTTO! NON MI FATE PAURA!
AIUT...

POTEVA SOLO ESSERE **AMICO** DI BASETTONI, UN **FICCANASO** COME TE!
OOOF!
TIENI DURO, TOPOLINO! ARRIVO **IO**!
NON STO CAPENDO PIU' NULLA...
TI HO PRESO, LUTHER!
FIUUU!
ARGH!
È FINITA! ARRENDITI!
MAI, PICCOLO POLIZIOTTO!
POI NON DIRE CHE NON TI AVEVO AVVERTITO...

AIUT...
BONG
BANG
UEEE UEEEE UEEE
LA POLIZIA! STA ARRIVANDO LA POLIZIA!
UEEE UEEE...
LA POLIZIA È GIÀ QUI!
CHE NESSUNO SI MUOVA! SIETE TUTTI IN ARRESTO!

È IL MOMENTO DELLE SPIEGAZIONI...
SAPEVO TUTTO FIN DALL'INIZIO! DOVEVO ESSERE LA **MOSSA A SORPRESA**!
E, PER FORTUNA, HA **FUNZIONATO**!
SGRUNT!
PERCHÈ NON CI AVETE **AVVISATO**, COMMISSARIO?
VOLEVO CHE LA VOSTRA **INTERPRETAZIONE** FOSSE LA PIÙ SINCERA POSSIBILE!
DAI! NON FARE L'OFFESO, MANETTA!
AH, AH! DOVRETE DARE MOLTE SPIEGAZIONI, COMMISSARIO...
TEMO CHE TI TOCCHI LA **STESSA SORTE**, TOPOLINO!
PROPRIO COSÌ!

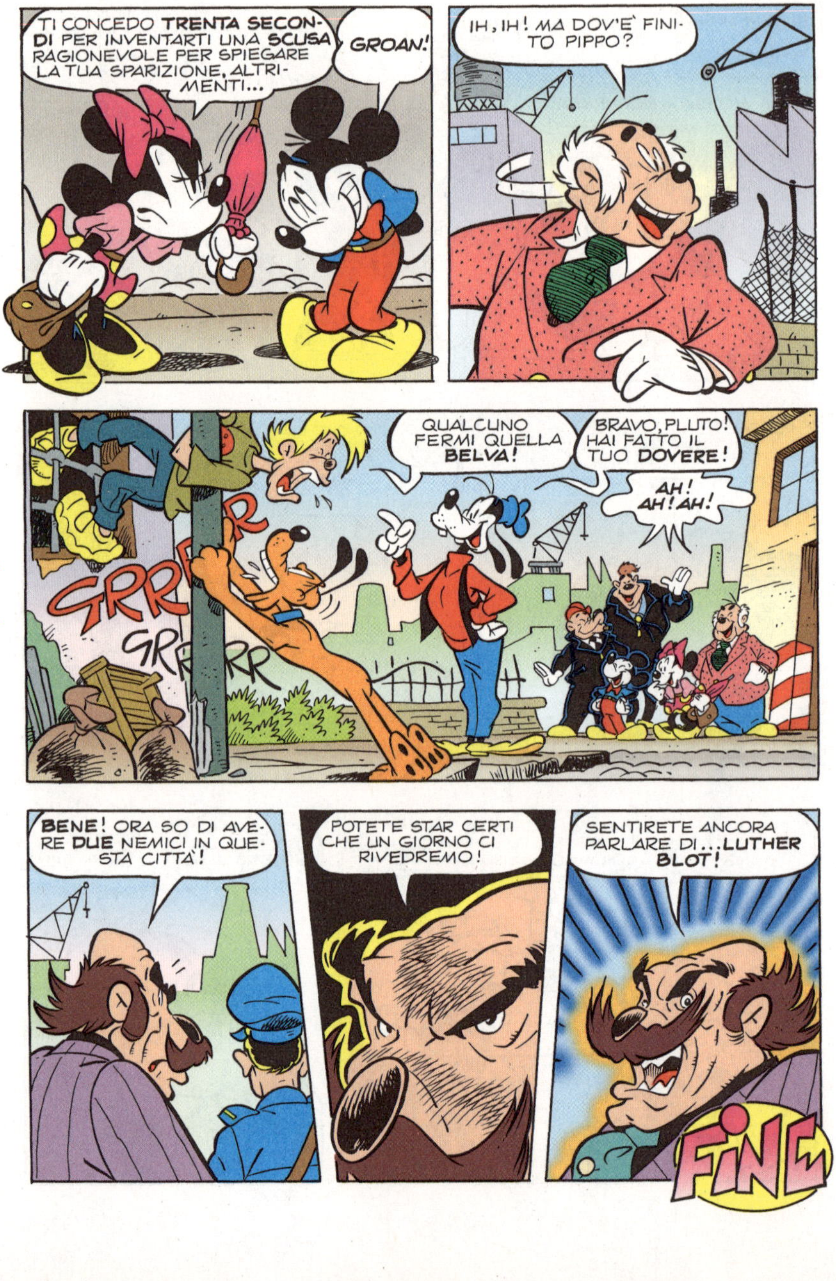
TI CONCEDO **TRENTA SECONDI** PER INVENTARTI UNA **SCUSA** RAGIONEVOLE PER SPIEGARE LA TUA SPARIZIONE, ALTRIMENTI...
GROAN!
IH, IH! MA DOV'È FINITO PIPPO?
GRRRRR
GRRRRR
QUALCUNO FERMI QUELLA **BELVA**!
BRAVO, PLUTO! HAI FATTO IL TUO **DOVERE**!
AH! AH! AH!
BENE! ORA SO DI AVERE **DUE** NEMICI IN QUESTA CITTÀ!
POTETE STAR CERTI CHE UN GIORNO CI RIVEDREMO!
SENTIRETE ANCORA PARLARE DI... **LUTHER BLOT**!
FINE

TOPOLINO
E IL
SUPERCOLPO
D'AUTORE
WALT DISNEY
TM-45

TUTTO A POSTO, CAPO!
BENE! SAI COSA FARE!
STAI TRANQUILLO...
...TUTTO FILERÀ LISCIO COME L'OLIO...
TUTTO FILERÀ LISCIO COME L'OLIO...

RIIIINNG
PRONTO?
TOPOLINO? SONO PIPPO! SONO AL SALONE DEL-L'ARTE... QUALCUNO L'HA RIPULITO!
PHONE
UMPF! QUESTA CITTÀ NON DOR-ME MAI!
OKAY! DETECTIVE... AL LAVORO!

EH?! ISPETTORE BASETTONI, COSA SUCCEDE?
MI SPIACE, TOPOLINO! TUTTE LE PROVE SONO **CONTRO PIPPO**!
SMITH & C.
SONO INNOCENTE! DORMIRE SUL LUOGO DEL DELITTO NON VUOL DIRE ESSERE COLPEVOLI!
E' COSÌ, TOPOLINO! L'UNICO MODO PER NON FAR SCATTARE IL SISTEMA D'ALLARME ERA PROPRIO RIMANERE CHIUSI DENTRO!
MA, COMMISSARIO! VOI CONOSCETE PIPPO! NON COMMETTEREBBE MAI UN CRIMINE!
SPIACE A ME QUANTO A TE, MA COME SPIEGHI LA SUA PRESENZA ALL' INTERNO DEL SALONE CON QUEL **COSTUME RIDICOLO**?

FORSE SI ESIBIVA COME SCULTURA VIVENTE!

TROVAMI DELLE PROVE CONVINCENTI E SCAGIONERO' PIPPO! PER ORA NON POSSO FARE A MENO DI TRATTENERLO!
NON TI PREOCCUPARE PIPPO... NON STARAI A LUNGO AL FRESCO!
MI RACCOMANDO, TOPOLINO... NON VORREI PRENDERE UN BRUTTO RAFFREDDORE!
!
ANDIAMO!
CHI L'AVREBBE DETTO CHE SAREBBE FINITA COSI'?
UHM... TUTTA QUESTA FACCENDA E' STATA STRANA FIN DALL'INIZIO!

"TUTTO EBBE INIZIO IN QUEL CALDO POMERIGGIO DI FINE ESTATE... I CAMION SFRECCIAVANO LUNGO LA STRADA CHE PORTA IN CENTRO..."
WROOOOOOOOOM!
MA... COSA?
NIENTE PAURA, TOPOLINO!
WROOOOOO
SONO I CAMION CHE TRASPORTANO LE **OPERE D'ARTE** ALLA MOSTRA DI TOPOLINIA!
QUELLA DELLE **NUOVE TENDENZE PITTORICHE E SCULTOREE**?
PROPRIO QUELLA!
LA STANNO ALLESTENDO IN QUESTI GIORNI! NON MANCHERO' CERTO DI VEDERLA CON ARIET... LA MIA CARA MOGLIETTINA!

346

DUSTIN!
QUANTE VOLTE TI HO DETTO DI NON PERDERE TEMPO CON I VICINI DI CASA?
SÌ, CARA!
"SOLITAMENTE NON MI INTROMETTO NELLE DISCUSSIONI FAMILIARI... (SOPRATTUTTO SE I CONTENDENTI SONO PIÙ GROSSI DI ME...), COSÌ, ANDAI A VEDERE COME PROCEDEVANO I LAVORI..."
STANNO SCARICANDO LE OPERE CHE VERRANNO ESPOSTE!
CENTRO ESPOSITIVO
"... E LÌ CI FU LA SECONDA NOVITÀ DEL GIORNO..."
DUCHAMP
EHILÀ, TOPOLINO!
PIPPO!

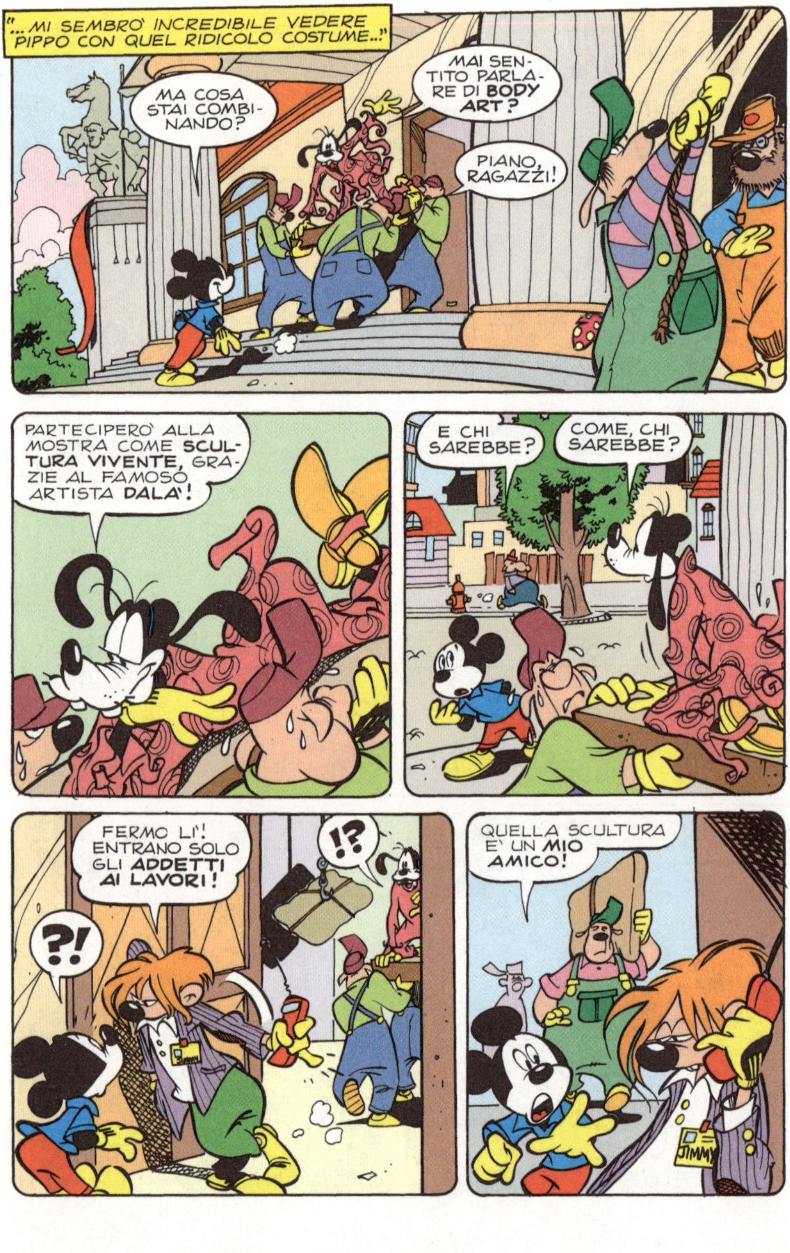
"...MI SEMBRÒ INCREDIBILE VEDERE PIPPO CON QUEL RIDICOLO COSTUME..."
MA COSA STAI COMBINANDO?
MAI SENTITO PARLARE DI BODY ART?
PIANO, RAGAZZI!
PARTECIPERÒ ALLA MOSTRA COME SCULTURA VIVENTE, GRAZIE AL FAMOSO ARTISTA DALÀ!
E CHI SAREBBE?
COME, CHI SAREBBE?
FERMO LÌ! ENTRANO SOLO GLI ADDETTI AI LAVORI!
?!
!?
QUELLA SCULTURA È UN MIO AMICO!
JIMMY

CI SENTI MALE? HO DETTO CHE NON SI ENTRA!
LASCIALO PASSARE, JIMMY! CONOSCO BENE IL SIGNOR TOPOLINO ...O MEGLIO LA SUA FAMA DI GRANDE DETECTIVE!
?!
ED E' UN PIACERE PER ME CONOSCERLO DI PERSONA!
ANCHE PER ME E' UN PIACERE... JACKIE!
JACKIE PIRAMIDE
MANAGING DIRECTOR
UH?!
AH! AH! AH! VIENI, TI MOSTRERO' I PREPARATIVI DELLA MOSTRA!

"JACKIE PIRAMIDE SI PREOCCUPO' MOLTO DI MOSTRARMI LE SOFISTICATE TECNOLOGIE DEI SISTEMI D'ALLARME..."
TROL
BELLA! E' TUTTA MIA SUOCERA!
COME PUOI VEDERE, LA PRESENZA DI UN DETECTIVE E' DEL TUTTO INUTILE...
NON PREOCCUPARTI, DIRETTORE! SONO SOLO IN CERCA DI UN AMICO!
UN PITTORE?

NO! SCULTURA VIVENTE PART-TIME!
DALÀ
SUBLIME, NON TROVATE? SUI GIORNALI SCORRERANNO FIUMI DI INCHIOSTRO PER QUESTA MIA ULTIMA SCINTILLA DI GENIO!
TI PRESENTO IL GRANDE DALÀ, ARTISTA SURREAL-ASTRATT-META-CUBISTA!
?!
FANTASTICO! POTREI TRASFORMARTI IN UNA SCULTURA FUORI DEL COMUNE!
EH?
BENE! TI LASCIO IN COMPAGNIA DEL "MAESTRO"! E' UN OTTIMO INTRATTENITORE!

EHM... PIPPO DOVRÀ RESTARE A LUNGO COSÌ?
FINO AL TERMINE DELLA MOSTRA! ADESSO, PERÒ, PUÒ RILASSARSI UN PO'!
!!
DALÀ
HO CAPITO FIN DAL PRIMO ISTANTE CHE PIPPO SAREBBE STATO PERFETTO COME... **OPERA**!
MAIL
OGNI ARTISTA COMPIE **RICERCHE** ESTREMAMENTE DIVERSE NEL CAMPO DELL'ARTE!
ATTRAVERSO L'ARTE VENGONO STUDIATI GLI EFFETTI CROMATICI DELLA LUCE E DEI COLORI!
SI APPROFONDISCE LA CONOSCENZA DELLA MATERIA...

...SI RICERCANO EFFETTI OTTICI PARTICOLARI...
...INOLTRE CI SONO ARTISTI CHE, COME ME, NON RITENGONO LA TELA L'UNICO SUPPORTO SU CUI DIPINGERE... COSÌ, UTILIZZIAMO QUALSIASI COSA!
COME, PER ESEMPIO, IL PIGIAMA DI PIPPO!
EHI!
SBONK!
ULP! CHE GUAIO!
DE FLIPPIS

FORTUNA CHE NON SI E' ROVINATA... EHI, E' LEGGERISSIMA!
GIU' LE MANI DALLA MIA SCULTURA!
ULP!
SE SOLO TROVO UN GRAFFIO, VE LA FACCIO PAGARE!
PFUI! PER QUELLA CROSTA DI GESSO VUOTA!..
COOOOSA?
USCITA
EHM... E' MEGLIO NON STUZZICARLO!

"L'AUTORE DI QUELL'ORRIPILANTE SCULTURA IN GESSO SI CHIAMAVA **STRANINSKY**! NELL'AMBIENTE, IL SUO CARATTERE ERA MOLTO NOTO..."
MI SPIACE, AMICI! LA **FAUNA ARTISTICA** CONTA ANCHE ELEMENTI BIZZARRI!
PURTROPPO, ADESSO VI DEVO SALUTARE! CONTO DI VEDERVI AL **VERNISSAGE** DI DOMANI SERA...
...SOPRATTUTTO TU, PIPPO! VISTO CHE SEI LA MIA **OPERA D'ARTE**!
CONTACI! **YUK! YUK!**
"DOPO AVERMI RIEMPITO DI INVITI, DALÀ MI CONSIGLIÒ DI ARRIVARE AL BANCHETTO A DIGIUNO! POI, SI DILEGUÒ COSÌ COME ERA COMPARSO..."
L'**AMICO** STA USCENDO IN QUESTO ISTANTE!
JIMMY

"L'INDOMANI SERA, DAVANTI AL PALAZZO DELL'ARTE..."
NOO O NOUS
SONO EMOZIONATA, TOPOLINO!
EH! EH! VEDRAI CHE AMBIENTE CHIC!
"PIÙ CHE CHIC, SI SAREBBE DETTO DA SHOCK!"
MA COME... SOLO UN GAMBERETTO?
E' UN'ORDA AFFAMATA! PRESTO DIVORERANNO I TAVOLI!

TOPOLINO! MINNI! DA QUESTA PARTE!
"PIPPO ERA AL CENTRO DELL'ATTENZIONE... QUASI TUTTI GLI INVITATI ERANO CONCENTRATI NELLA SUA SALA..."
NON E' FANTASTICO? SONO LA STAR DELLA SERATA!
"LA PERFORMANCE DI PIPPO FU UNICA... MA LA CONFUSIONE AVEVA STREMATO MINNI, COSI' DECIDEMMO DI ALLONTANARCI PER QUALCHE MINUTO..."
FINALMENTE UN PO' D'ARIA FRESCA!
XXCMI
OH, TOPOLINO! NON CREDI CHE SIA UNA SERATA ROMANTICA?
PSSS
PSSS
BLA
BLA

MA... TOPOLINO?
"VOCI SOSPETTE PROVENIVANO DAL GIARDINO ADIACENTE AL PALAZZO..."
TUTTO A POSTO, CAPO!
BENE! SAI COSA FARE!
TUTTO FILERA' LISCIO COME L'OLIO!
JIMMY!
UHM... MOLTO STRANO...
TOPOLINO!
SI PUÒ SAPERE DOVE TI ERI CACCIATO?
EHM... MI ERA SEMBRATO DI VEDERE DELLE **OMBRE SOSPETTE**!

POSSIBILE CHE TU DEBBA PENSARE SOLO AL TUO LAVORO?
DAI, NON FARE COSI'!
"D'UN TRATTO NOTAI LA SCULTURA..."
EHI, MINNI! ASPETTA!
PLINC
SCOMMETTO CHE NON PENSERESTI MAI CHE IO SIA IN GRADO DI **SOLLEVARE** QUELL' ENORME SCULTURA!
FORMA STRANINSKY
E INVECE...
HMMM-SSS
OKAY, CAMPIONE! ADESSO PUOI ACCOMPAGNARMI A CASA!

GIÀ... LA SCULTURA ERA IMPROVVISAMENTE DIVENTATA **PESANTE!** E CHI ERA LA **SECONDA PERSONA** NEL PARCO? E IL LORO **DISCORSO** C'ENTRAVA QUALCOSA CON QUELLO CHE E' SUCCESSO STASERA?
TOPOLINO! HO SAPUTO DI PIPPO E VOGLIO AIUTARTI... MI SENTO IN PARTE RESPONSABILE PER QUELLO CHE E' SUCCESSO!
KEEP OUT
POLICE
E' UN TERRIBILE EQUIVOCO! MA FARO' LUCE SU QUESTO MISTERO!
DOPO UN LUNGO GIRO PER IL SALONE...
SARA' UN'IMPRESA TROVARE INDIZI...
SONO RIMASTI SOLO QUEI **PEZZI DI GESSO!**
?!

FACEVANO PARTE DELLA SCULTURA DI STRANINSKY... CI SONO ANCHE DELLE **ORME!**
UHM...
CHISSA' PERCHE' L'HANNO ROTTA?
ERA UNA CROSTA DI GESSO **VUOTA...** NON E' VERO?
E SE NON FOSSE STATA AFFATTO UNA SCULTURA?
UH?
LA STRUTTURA IN GESSO CON L'INTERNO VUOTO E' L'IDEALE PER OSPITARE QUALCUNO!
"IL **VERO LADRO**, PER ESEMPIO! CHE, CON POCHI COLPI, SI E' APERTO UN VARCO, ED E' ENTRATO IN AZIONE!"
MAN
TRUNK
"HA MESSO FUORI USO I SISTEMI D'ALLARME E, POI, HA FATTO COMODAMENTE ENTRARE I COMPLICI DALL'INGRESSO PRINCIPALE!"

ZZZ...
IL RESTO E' STORIA!
STAI ACCUSANDO STRANINSKY DI FURTO! MA CON LA SUA MOLE, COME SAREBBE POTUTO ENTRARE NELLA SCULTURA?
"NO, NON LUI! MA UN SUO COMPLICE!"
PAST
GESSO
"STRANINSKY HA SOLO SIGILLATO IL GESSO!"
PAT PAT
"POI, APPROFITTANDO DELL' ESIBIZIONE DI PIPPO, SI E' DILEGUATO!"
GESSO
NON ABBIAMO ALTRA PISTA... DOBBIAMO ANDARE SUBITO DA STRANINSKY!

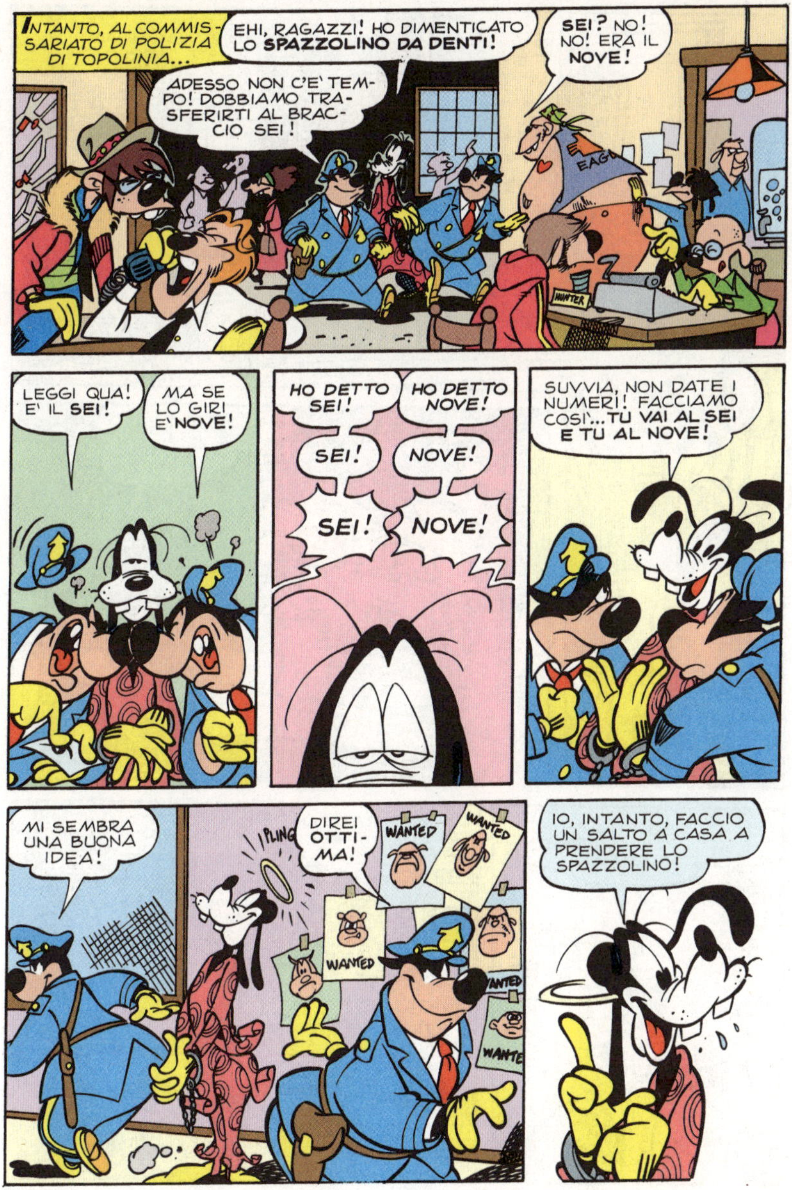
INTANTO, AL COMMISSARIATO DI POLIZIA DI TOPOLINIA...
EHI, RAGAZZI! HO DIMENTICATO LO SPAZZOLINO DA DENTI!
ADESSO NON C'E' TEMPO! DOBBIAMO TRASFERIRTI AL BRACCIO SEI!
SEI? NO! NO! ERA IL NOVE!
HUNTER
LEGGI QUA! E' IL SEI!
MA SE LO GIRI E' NOVE!
HO DETTO SEI!
HO DETTO NOVE!
SEI!
NOVE!
SEI!
NOVE!
SUVVIA, NON DATE I NUMERI! FACCIAMO COSI'... TU VAI AL SEI E TU AL NOVE!
MI SEMBRA UNA BUONA IDEA!
PLING
DIREI OTTIMA!
WANTED
WANTED
WANTED
IO, INTANTO, FACCIO UN SALTO A CASA A PRENDERE LO SPAZZOLINO!

TE LO ASSICURO, FREDDY! QUEST'AUTO È UNA BELVA! NON ESISTE "FERRO" SULLA FACCIA DELLA TERRA CHE GLI POSSA TENERE TESTA!
POLICE
33
WROOM
SCREEEEKK
MA, COSA...
EHI, JOE! È QUELLO CHE ABBIAMO ARRESTATO STASERA!
NEEEEEEEEEEEEEEEEEEEEEEEEEEEEEEEEEE
WROOOM
NON VI PREOCCUPATE, RAGAZZI! VE LA RIPORTO SUBITO!
LA MIA AUTOOO! PRESTO, CHIAMA LA POLIZIA!
EHI, JOE! LA POLIZIA... SIAMO NOI!
NEEEEEEEEEE

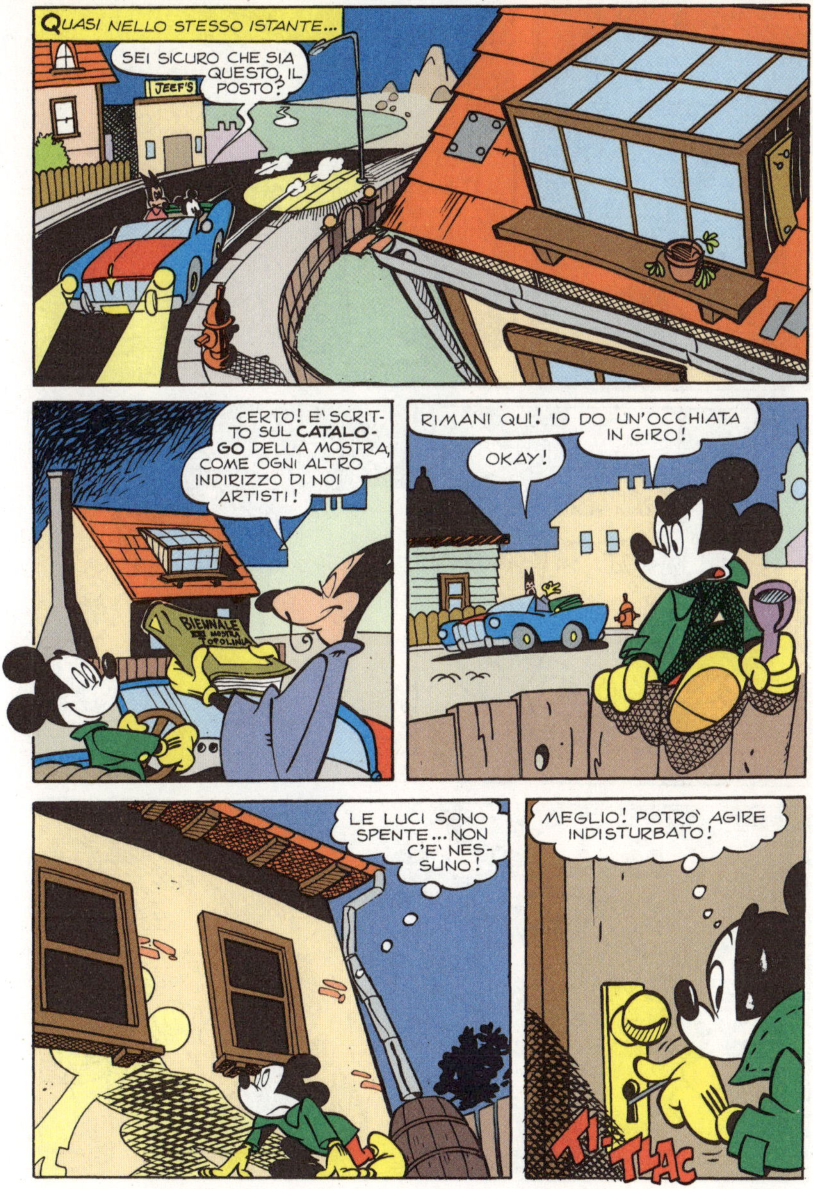
QUASI NELLO STESSO ISTANTE...
SEI SICURO CHE SIA QUESTO, IL POSTO?
JEEF'S
CERTO! E' SCRITTO SUL CATALOGO DELLA MOSTRA, COME OGNI ALTRO INDIRIZZO DI NOI ARTISTI!
BIENNALE
RIMANI QUI! IO DO UN'OCCHIATA IN GIRO!
OKAY!
LE LUCI SONO SPENTE... NON C'E' NESSUNO!
MEGLIO! POTRO' AGIRE INDISTURBATO!
TI-TLAC

PRUDENZA, TOPOLINO!
UHM... QUI SEMBRA TUTTO NORMALE!
EHI! C'E' UNA SCALA!
ULP! E' PIENO DI SCULTURE!

DAL RUMORE SEMBRANO **PIENE**!
TUD TUD
PROPRIO COSÌ, **DETECTIVE DA QUATTRO SOLDI**!
ULP!
PIENE DI SCULTURE E DIPINTI CHE RIVENDEREMO A RICCHI COLLEZIONISTI D'OLTRECONFINE SENZA SCRUPOLI!
GUARDA, GUARDA... LA BANDA AL **COMPLETO**!
NON ESATTAMENTE, DETECTIVE! IL CAPO STA ARRIVANDO!
SNORT!
OTTIMO LAVORO, RAGAZZI! **TUTTO E' FILATO LISCIO COME L'OLIO**!
TU!?

367

SGRUNT! NON CI POSSO CREDERE!
VEDIAMO SE CREDI A QUESTO!
MACCHIA NERA!
AH! AH! AH! DIMMI CHE SEI RIMASTO SENZA PAROLE! QUESTA VOLTA LA MIA MENTE DIABOLICA HA STUDIATO IL SUPER COLPO D'AUTORE!
SGRUNT! E COSÌ, ERA TUTTO CALCOLATO FIN DALL'INIZIO!
CERTO! TU ERI L'UNICO CHE POTEVA INTRALCIARE IL MIO PIANO! COSÌ, TI HO INDIRIZZATO VERSO LA PISTA GIUSTA... DRITTO DRITTO NEL COVO DELLA BANDA!
DOVE TI SISTEMEREMO UNA VOLTA PER TUTTE!

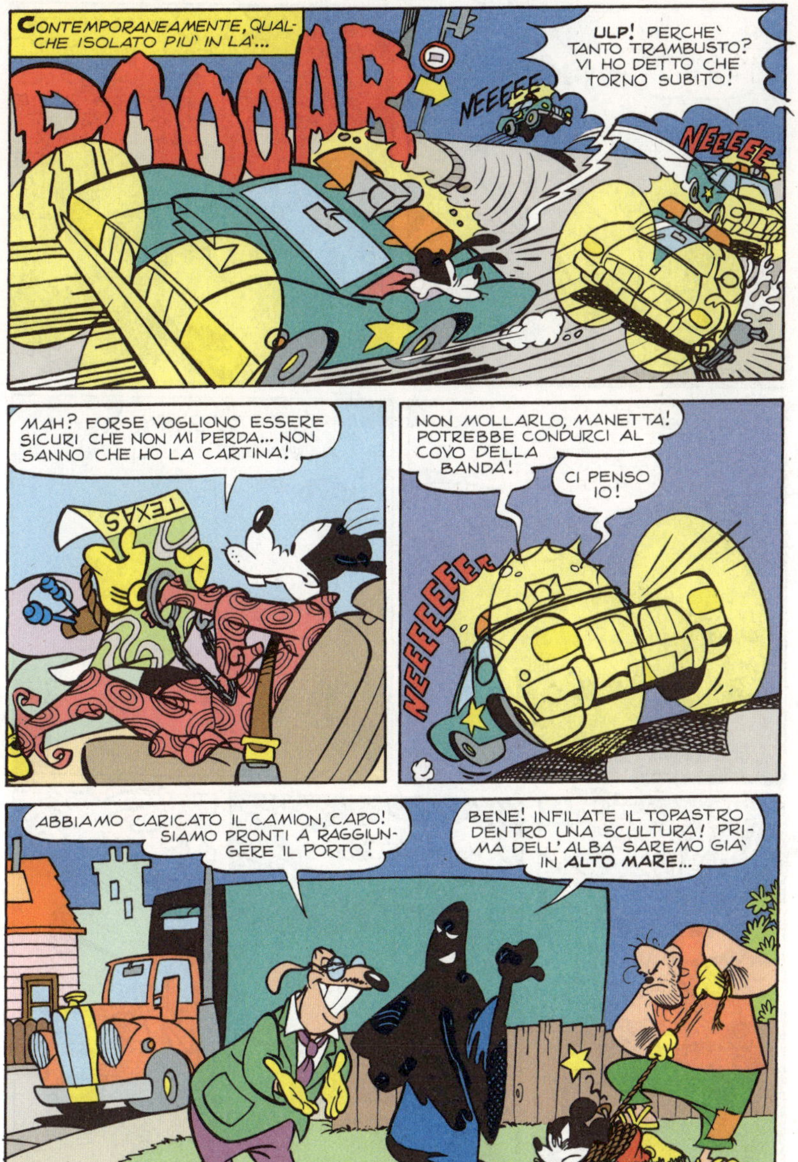
CONTEMPORANEAMENTE, QUALCHE ISOLATO PIU' IN LA'...
DOOOAR
NEEEEE
ULP! PERCHE' TANTO TRAMBUSTO? VI HO DETTO CHE TORNO SUBITO!
NEEEEE
MAH? FORSE VOGLIONO ESSERE SICURI CHE NON MI PERDA... NON SANNO CHE HO LA CARTINA!
TEXAS
NON MOLLARLO, MANETTA! POTREBBE CONDURCI AL COVO DELLA BANDA!
CI PENSO IO!
NEEEEEEEE
ABBIAMO CARICATO IL CAMION, CAPO! SIAMO PRONTI A RAGGIUNGERE IL PORTO!
BENE! INFILATE IL TOPASTRO DENTRO UNA SCULTURA! PRIMA DELL'ALBA SAREMO GIA' IN **ALTO MARE**...

...DOVE POTREMO DARGLI L'ESTREMO SALUTO! EH! EH!
LASCIATEMI!
NON E' ANCORA FINITA, MACCHIA NERA!
NON ME LO DIRE!
SE SAPESSI CHE FATICA HO FATTO PER ENTRARE NELLA PARTE DI UN ARTISTA SCERVELLATO! HO DOVUTO... BRRR... LEGGERE UN SACCO DI LIBRI D'ARTE!
EH! COSA NON SI FA PER IL CRIMINE!
GRRR! TRA POCO NON AVRAI PIU' NIENTE DA RIDERE!
NFEEEEEEE
UH?
E' ARRIVATA LA CAVALLERIA!
CAPO, LA PO-PO-POLIZIA!
SBAMG

NON VI PREOCCUPATE! SONO ASSICURATO!
QUI AUTO 7... PRESTO! MANDATE POMPIERI E AMBULANZE AL QUARTIERE DEGLI ARTISTI!
HOTEL
GRRR! MALEDIZIONE, UN PIANO PERFETTO ANDATO IN FUMO!
EH?
MACCHIA NERA!
E TU, COSA CI FAI QUI?

CREDO CHE SIA VENUTO IL TEMPO DI DARSI AL-LA... MACCHIA!
SE CREDE DI SFUGGIRMI, SI SBAGLIA DI GROSSO!
BANZAI!
FIUMP
OUCH!
STUMP
TOPOLINO! QUESTA NOTTE E' PIENA DI SORPRESE!

FINALMENTE, QUESTA LUNGA NOTTE FINISCE E, CON ESSA, GLI INCUBI E LE OSCURE TRAME! E MENTRE I VERI COLPEVOLI VENGONO ASSICURATI ALLA GIUSTIZIA, AL COMMISSARIATO...
SMITH
RAGAZZI, CREDO DI DOVERVI DELLE SCUSE! TUTTA QUESTA FACCENDA ERA TALMENTE COMPLICATA!
EH, SÌ! LA MENTE DIABOLICA DI MACCHIA NERA AVEVA STUDIATO UN PIANO GENIALE PER INCASTRARCI!
JULY
GIÀ! MA NON AVEVA TENUTO CONTO DEGLI IMPREVISTI!
BASETTONI
PECCATO, PERÒ! NEL CAMPO DELL'ARTE AVEVA **TALENTO**!
NON TI PREOCCUPARE! ABBIAMO PENSATO DI MANTENERE VIVO IL SUO INTERESSE!

...ISCRIVENDOLO... A UN CORSO DECENNALE DI PITTURA!
ALLORA, ARRIVA QUESTA TEMPERA?
ECCOLA, CAPO... PANT... PANT...
FINE

BENTORNATI SU TELEQUACK, LA VOSTRA TV! DA OGGI CON PIU' CANALI DIGITALI, COME TELEQUACK +1, TELEQUACK + 2, TELEQUACK + 3...
TELE QUACK $
...TELEQUACK L'ALTRO GIORNO, TELEQUACK NEWS INTERMINABILI, TELEQUACK FILM INGUARDABILI, TELEQUACK TELENOVELAS D'EPOCA...
TELE QUACK $
...TELEQUACK COME VIENE VIENE, TELEQUACK LA NONNINA E TELEQUACK SUCCEDERA' QUALCOSA? PUFF!
TELE QUACK $
E ORA, IN ONDA "I MENU' SFIZIOSI"! PUFF!
TELE QUACK $
WALT DISNEY
Filo & BRIGITTA e IL GIALLO DELLA TELECUCINA
ECCOLA! ECCOLA!
MA IO HO FAME, CARA!
PRIMA LA TV, POI IL PRANZO... FORSE!
J-2969-2

UN SALUTO DALLA VOSTRA PAPERETTA CAROTI!
49,99995% DI SHARE! GUSTOSO!
E' CON NOI IL PROPRIETARIO DI TELEQUACK, PAPERON DE' PAPERONI!
EHM... SALVE!
OGGI PREPAREREMO IL POLLO ARROSTO... MA SE NON LO AVETE, ANCHE UN MERLUZZO VA BENISSIMO!
?
POI, DUE ETTI DI BURRO... MA VA BENE ANCHE L'OLIO MOTORE!
OLIO MOTORE P.D.P.
BURRO P.D.P.
PUBBLICITÀ DI PRODOTTI P.D.P. INFILATE UN PO' OVUNQUE
E POI, TANTO ZUCCHERO A VELO E... OPS!
COSA NON SI FA PER GLI ASCOLTI!
CRAASH

INTANTO...
E ORA, SU ROCK TV, "IL CIMENTO CUCINIERO"!
ROCK TV
VI RICORDO ANCHE I NOSTRI NUOVI CANALI: ROCKNEWS, BOMBETTA CHANNEL, ROCK-MUSIC, ROCKMUSICROCK, ROCKROCK-ROCK...
ROCK TV
...TAMARROTV E... BUUUH! NON NE POSSO PIU`!
UN BEL CIAO DALLA VOSTRA ANATRELLA ASPARAGI!
OGGI CUCINIAMO...CANTANDO! L'ALLIGATORE COSA FA? LA, LA, LA, LA, LA, LA...C'E` QUALCUNO CHE LO SA...DIVORA!
49,99995% DI SHARE! GHIOTTO!

E STASERA NON PERDETEVI I MIEI MARMOCCHI CANTERINI A "BECCATI 'STA CANZONE"!
PRIMA... UN BEL TRENINO! URRÀ!
PEPPÈ-PEPPEPPEPPÈ!
OH, BE'... AL PUBBLICO PIACE! CHI SI È PRESO, PERÒ...
...LO 0,00005% DI ASCOLTI MANCANTI?
ED ECCO LA POLENTA PER L'APERITIVO!
GIÀ, CHI? TUTTI SEMBRANO PRESI DAL FURORE CULINARIO!
DEVO RIFARE LA RICETTA DI ANATRELLA! TROVAMI DELLE RAPE ANTARTICHE!
MAMMA, COS'È QUEL FUMO NERASTRO?
È ALTA CUCINA, NON PUOI CAPIRE... MA CHIAMA I POMPIERI!

BE', FORSE NON PROPRIO TUTTI ...
PAROLA D'ORDINE?
ALE' OH-OH!
IL NOSTRO PIANO NON FALLIRA'! METTEREMO FINE ALL' OSSESSIONE CUCINIERA ...
...USANDO LE STESSE ARMI DELLE ODIATE CUOCHE!
VINCEREMO E ... RIAVREMO LA NOSTRA AMATA PROGRAMMAZIONE!
ALE' OH-OH!
E ORA, STUDIAMO IL NEMICO! TUTTI DAVANTI ALLA TV!
PERCHE'?
PROVA A METTERTI DIETRO E POI MI DICI! UMPF!
"INIZIAMO DAL DETENTORE DELLO 0,00005% DI SHARE!"
CINQUE, QUATTRO, TRE, DUE, UNO... IN ONDA!

BENVENUTI A "CUCINA SENZA PRETESE" SU F&B CHANNEL, CANALE 2938263916739 DEL DIGITALE TERRESTRE!
CHE TRASMETTE... QUANDO CAPITA!
RISINTONIZZATE IL VOSTRO DECODER...
...CON UN CALCIONE! FUNZIONA SEMPRE!
F&B CHANNEL
ALLE 20 E 30, "BACIOTTI AL TACCAGNO", LETTURA INTEGRALE DELLE LETTERE DI UNA PAPERA ROMANTICA A UN NOTO MILIARDARIO!
OGGI, INVECE, PREPAREREMO GLI AGNOLOTTI TREMEBONDI CON CAROTINE E ZENZERO!
IMPIATTATE GLI AGNOLOTTI, GUARNITE CON LO ZENZERO, APPASSITE LE CAROTE! MI SEGUI, FILO?
UH?

EHM... ALLORA FILO PENSERÀ AD APPARECCHIARE!
VA BENE!
OOOPS!
BADACRAAASH
- - -
FORSE E' MEGLIO PARTIRE DAI FONDAMENTALI!
C'E' UN MOTIVO SE MANGIO SEMPRE FUORI CASA!
INIZIAMO DAL GHIACCIO! PUOI... CUCINARLO IN BREVE TEMPO!
UAO!
CI FAREMO UN BEL TE'!
EHI! NON SI GIOCA CON IL TELECOMANDO!
GA!
A TRA POCO CON ALTRE RICETTE VELOCI VELOCI!
OH! ECCO A COSA SERVIVA QUESTO ARMADIO FREDDO!

ULP! QUELLA NON E' PAPERETTA!
PERO' E' SIMPATICA!
SIMMY? SONO MICHELLE! GUARDA IL CANALE 2938263916739!
GA!*
*UMPF! IO VOLEVO VEDERE L'ANANASVISIONE!
A DOMANI, CON ALTRE RICETTE TERRA TERRA!
EHM... ARRIVEDERCI!
BELLO! HO IMPARATO MOLTO!
MA AL PUBBLICO PIACERA'?
ECCOME! CI SONO COMMENTI ENTUSIASTI SU CINGUETTER!
INCREDIBILE!
CONTINUIAMO, ALLORA! TI INSEGNERO' A CUCINARE... DI TUTTO!
NON POTREI SOLO MANGIARE? LO SO FARE BENISSIMO! EH, EH!

E COSÌ...
OGGI SI VA SUL DIFFICILE... PREPAREREMO IL CAFFÈ!
URCA!
E POI... LA SCOPERTA DELL'ACQUA CALDA!
AHIA!
QUEL TIPO È UN DISASTRO!
È QUESTO IL BELLO!
NIENTE PIATTI COMPLICATI O STRANI INGREDIENTI... SOLO DUE PERSONE QUALUNQUE CHE SI DIVERTONO A CUCINARE!
E DA OGGI... IL NOSTRO MERCHANDISING!
ARRIVA! PUFF!
BOING
CLANG
TUMP
UN MESTOLO VINTAGE... A SOLI 3 DOLLARI!
RAGNATELE COMPRESE!

SENTO UNA NOTIZIACCIA IN ARRIVO, BATTISTA!
EHM...
TALLERI SCANDINAVI
UN NUOVO SHOW DI CUCINA ERODE GLI ASCOLTI DI "I MENU' SFIZIOSI"!
GROAN!
ED E' LO SHOW DI FILO E BRIGITTA!
RI-GROAN! QUEI DUE INCAPACI DI SUCCESSO!
TALLERI SCANDINAVI
UMPF! PAPERETTA SAPRA' TENER TESTA A QUELLA ESAGITATA!
POSSO PROPORRE UN TELEVISORE A COLORI?
"NON ESAGERIAMO, BATTISTA!"
E ORA, METTIAMOCI A CUCINARE!
SCROCK
LA TORTA SBAFACCHIONA SI FA CON TAAANTA CREMA E...

384

POI SPALMATE... URGH! CHE SUCCEDE?
SQUISH
SQUISH
CHI HA SOSTITUITO LA CREMA CON LA COLLA EXTRA-STRONG? AIUTOOOOO!
PAPERETTA NON FA MAI ERRORI SIMILI!
UHM... SENTO PUZZA DI INFIDA BOMBETTA!
"SCOMMETTO CHE DALLE SUE PARTI VA TUTTO BENE!"
PARLACI DI TE, CARA! ANZI, NO... PARLIAMO DI ME!
MA...
NON PERDETEVI IL MIO NUOVO PROGRAMMA, IL SEGNALE ORARIO!
EHI! CHI HA SPALMATO IL BURRO SUL PAVIMENTO?

385

UACK! FERMATEMI!
BADACRAAASH
TUMP
VOGLIO VEDERCI CHIARO, BATTISTA! ANDIAMO!
E DOVE, SIGNORE?
"AGLI STUDI DI TELEQUACK!"
PROPRIO TE, CERCAVO!
POTREI DIRE LA STESSA COSA... MA PREFERISCO: "PRRR, TACCAGNO"!
GUARDA COS'HAI FATTO AD ANATRELLA!
AHI, OHI... TRENINO?
AH, DAVVERO?
SEI TU CHE HAI IMPIASTRICCIATO PAPERETTA!
LA MIA TORTA SA DI COLLA! BUUUH!

O FORSE LA TUA PAPERETTA NON SA CUCINARE!
FACCIAMO UN BEL PATE' DI PIVELLO, CHE NE DICI?
IL SABOTATORE E' UN PERICOLO PER TUTTI NOI! UNIAMO LE NOSTRE FORZE!
UMPF!
BAH!
INDAGHIAMO, ALLORA! IL ROVINAPROGRAMMI POTREBBE AVER LASCIATO QUALCHE INDIZIO!
ULP! QUESTO DA DOVE ARRIVA?
DALLO SHOW SCADENTE DI BRIGITTA!
ANCH'IO HO TROVATO UN UTENSILE SIMILE NEL MIO STUDIO!
UHM...
A QUANTO PARE ABBIAMO DAVVERO UN NEMICO COMUNE! TREGUA?
E SIA! QUEI DISPETTOSI LOW BUDGET SE NE PENTIRANNO!

EHI! DOVE VANNO?
BOH! LA TV-VERITÀ È FATTA COSÌ!
FINALMENTE UN UOMO CHE S'INTERESSA DI CUCINA!
EHM... INFATTI! AMO GLI ANTIPASTI, COME... I BIGNÈ!
BELLA, LA TUA SPADA SPAZIALE!
È UNA FRUSTA DA CUCINA!
NON CUCINI SPESSO, EH?
SOLO DESSERT COME... LA PASTASCIUTTA!
INTANTO...
SLAM
FERMATE TUTTO!
GASP! LA CONCORRENZA AL COMPLETO!
PAPERONUCCIO!

VUOI FARMI UNA DICHIARAZIONE IN DIRETTA? COME SEI IMPETUOSO!
LIVE
MACCHE`!
CONFESSATE... AVETE SABOTATO I NOSTRI SHOW!
COOOSA?!
NO!
SIAMO QUI ANCHE A MEZZANOTTE PER LE REPLICHE IN DIRETTA! YAWN! COME AVREMMO POTUTO?
E IO NON RIUSCIREI MAI A FARTI DEL MALE, LO SAI!
BAH!
LE SMANCERIE NON BASTANO!
PER UNA VOLTA, PAPERONE HA RAGIONE!
SE GLI "IMPREVISTI" CONTINUERANNO...
...FAREMO CHIUDERE LA VOSTRA TELEVISIONUCOLA!
SIGH!

SOB! QUEI DUE SQUALI SI PAPPERANNO IL NOSTRO CANALE!
NOI SIAMO INNOCENTI, PERÒ!
F&B
F&B
INVESTIGHEREMO... E SCOPRIREMO I VERI COLPEVOLI!
E COME?
INDAGHEREMO SOTTO COPERTURA! ASCOLTAMI BENE... SE NOI ... PSSST... E POI PSSST...
COSÌ...
RISOLTI I PROBLEMI APPICCICATICCI, RIECCOMI QUA!
OGGI È MIO OSPITE CHARLIE CROCCHETTA, FAMOSO CUOCO SCHIZZINOSO!
GRAZIE, GRAZIE! EH, EH!

CUCINERÀ UN PIATTO LEGGERO PER LE NOSTRE TELESPETTATRICI!
EHM... CERTO!
FARINA, BURRO, PEPE, GRASSO PURO E CEMENTO COMMESTIBILE!
?!
PUAH! COS'È QUESTA ATROCE SBOBBA?
CUCINA DI SPESSORE?
VIA DI QUI, PASTROCCHIONE!
ASPETTA! SO FARE ANCHE LA CREMA DI CHEWING-GUM!
BONK
BRAVO! OTTIMO PIATTO!
EH?!
BEL LAVORO!
UHM...COSTUI NON SEMBRA UN ESPERTO DI CUCINA! CHE CI FA QUI, ALLORA?
FOR
PAPEROPOLI

ORA VADO... IL **PAPEROPOLI** GIOCA LA **SUPERCOPPA** DEL CALISOTA!
E HA INTERESSI **BEN DIVERSI** DAL RESTO DEL PUBBLICO!
INTANTO, DA ANATRELLA...
ECCO A VOI **GRIGITTA** DA OCOPOLI! E' CARINA **QUASI** QUANTO ME, VERO?
SALVE!
OGGI PREPARERÒ...
SÌ, SÌ, CERTO! PRIMA... **TRENINO!**
L'**ORNITORINCO** COME FA?
PROGRAMMA DI CUCINA O **FESTA DI PAESE**? BAH!
UACK!
OUCH!
A QUANTO PARE NON SIETE PORTATA PER LO SPETTACOLO! TORNATE A **SPIGNATTARE**!
ESAGITATA!

IRRITANTI BALLETTI A PARTE, QUI SEMBRA TUTTO IN ORDINE...
UHM... PERO' NON MI CONVINCONO QUEI DUE ENERGUMENI! CHE CI FANNO QUI?
SEMBRANO PROPRIO FUORI POSTO!
L'ALLENATORE PEP MOVIOLA SCHIERA UN 5-5-5...
GAZZETTA ROSA SPORTIVISSIMA
COME PROCEDE LA TORTA?
QUASI PRONTA! EH, EH!
E QUESTA, COS'E'?
GLOM! MI SONO TRADITA!
CIAO PAPERONUCCIO
NON SIAMO A "C'E' UNA LETTERA MIELOSA PER TE"! FUORI!
CACCIATA PER USO PRIVATO DELLA TV! SIGH!

CHE SFORTUN...OH! I DUE SOSPETTI SE NE VANNO!
NON SI LASCIANO APERTI I BARATTOLI! COSI' I CIBI SI DETERIORANO!
BLEAH! QUESTA NON E' MAIO-NESE!
UH? IL GIORNALE SPORTIVO? COSA...OH!
FILO? TORNA SUBITO A CASA...FORSE ABBIAMO UNA PISTA!
E COSI'...
INSOMMA, GLI INTRU-SI S'INFILTRANO NEGLI SHOW DI CUCINA, DEVA-STANO LE RICETTE...E FANNO RI-CADERE LA COLPA SU DI NOI!

394

IL TUTTO, USANDO I NOSTRI MESTOLI! PERCIÒ DOBBIAMO SOLO SCOPRIRE ...
...CHI NE HA ORDINATI PARECCHI!
50 PEZZI IN VIA PANKINAROW 212! STRANO!
PERCHÈ?
"BE'... È SEDE DI UN CLUB DI TIFOSI!"
VIA PANKINAROW 212
PAPEROPOLI CLUB 212
BRIGITTA E FILO SARANNO PRESTO FUORI GIOCO!
ALÈ... OH-OH!
ORA È IL TURNO DI PAPERETTA E ANATRELLA! AVETE PREPARATO LE FALSE RICETTE?
CERTO! DOPO LA PASTA AL CATRAME, I LORO SHOW CHIUDERANNO E ...
È CIÒ CHE CREDETE VOI!
GASP!

FERMI O VI CUCINIAMO A FUOCO LENTO!
NIENTE SCHERZI... O FACCIAMO LO SPEZZATINO!
LE FURIE CUCINIERE! SIAMO PERDUTI!
PAPEROPOLI
SBRANGHETE
SPORT
SOB! COME AVETE FATTO A TROVARCI?
AVETE LASCIATO TROPPE TRACCE... E TROPPI MESTOLI!
GAZZ SPORT
DUNQUE, CONFESSATE!
EBBENE SÌ! SIAMO TIFOSI E APPASSIONATI DI SPORT, DAL BILIARDINO AL CURLING ESTREMO!

E SIETE TUTTI UOMINI, VEDO!
SI'... MARITI STANCHI DEI PROGRAMMI DI CUCINA!
PAPERETTA, ANATRELLA, BRIGITTA... ORMAI, IN TV, NON C'E' ALTRO!
GULP!
ORE E ORE DI FORNI, TEGAMI E RICETTE ASTRUSE! PER NOI, AMANTI DELLO SPORT, E' UN INCUBO!
"NON VEDIAMO UNA PARTITA DA MESI... E NEANCHE LE SINTESI!"
C'E' "CUCINA I CARCIOFI CON ALE"! DAMMI QUA!
MA... MA...
COSA DAREI PER UN BELL'INCONTRO DI WRESTLING... O DI BILIARDO! SOB!
SPORT
"PER NON PARLARE DEGLI ESPERIMENTI CULINARI DI MOGLI E FIDANZATE!"
ZUCCHINE AL MIELE! BLEAH! PROPRIO COME IN TV!

ABBIAMO SABOTATO GLI SHOW PER METTERVI **UNA CONTRO L'ALTRA** E FARVI CHIUDERE... MA ORA... **SOB**!
NON CAPISCO, PERO'! E' DIFFICILE ENTRARE NEGLI STUDIOS COME PUBBLICO...
NO, SE DE' PAPERONI E ROCKERDUCK TI REGALANO I BIGLIETTI!
COOOSA?!
"DEL RESTO, AVEVAMO UN **OBIETTIVO COMUNE**!"
TUTTO VA A MERAVIGLIA, PIVELLO!
MAGNIFICAMENTE, TACCAGNO!
DA OGGI, **60 NUOVI CANALI** DI **SPORT**, SU TELEQUACK...
...E SU ROCKTV! BEN 47582 ORE **AL GIORNO**!
TV
FLASH
FLASH

UN AFFARE DA **MILIONI** DI DOLLARI!
E UNA VOLTA TANTO CI SIAMO RIUSCITI UNENDO LE FORZE!
DA **BOCCETTE** TV A **FRECCETTE CHANNEL**, NOI ... **UACK!**
TV
SWIIII
COME AVETE POTUTO AIUTARE I TIFOSI A **ROVINARE** I NOSTRI SHOW?
ULP!
UHM... CHE **BELLA** SORPRESA!
CERTO! ERA NEL VOSTRO INTERESSE CHE I PROGRAMMI DI CUCINA PERDESSERO ASCOLTI!
LA SCUSA PERFETTA PER **LIMITARLI**... E DARE SPAZIO ALLO SPORT!
EBBENE SI`!
PAPERETTA E ANATRELLA HANNO CONTRATTI CHE CI OBBLIGANO A MANDARLE IN ONDA 24 ORE SU 24!
DOVEVAMO TROVARE UN MODO PER **RIEQUILIBRARE** I PALINSESTI! PIU` OFFERTA, PIU` **GUADAGNI!**

POI TU E FILO VI SIETE MESSI DI MEZZO E ... SENZA RANCORE, BRIGITTUCCIA?
STAVOLTA NON ATTACCA!
INOLTRE NON VOLEVAMO PROPRIO CHIUDERE I VOSTRI SHOW... SOLO RELEGARLI ALLE DUE DI NOTTE!
TACI, PIVELLO!
SE SPIATTELLIAMO TUTTO AL PUBBLICO, I VOSTRI CANALI AVRANNO UN CROLLO VERTICALE!
UACK! N-NON FATELO!
SOLO SE I NOSTRI PROGRAMMI CONTINUERANNO NELLA SOLITA FASCIA ORARIA E CON UNA PICCOLA AGGIUNTA!
GULP!
QUALE?
SOLO OGGI, A RETI UNIFICATE, "I MENU' SFIZIOSI"...
...E "IL CIMENTO CUCINIERO" ANDRANNO IN ONDA INSIEME!

CLAP CLAP CLAP
PER INIZIA-RE, I NOSTRI **SGUATTERI**...
...CUCINERAN-NO LE **CIPOLLE ALL' AGLIO**!
UMPF! PER QUANTO ANCORA DOVREMO SOPPORTARLE?
202 PUNTATE! SGRUNT!
E FILO E BRIGITTA?
OH, LORO SONO **AVANTI**!
"HANNO SCOPERTO LA **NUOVA MODA TELEVISIVA**!"
AVETE PRESENTE QUEI PROGRAMMI IN CUI VI **ABBATTONO** LA CASA E LA RICOSTRUISCONO PIÙ BELLA DI PRIMA?

TROPPO FACILE! DA OGGI, SU F&B CHANNEL, "EXTREME HOUSE DEMOLITION", DA REGGIA A CATAPECCHIA!
OGGI E' CON NOI IL SIGNOR SQVINTERNAT!
CIAO, NONNA!
HO SEMPRE SOGNATO UN RUDERE TUTTO MIO!
NESSUN PROBLEMA...
ABBIAMO UN ESPERTO IN DISTRUZIONI!
COSA? OOOPS!
COME SI BATTE LA CONCORRENZA IN TV?
BASTA AVERE IDEE SEMPRE NUOVE! EH, EH!
BADACRAAASH
CRUNCH
BONK
FINE

Walt Disney
TOPOLINO E IL MISTERO DI PUERTO TOPO
L'EFFIGIE DI UN'AQUILA AD ALI SPIEGATE?
SÌ, TOPOLINO! COME QUESTA!
COLPO GROSSO A TOPOLINIA! ANTICHE MONETE D'ORO SPARITE DALLA VILLA DEL COLLEZIONISTA TOPON!
PD
13 DIS.
HOTEL
CITY
CENTRO
EXTRA
BONY
VIDEO
TOPO NEWS
J-2133-5

E' INCISA SU TUTTE LE MONETE RUBATE! SONO PEZZI RARIS-SIMI!
NON SAPPIAMO CHI ABBIA FATTO IL COLPO! UNA COSA SOLA E' CERTA...MI HAN-NO GIOCATO!
FORSE, TENENDO D'OC-CHIO I RICETTATO-RI DI TOPOLINIA, SARA' POSSIBILE INCASTRARE I LADRI!
DIFFICILE!
ORMAI LE MONETE AVRANNO GIA' PRESO IL VOLO!
UH?
QUEL TIPO DI REFURTIVA SI SMERCIA PIU' FACILMENTE OLTRE CONFINE!
OH...CAPISCO!

QUALCHE TEMPO DOPO...
E COSÌ, QUEI FURFANTI LA PASSERANNO LISCIA! IL COMMISSARIO ERA PROPRIO ARRABBIATO!
MI DISPIACE PER BASETTONI, MA SE FOSSERO RIMASTI A TOPOLINIA, NOI SAREMMO IN GIRO A DAR LA CACCIA AI LADRI!
INVECE LORO SONO **ESPATRIATI**, E NOI POSSIAMO STARCENE QUI A CHIACCHIERARE!
SI STA COSÌ BENE, NOI TRE...
SCUSATE!
?
...SOLI!

MI CHIAMO **MANUELA**!
PIACERE!
TU DEVI ESSERE TOPOLINO, TU ORAZIO E TU PIPPO!
NO! LUI E' ORAZIO, LUI E' PIPPO E **IO** SONO TOPOLINO!
OH! SONO UN PO' CONFUSA!
SIEDITI E BEVI QUALCOSA CON NOI!
E ORA SPIEGACI CHE COSA POSSIAMO FARE PER TE!
E' STATO **STEVE** A MANDARMI DA TE!

STEVE?
IL NOSTRO COMPAGNO DI SCUOLA?
PROPRIO LUI! IO SONO LA SUA RAGAZZA!
DOV'E', ADESSO?
VIVE DA ANNI A PUERTO TOPO, IN MESSICO! ADESSO E' IN PERICOLO!
"UNA BANDA DI MALVIVENTI, LOS BAMBOLEIROS, LO MINACCIA! VOGLIONO LE MONETE RUBATE A TOPOLINIA!"
THUMP
THUMP
GULP!
"CREDONO CHE SIA LUI IL COLPEVOLE, SOLO PERCHE' E' DI TOPOLINIA E SI INTENDE DI MONETE RARE!"
AAAH!
SBAMM
"STEVE E' INNOCENTE! E, PER FUGGIRE AI BANDITI, HA DOVUTO NASCONDERSI! DOVETE AIUTARLO, IN NOME DELLA VECCHIA AMICIZIA!"

GIA'! DA RAGAZZI ERAVAMO INSEPARABILI, NOI QUATTRO!
"BEI TEMPI, QUELLI!"
DING
26858
DLING
"CI SIAMO DIVERTITI NELLE NOSTRE SCORRIBANDE PER TOPOLINIA!"
CINEMA
YUUU - UH!
GIOIE SBUCCIA
ICE CRE
"RICORDATE COME CANTAVA E SUONAVA LA CHITARRA? L'ULTIMA VOLTA CHE LO ABBIAMO VISTO E' STATO AL BALLO DELLA SCUOLA! POI E' PARTITO!"
PUERTO TOPO DREAMING... OOH... OOOH!
TOPOVOX

STEVE ERA UN GRAN MATTACCHIONE!
ERAVAMO UN **QUARTETTO** VERAMENTE TOSTO!
OKAY, MANUELA! **VERREMO CON TE A PUERTO TOPO!**
DAVVERO?
ANDREMO TUTTI, SIETE D'ACCORDO?
CERTO! NON SI LASCIANO GLI AMICI NEI PASTICCI!
GRAZIE!
ARRIVIAMO, STEVE!
L'INDOMANI, DOPO ALCUNE ORE DI VIAGGIO...
SIETE MAI STATI A PUERTO TOPO?
IO SÌ, UNA VOLTA!
MEXICO
TOPXACO
E' STATO MOLTO TEMPO FA, MA LO RICORDO ANCORA COME UN POSTO INCANTEVOLE!

NIENTE DA DICHIARARE!
PASSATE PURE!
ALT
CHIUSO PER SIESTA
113
CERTO CHE A QUEST'ORA NON SI FORMALIZZANO NEI CONTROLLI! EH! EH!
GIA'!
ECCOCI ARRIVATI!
ESOTICO! PITTORESCO! AFFASCINANTE!
E' UN POSTO UNICO AL MONDO!
BIENVENIDOS A PUERTO TOPO
113

E UNA VOLTA ERA ANCHE UN PAESE FELICE! ORA, PURTROPPO, RISCHIA DI **SCOMPARIRE**!
DI SCOMPARIRE? E PERCHE'?
A CAUSA DELLA **SICCITA'**!
CA
IL QUARTIERE PIU' ANTICO E' GIA' STATO INGHIOTTITO DAL DESERTO E LE CASE SONO IN ROVINA!
SE NON TROVIAMO PRESTO L'ACQUA, TUTTA LA CITTA' VERRA' **ABBANDONATA**!
E' TERRIBILE!
BISOGNA FARE QUALCOSA PER SALVARE PUERTO TO...
...OUCH!
SBAAAM

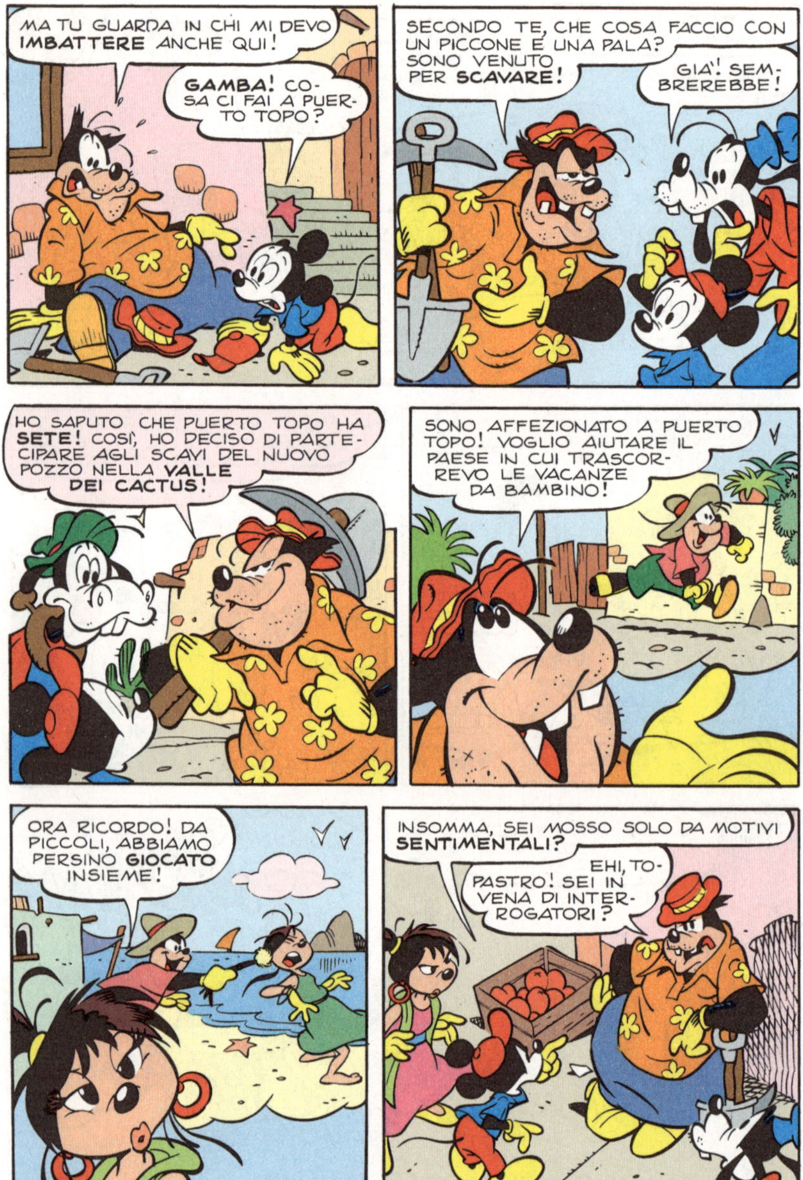
MA TU GUARDA IN CHI MI DEVO IMBATTERE ANCHE QUI!
GAMBA! COSA CI FAI A PUERTO TOPO?
SECONDO TE, CHE COSA FACCIO CON UN PICCONE E UNA PALA? SONO VENUTO PER SCAVARE!
GIÀ! SEMBREREBBE!
HO SAPUTO CHE PUERTO TOPO HA SETE! COSÌ, HO DECISO DI PARTECIPARE AGLI SCAVI DEL NUOVO POZZO NELLA VALLE DEI CACTUS!
SONO AFFEZIONATO A PUERTO TOPO! VOGLIO AIUTARE IL PAESE IN CUI TRASCORREVO LE VACANZE DA BAMBINO!
ORA RICORDO! DA PICCOLI, ABBIAMO PERSINO GIOCATO INSIEME!
INSOMMA, SEI MOSSO SOLO DA MOTIVI SENTIMENTALI?
EHI, TOPASTRO! SEI IN VENA DI INTERROGATORI?

412

ANDIAMO, TOPOLINO! VOGLIO FARTI CONOSCERE UNA **PERSONA IMPORTANTE**!
UMPF!
QUELLA E' LA CASA DI STEVE!
E QUEL RAGAZZO E' UN NOSTRO **GRANDE AMICO**! STEVE SI E' RIFUGIATO NEL VECCHIO QUARTIERE ABBANDONATO...
NA
...E, OGNI NOTTE, LUI GLI PORTA ACQUA E CIBO!
CIAO, **MIGUEL**!
CIAO, MANUELA!

BELLO, IL TUO DISEGNO!
GRAZIE!
STEVE STA BENE! DICE DI NON PREOCCUPARTI!
STANOTTE LO RAGGIUNGEREMO!
LOS BAMBOLEIROS NON HANNO MAI SOSPETTATO DI ME!
SEI UN TIPETTO SVEGLIO, EH?
TENGO GLI OCCHI BENE APERTI, IO! IN CITTÀ, PER ESEMPIO, E' ARRIVATO UN ALTRO STRANIERO! GAMBADI-QUALCOSA...
GAMBADILEGNO!
BRAVO, MIGUEL! SEI PROPRIO UN BUON OSSERVATORE!
DAL MOMENTO CHE SAI TUTTO, INDICACI UN POSTO DOVE SI POSSA MANGIARE! MI SENTO UN PO'... VUOTO!

POCO DOPO...
SEI PENSIEROSO, TOPOLINO!
UHM... CHE CI FA GAMBA A PUERTO TOPO?
SOSPETTI CHE C'ENTRI CON IL COLPO DELLE MONETE DI TOPOLINIA?
PUO' DARSI! OPPURE SI E' ALLEATO CON I BAMBOLEIROS!
LI' VICINO...
E' LEI!
LA RAGAZZA DI STEVE!
IN COMPAGNIA DI TRE GRINGOS!
DEVONO ESSERE VENUTI PER DAR MANFORTE A STEVE!
NON DEVONO ACCORGERSI CHE LI TENIAMO D'OCCHIO!
ATTENTI! NON ALZATE LE TESTE!
BE', BRINDIAMO ALL'AMICIZIA!

PIU' TARDI...
ANDIAMO DA STEVE!
SI'! GUIDACI, MIGUEL!
QUI COMINCIA IL QUARTIERE FANTASMA!
I NOSTRI NON SONO SOLI!
CI PORTERANNO DA STEVE... E DALLE MONETE!
LI SEGUIREMO COME OMBRE!
BRRR! QUESTO POSTO METTE I BRIVIDI!
E' TRISTE PENSARE CHE TUTTO PUERTO TOPO POTREBBE RIDURSI COSI'!
NON SUCCEDERA'! IO NON LO PERMETTERO'!

416

ECCO! STEVE È LÀ!
NELLA VECCHIA PRIGIONE!
PRIGIONE
STEVE, SONO MANUELA!
NE
VA TUTTO BENE! HO PORTATO I TUOI AMICI!
TOPOLINO!
STEVE!
EHI! VECCHIO MIO!
INSIEME... E INVINCIBILI!
SCIAFF

PIPPO, ORAZIO! CHE GIOIA RIVEDERVI!
EH!EH! SIAMO DI NUOVO TUTTI INSIEME!
SAPEVO CHE NON MI AVRESTE LASCIATO NEI GUAI!
ORA CI SIAMO NOI A PROTEGGERTI, STEVE!
NON HAI PIU` NULLA DA TEMERE!
MUOVIAMOCI, ALLORA!
POK

AAAH! LOS BAMBOLEIROS!
ZAC
I BANDITI! SONO LÀ FUORI!
CI HANNO TESO UNA **TRAPPOLA**!
EHI, TU! DOVE SCAPPI?
SGUIISSHHH
LASCIALO! È SOLO UN RAGAZZINO!
OKAY, GRINGOS! ORA VI LASCERETE **IMPACCHETTARE** SENZA FARE RESISTENZA...
... ALTRIMENTI SUCCEDERÀ QUALCOSA DI **MOLTO** BRUTTO ALLA RAGAZZA!
TEMO DI NO!
POSSIAMO FAR QUALCOSA, TOPOLINO?

VEDO CHE SIETE RAGIONEVOLI! VI LIBEREREMO QUANDO IL VOSTRO AMICO CI AVRA' CONSEGNATO IL BOTTINO!
AHIO!
UAO! GRANDE!
STUMP
FATTI DA PARTE, MANUELA! ADDOSSO, RAGAZZI!
AHIA!
SOCK
THUDD
SDENG
AHIO!
OH! CHE BOTTA!
PRENDI QUESTO!
STUMP
FERMO COSI'!
OUFF! GRAZIE, STEVE!
POK

LI LEGHIAMO, TOPOLINO?
TROPPA FATICA! ABBIAMO UNA PRIGIONE A DISPOSIZIONE!
BELLA MOSSA, PIPPO!
EH! EH! CREDO DI ESSERMI... **ANNODATO**!
LA'! INGABBIATI!
STOMP
OUCH!
NON DUBITAVO CHE VE LA SARESTE CAVATA DA SOLI!
SPRANG
IO, COMUNQUE, SONO CORSO A CHIAMARE **RINFORZI**!
I BANDITI SONO SISTEMATI!
OH, GUARDA! HAI PERDUTO IL TUO **BRACCIALE**, MANUELA!

E' UN GIOIELLO MOLTO PARTICOLARE...
...E ORIGINALE, CON TUTTI QUESTI CIONDOLI!
EH? AH, SI'... GRAZIE!
ORA CHE NON C'E' PIU' PERICOLO, DEVO ANDARE NELLA VALLE DEI CACTUS A SCAVARE CON GLI ALTRI!
BE', PARTECIPEREMO ANCHE NOI AGLI SCAVI PER L'ACQUA!
SI', DAREMO TUTTI UNA MANO!
E COSI'...
SECONDO I NOSTRI CALCOLI, LA SORGENTE DOVREBBE TROVARSI QUI SOTTO!
DOVREMMO GIA' AVERLA RAGGIUNTA!
NON AVREI MAI CREDUTO CHE AVREMMO LAVORATO FIANCO A FIANCO, GAMBA!
PFUI!

422

CALA LA NOTTE...
...MA QUALCUNO NON DORME!
RONF...
IL CASO NON E' ANCORA RISOLTO! COSA C'ENTRA STEVE CON IL COLPO DI TOPOLINIA? DOVE SARANNO LE MONETE?
ANCHE TU SEI SVEGLIO, MIGUEL? COSA STAI DISEGNANDO?
UN'AQUILA... MA... E' QUELLA IMPRESSA SULLE MONETE RUBATE!
DOVE L'HAI VISTA?
SU UNA MONETA ATTACCATA AL BRACCIALE DI MANUELA! ORA, PERO', LEI NON CE L'HA PIU'...
"...STEVE SI E' ARRABBIATO MOLTO E MANUELA HA DOVUTO RICONSEGNARGLIELA!"
VUOI CHE CI SCOPRANO? RIDAMMELA!

HO PENSATO A UNA LITE FRA INNAMORATI! MA A TE QUESTO NON INTERESSA!
INVECE HAI FATTO BENE A RACCONTARMELO!
UHM... GAMBA NON E' AL CAMPO!
AH! LO SOSPETTAVO!
N-NO! NON E' COME SEMBRA!
IL BOTTINO DEL COLPO DI TOPOLINIA ERA SEPOLTO NELLA VALLE DEI CACTUS!

424

L'HO TROVATO **PER CASO** STAMATTINA E L'HO RISEPPELLITO PER RIPRENDERMELO CON COMODO! MA NON HO FATTO IO IL COLPO!
STAI MENTENDO! FERMO, NON MUOVERTI!
STEVE!
DOVE HAI PRESO QUELL'ARMA?
L'AVEVO CON ME... PER DIFENDERMI DAI BAMBOLEIROS!
E COSÌ ABBIAMO TROVATO IL **LADRO DI MONETE**!
NO! VI SBAGLIATE! MI SONO LIMITATO A **RITROVARLE**!
CREDIMI, TOPOLINO!
NON VORRAI CREDERE A QUESTO FURFANTE?

SI', GLI CREDO! PERCHE' L'AUTORE DEL COLPO **SEI TU**!
MANUELA TI HA TRADITO! PER VANITA', SI E' APPROPRIATA DI **UNA MONETA** DA AGGIUNGERE AI CIONDOLI DEL SUO BRACCIALE! E MIGUEL **L'HA VISTA**, PRIMA CHE TU LA RIPRENDESSI!
TU CI HAI MANDATO A CHIAMARE PERCHE' TI LIBERASSIMO DAI BAMBOLEIROS, CHE SAPEVANO DEL COLPO!
NO, **NO**!
NON SAPEVI PERO' CHE IL GOVERNO AVEVA AVVIATO GLI SCAVI PER L'ACQUA **PROPRIO** DOVE TU AVEVI NASCOSTO LE MONETE!
PERO'!
PER QUESTO AVEVI TANTA FRETTA DI VENIRE QUI! VOLEVI RECUPERARE LE MONETE...
...PRIMA CHE VENISSERO TROVATE **DA ALTRI**!
STANOTTE ERI VENUTO PER PRENDERE IL BOTTINO, MA QUANDO MI HAI VISTO CON GAMBA, GLI HAI **SCARICATO** ADDOSSO LA COLPA DI TUTTO!

TOPOLINO, MA COSA DICI? NOI SIAMO INSIEME E INVINCIBILI... RICORDI?
RICORDO! MA NON SIAMO PIU' INSIEME, TU HAI PRESO UN'ALTRA STRADA!
SEI DIVENTATO UN DISONESTO!
GRRR! E VA BENE... L'HAI VOLUTO TU!
NON VORRAI...
...ELIMINARTI, SI'! E, DOPO DI TE, ANCHE LUI!
GIU', TOPOLINO!
SWISSS...
THUD
BANG

ERAVAMO AMICI, UNA VOLTA!
SOCK
MI HAI SALVATO LA VITA, GAMBA!
BE', SPERO DI NON DOVERMENE PENTIRE!
DING
DING
EHI! TIENI GIU' LE ZAMPE DALLE MONETE!
SOB!
POC
CHE COSA SUCCEDE?
CHI HA **SPARATO?**
STEVE HA COMMESSO IL FURTO DELLE MONETE E POI SI E' SERVITO DI NOI!
SGRUNT! A CAUSA DELLA TUA MANIA DEI CIONDOLI CI HANNO SCOPERTI!
LUI?
STEVE... MANUELA! NON POSSO CREDERCI, DITEMI CHE **NON E' VERO!**

POCO DOPO...
NON ESSERE TRISTE!
A LORO NON IMPORTAVA NIENTE DI PUERTO TOPO, VOLEVANO SOLO LE MONETE D'ORO!
HO UNA **BRUTTA NOTIZIA** DA DARVI!
I CALCOLI ERANO SBAGLIATI! NON C'E' ACQUA QUI!
MA ALLORA... E' LA **FINE** PER PUERTO TOPO!
NO! IO NON MI ARRENDO!
E' INUTILE, MIGUEL!
THUD
PUERTO TOPO... NON PUO'... FINIRE! **NON VOGLIO**!
THUD
THUD

SGURGLE
E' STRAORDINARIO! CI VOLEVANO LA FEDE E IL CORAGGIO DI UN RAGAZZO PER FAR SCATURIRE LA **SORGENTE**!
OOOH!
WOOOSH
NON CI HO GUADAGNATO UN SOLDO BUCATO, MA SONO CONTENTO PER PUERTO TOPO!
SE IL FUTURO E' NELLE MANI DI TIPI COME LUI, PUERTO TOPO E' AL SICURO!
VLOOSHHHH
ACQUA! ACQUA! YUUU-UH!
SCIAFF
BLUB
FINE

Walt Disney
TOPOLINO e
Il Mistero del
SILENZIO IN CORO
WASHINGTON, BIBLIOTECA DEL CONGRESSO, MOLTO TEMPO FA...
IN UNO NEI LUOGHI AL MONDO PIÙ RICCHI DI LIBRI...
C'È CHI LEGGE E SOGNA...
E LA BACIÒ DOLCEMENTE...
RONF!
I-2946-1
C'È CHI SOGNA E BASTA...

QUALCUNO SI RILASSA...
B-2!
BUM! COLPITO!
QUALCUNO CHIEDE INFORMAZIONI...
SCUSATE... QUESTO LIBRO SUI COCCODRILLI MORDE?
ED! VIENI A DARMI IL CAMBIO?
E QUALCUNO...
E UN'ALTRA COSA... SE FACCIO LE ORECCHIE AI LIBRI, POI MI DANNO ASCOLTO?
ED! TI PREGO!
... QUALCUNO VORREBBE SOLO...
B-3!
COLPITO E AFFONDATO!
... SILENZIO!
... PIÙ RADICE QUADRATA DI VENTIQUATTRO...
RONF!
F-2!

INSOMMA, BASTA! SILENZIO!
SILENZIO ASSOLUTO! ANCHE SOLO PER UN ATTIMO!
ECCO... MI SEMBRA DI SENTIRE...
SÌ! LA SENTO!

TOPOLINIA, AI GIORNI NOSTRI...
SENTIVA... CHE COSA?
CHI LO SA? MIO NONNO EDGAR ERA UN TIPO STRANO...
HA COLLEZIONATO FIGURACCE IN TUTTE LE BIBLIOTECHE DEL PAESE! E ANCHE ALL'ESTERO!
NON SO CHE COSA CERCASSE, MA DI SICURO NON GLI HA PORTATO FORTUNA...
TAP TAP
PUR ESSENDO RICCHISSIMO, HA LASCIATO IN EREDITÀ ALLA FAMIGLIA UN SOLO LIBRO!
SARÀ PREZIOSO!
MACCHÉ! È UN SEMPLICE VOCABOLARIO!
BREEEE

PRONTO! CIAO, CARISSIMO... DIMMI!
ALLORA?
BRIIIP
BRIIIP
ALLORA CHE COSA?
CHE COSA NE PENSI DI TED?
DRIIIN
SIMPATICO... MA FORSE UN PO' TROPPO **CONNESSO**!
IN EFFETTI...
HA TRE CELLULARI!
QUATTRO, IN VERITÀ!
QUINDI SA RISPONDERE ANCHE CON I **PIEDI**...
EH, EH! NON TI SOMIGLIA, VERO?
IO HO **UN** CELLULARE! E ADESSO È **SPENTO**!
SSST! STA TORNANDO!

SCUSATE... MI CHIEDEVANO DI AGGIORNARE IL BLOG!
FIGURATI!
SOLO UN MOMENTO! MANDO UN TWEEP E SONO DA VOI!
TWEEP?
LASCIA PERDERE!
CHIUDO FACELOOK... POSTO UN OT... APRO UN THREAD...
CLIC
CLIC
CLIC
BANNO UN TROLL...
IO VADO VIA!
MA DAI!
CLAC
CLAC
... E MI LINKO AL DIVANO CON VOI!
EHM... DA TE SI IMPARANO UN SACCO DI PAROLE NUOVE!
IO HO CAPITO SOLO DIVANO!

IL TUO FIDANZATO HA BISOGNO DI ESSERE UPDATATO, EH? ROTFL!
EHM... A PROPOSITO DI FIDANZAMENTI... TU SEI SEMPRE SINGLE?
SÌ! NIENTE AMORI IN CORSO! SCUSATE ANCORA!
E CINQUE!
PEEP PEEP
BE', UNA FIDANZATA TROVEREBBE SEMPRE OCCUPATO...
TOPOLINO!
UHM... QUELLO DEV'ESSERE IL LIBRO!
È ANCHE L'UNICO DI TUTTA LA CASA!
TED LEGGE SOLO E-BOOK! LIBRI IN FORMATO ELETTRONICO...

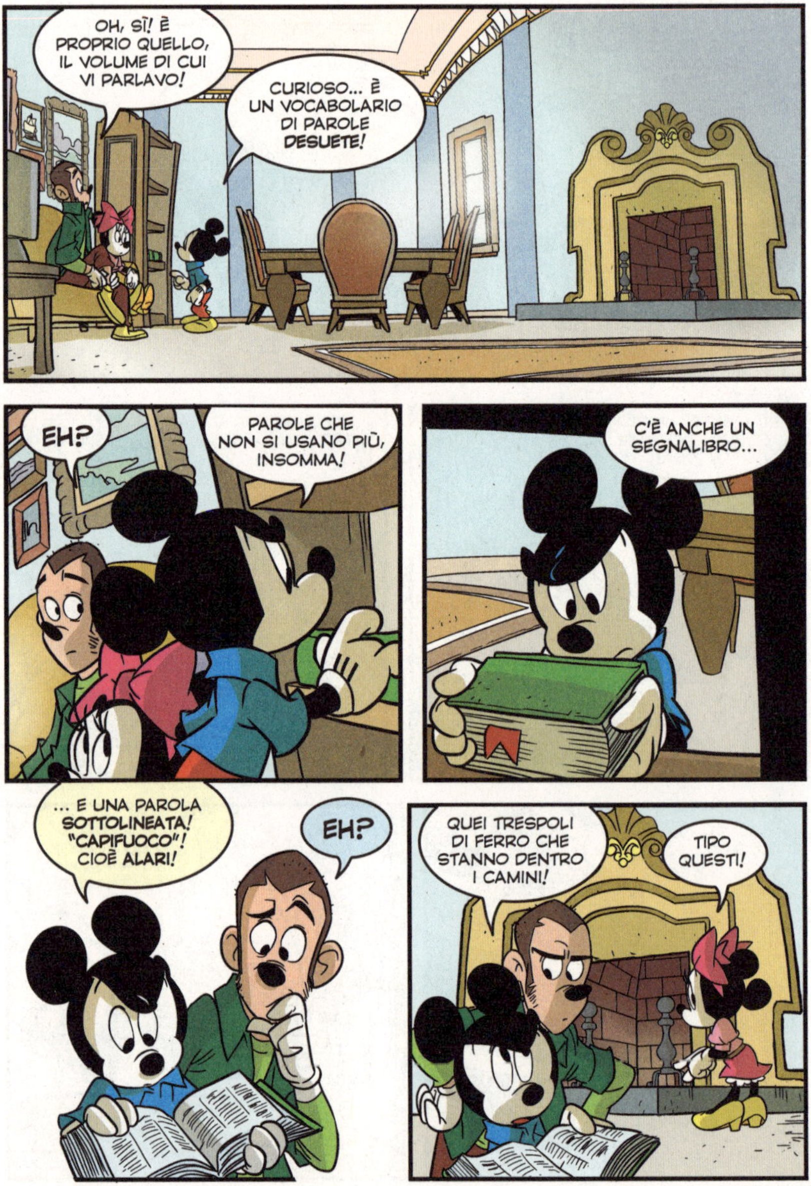
OH, SÌ! È PROPRIO QUELLO, IL VOLUME DI CUI VI PARLAVO!
CURIOSO... È UN VOCABOLARIO DI PAROLE DESUETE!
EH?
PAROLE CHE NON SI USANO PIÙ, INSOMMA!
C'È ANCHE UN SEGNALIBRO...
... E UNA PAROLA SOTTOLINEATA! "CAPIFUOCO"! CIOÈ ALARI!
EH?
QUEI TRESPOLI DI FERRO CHE STANNO DENTRO I CAMINI!
TIPO QUESTI!

MAI USATO, QUEL CAMINO! A CHE COSA SERVONO I CAPIFUOCO?
BE', A TENERE SOLLEVATA LA LEGNA PERCHÉ BRUCI MEGLIO!
E LA PAROLA ERA SOTTOLINEATA... **UHM...**
TOPOLINO, NON COMINCIARE! TI PREGO!
PERCHÉ FA QUELLA FACCIA?
È PIÙ FORTE DI LUI! SOSPETTA, INDAGA, **SCOPRE!**
CHE COSA? SE LA CANNA DEL CAMINO È PULITA?
OOOF!
RUSTLE
NIENTE! A MENO CHE... **EHI!**
CLAC

SI È APERTO UN PASSAGGIO!
!
CLUNK
E CI SONO DELLE SCALE... HAI UNA TORCIA, TED?
NO, MA...
"... HO ABBASTANZA CELLULARI!"
... E COSÌ ABBIAMO TROVATO UN PASSAGGIO SEGRETO! SÌ! ORA SCENDIAMO!
ABBIAMO?
ORA TI LASCIO, PERCHÉ CI SONO NOVITÀ!
FACCIAMO LUCE...
QUESTA, POI!
TLAC

È UNA BIBLIOTECA!
ENORME!
PER LO PIÙ SONO VOLUMI ANTICHI...
ECCO COME SPENDEVA IL SUO DENARO, NONNO EDGAR!

SEMBRA CHE FOSSE ANCHE IL SUO STUDIO...
E QUI CI SONO DEGLI APPUNTI!
"BENVENUTI..."
"BENVENUTI! VI CHIEDETE IL PERCHÉ DI TANTI LIBRI?"
"PERCHÉ... NESSUNA PAROLA VADA PERDUTA!"
"DI SOLITO, APPENA UN TERMINE NON CI SERVE PIÙ, LO DIMENTICHIAMO..."
"MA SE UN GIORNO TU NE AVESSI BISOGNO?"
SGALEMBRA
TARABARALLA
"FORSE PROPRIO QUELLA PAROLA, LA PIÙ STRANA, LA PIÙ BUFFA, UN GIORNO POTREBBE FARE QUALCOSA DI IMPORTANTE PER TE!"

"FAGNONE"?! OUCH!
VUOL DIRE... "GOFFO NEL MUOVERSI"!
TUD
"POI, PERCHÉ VOGLIO FARVI SENTIRE UNA COSA..."
"CERCATE IL COVRICEFFO CON IL PURILLO!"
FLAP FLAP
ECCO, COVRICEFFO VUOL DIRE CAPPELLO!
QUI! MA QUALE DI QUESTI?
IL PURILLO È IL PEZZETTO DI TESSUTO CHE ORNA IL BASCO!
ECCOLO! OPS!
CLONK

UN ALTRO PASSAGGIO SEGRETO!
DEVO ASSOLUTAMENTE AVVERTIRE I MIEI FOOLLOVER!
GRRRIND
ARGH! N-NON C'È CAMPO!
CHE PECCATO!
SU, SCENDI TU PER PRIMO!
OKAY...
MA NON CREDO CHE CI SARANNO SORPRESE...
ALTRI LIBRI! A CENTINAIA!

LIBRI A MIGLIAIA!
MA... TUO NONNO LI AVRÀ LETTI TUTTI?
IMPOSSIBILE! DEVE AVERLI ACCUMULATI PER UN'ALTRA RAGIONE!
"CERCATE NEI VIVAGNI DELLA BADRAGA!"
CIOÈ NEI MARGINI...
... DELLA GUIDA! CIOÈ IL VOCABOLARIO! EDGAR CI AVRÀ SCRITTO QUALCOSA...

SFOGLIERÒ ACCURATAMENTE PAGINA PER PAGINA E...
POCO PRATICO! PASSAMELO!
MA COSÌ TI SFUGGIRÀ LA SCRITTA!
FRRRRR
CHI HA DETTO CHE DEV'ESSERE UNA SCRITTA?
UNA CHIAVE!
SCOMMETTIAMO CHE IL PROSSIMO INDIZIO È QUI DENTRO?
OH! CHE COSA SARÀ IL FATTIBELLO?
TRUCCO, BELLETTO!
Fattibello
INFATTI, È UNA SCATOLA DI CIPRIA!
DI CERTO APPARTENEVA A NONNA KATE!
PAT PAT PAT

"LA NONNA ERA UNA SIGNORA FASCINOSA..."
KATE! VORREI RIUSCIRE A LEGGERE!
SOLO UN ALTRO PO'! POI TI PROMETTO...
... CHE... EEEE..
UHM...
... EEE... ETCIÙ!
TLAC
CIUUU
GENIALE! UN NASCONDIGLIO A STARNUTO!
TIRO?
TIRA!
AAAAAAAAHHHH

COMINCIO A PENSARE CHE IL NONNO POSSE-DESSE...
COFF! BE', MAESTOSO!
... LA PIÙ GRANDE BIBLIOTECA DEL MONDO!

SIAMO CIRCONDATI DA MILIONI DI LIBRI!
E SIAMO VICINI ALLA SOLUZIONE, FORSE!

"SIEDITI QUI, E FA' SILENZIO!"
C'È UNA COSA CHE VOGLIO FARTI SENTIRE!
VA BENE!
L'HO SCOPERTA ALLA BIBLIOTECA DEL CONGRESSO!
PRIMA CHE TI BUTTASSERO FUORI?
UN ATTIMO PRIMA! EH, EH! VEDI...
... SE INTORNO A TE CI SONO ABBASTANZA LIBRI, PUOI SENTIRE QUELLO CHE TI DICONO!

MILIARDI DI MILIARDI DI PAROLE TUTTE INSIEME, VICINE, DICONO UNA COSA SOLA...
DAVVERO?
"SÌ! TANTE VOCI MINUSCOLE SOMMATE LE UNE ALLE ALTRE SUSSURRANO UNA PAROLA!"
È UN CORO DI SILENZI... ASCOLTA!

"ASCOLTA, DICONO..."

SALVACI!
SALVACI!
SALVACI!

L'AVETE S-SENTITA?
S-SÌ!
SALVARE LE PAROLE! ECCO QUELLO CHE EDGAR HA VOLUTO FARE!
E IO POSSO CONTINUARE!
CERTO!
E COSÌ, QUALCHE TEMPO DOPO...
SONO FELICE CHE TED ABBIA DECISO DI ARRICCHIRE LA BIBLIOTECA!
HA FATTO DI PIÙ! L'HA APERTA AL PUBBLICO!

E TI DIRÒ, NON L'HO MAI VISTO COSÌ FELICE!
AMICI! VENITE!
VI RAGGIUNGO... SUBITO...
OH, NON BADARE A NOI!
CONOSCIAMO LA STRADA, EH, EH!
EHI, C'È UN COLPO DI FULMINE IN CORSO!
DICI?
SÌ! LA TIPA CON IL COVRICEFFO ROSSO HA FATTO COLPO!

EHM... CHE BEL PURILLO!
COME?
BE', È UNA PAROLA DESUETA...
"FORSE PROPRIO QUELLA PAROLA, LA PIÙ STRANA, LA PIÙ BUFFA, UN GIORNO POTREBBE FARE QUALCOSA DI IMPORTANTE PER TE..."
FINE

ZIO PAPERONE e il GIALLO del CENONE
WALT DISNEY
SMAMMATE, FURFANTI! GIAMMAI VI PERMETTERÒ DI ENTRARE IN CASA MIA!
NON PUOI IMPEDIRCELO! ABBIAMO UNA REGOLARE AUTORIZZAZIONE!
ALT
I BASSOTTI "AUTORIZZATI" A ENTRARE NEL DEPOSITO DI PAPERONE?! CHE STORIA È QUESTA?

PER SAPERLO, TORNIAMO INDIETRO NEL TEMPO DI VENTIQUATTR'ORE, AL MATTINO DEL 30 DICEMBRE...
EHILÀ, RAGAZZI! QUAL BUON VENTO?
CIAO, ZIONE! ERAVAMO NEI PARAGGI E COSÌ SIAMO PASSATI A SALUTARTI...
... E A RAMMENTARTI L'APPUNTAMENTO DI DOMANI SERA!
EH, EH! COME POTREI DIMENTICARLO?
PER NIENTE AL MONDO RINUNCEREI AL CENONE DI CAPODANNO DA NONNA PAPERA!
QUALE MIGLIOR MODO DI COMINCIARE L'ANNO NUOVO DI UNA TAVOLATA IN FAMIGLIA?
SOPRAT-TUTTO SE GRATIS?
NIPOTE MALFIDATO, RICORDATI CHE ANCH'IO CONTRIBUISCO AL MENÙ!
ECCO, APPUNTO! PARLIAMO DEL TUO "CONTRIBUTO"!

STAVOLTA TI DEGNERAI DI PORTARE UN PANETTONE RISALENTE A **QUESTO** SECOLO?
UH? CHE COS'HANNO I MIEI PANETTONI?
SONO GIUSTO UN **FILINO STAGIONATI**, MA...
SCUSATE, SIGNORE! UN MESSO COMUNALE CHIEDE UDIENZA!
TI LASCIAMO AGLI AFFARI! ALLORA A DOMANI E... MI RACCOMANDO!
SGRUNT! CERCHERÒ DI NON URTARE IL TUO VIZIATISSIMO PALATO!
IL SINDACO VI MANDA QUESTA!
UN'ORDINANZA?! A ME?
SGURGLE! È INAUDITO!

PRETENDE DI USARE IL DEPOSITO COME BASE DI LANCIO PER I **FUOCHI ARTIFICIALI**?!
GLOM! IO NON C'ENTRO, SONO SOLO UN FATTORINO!
?
FUORIII!
SWISH
POI DICONO CHE AMBASCIATOR NON PORTA PENA!
I FUOCHI PIROTECNICI SONO BELLI! QUAL È IL PROBLEMA?
E ME LO DOMANDI?
INTRUSI CHE PASSEGGIANO SUL MIO ORO NON TI SEMBRANO UN **PROBLEMA**?
ORA CHE CI PENSO... SÌ, IL PROBLEMA ESISTE!
ALTRO CHE ORDINANZA! IL SINDACO MI SENTIRÀ!

MA...
SPIACENTE, SIGNOR DE' PAPERONI! DOVETE SOTTOSTARE, È LA LEGGE!
QUESTA È VIOLAZIONE DI PROPRIETÀ PRIVATA!
MUNICIPIO
E POI, PERCHÈ PROPRIO IL MIO DEPOSITO?
SEMPLICE: È IL PUNTO PIÙ ELEVATO E PANORAMICO DELLA CITTÀ!
SPARATI DA LASSÙ, I FUOCHI FARANNO UN EFFETTO MAGNIFICO! I CONCITTADINI NE SARANNO ENTUSIASTI...
... E IO GUADAGNERÒ POPOLARITÀ IN VISTA DELLE ELEZIONI!
NON MI INTERESSA, LA RISPOSTA È NO!
MOLTO BENE! IN TAL CASO, RICEVERETE QUESTA!
AH, SÌ? E CHE ROBA È?

UNA MULTA DI VENTI MILIONI DI DOLLARI PER IMPEDIMENTO DI PUBBLICO SERVIZIO!
ARGH
TOMB
SIGH! CEDO ALLA FORZA!
SAPEVO DI POTER CONTARE SU DI VOI!
COSÌ, L'INDOMANI...
ARRIVA UN CAMION! DEVONO ESSERE I PIROTECNICI!
SEGUIMI AL PORTONE, BATTISTA! ANDIAMO A RICEVERLI!
LI TALLONERAI DAPPERTUTTO SENZA MAI LASCIARLI SOLI, INTESI?
SISSIGNORE!
AAARGH! ALLARMI! AI POSTI DI COMBATTIMENTO!
?!

I BASSOTTI?!
EH, EH! NON SI ASPETTAVANO QUESTA SORPRESA!
SPECIALMENTE IL VECCHIO CILINDRO!
SCOSTATI, CI PENSO IO!
GLOM!
RUMBLE
BADATE, MANIGOLDI! RITIRATEVI O SPARO!
TSK! SE QUALCUNO DEVE SPARARE, QUELLI SIAMO NOI!
OSSIA, LA DITTA "BOTTIBASSOTTI S.A."...
... REGOLARMENTE ISCRITTA ALLA CAMERA DI COMMERCIO DI PAPEROPOLI!
BOTTI & BASSOTTI
CHEEE?!
I PIROTECNICI SARESTE VOI?!
IN PERSONA! ORA VUOI, PER CORTESIA, FARTI DA PARTE?

TORNIAMO COSÌ ALL'INIZIO DELLA STORIA...
LA CARTA BOLLATA PARLA CHIARO: DEVI LASCIARCI ENTRARE ED ESEGUIRE IL LAVORO!
E IO PARLO CHIARISSIMO: TELATE, O DO VOCE ANCHE AL CANNONE!
SIGNIFICA CHE PREFERISCI PAGARE LA MULTA?
GASP! I VENTI MILIONI... LI AVEVO SCORDATI!
GRRR! E VA BENE, AVETE VINTO!
BONK
ALLA BUON'ORA! FORZA, FRATELLI! PORTATE DENTRO!
SI PUÒ SAPERE COME SIETE RIUSCITI A DIVENTARE PIROTECNICI?
EH, EH! CON TUTTE LE CASSEFORTI CHE ABBIAMO FATTO SALTARE, IMPARARE È STATO UN GIOCO!

POI ABBIAMO VINTO LA GARA D'APPALTO OFFRENDOCI A UN PREZZO BASSISSIMO!
UMPF! ADESSO HO CAPITO!
Roof
L'IDEA DI SPARARE I FUOCHI DAL DEPOSITO L'AVETE AVUTA VOI!
GIÀ! AL SINDACO È PIACIUTA MOLTISSIMO!
MA NON CREDIATE DI INGANNARMI!
CONOSCO LE VOSTRE INTENZIONI E VI SORVEGLIERÒ A VISTA!
"LE NOSTRE INTENZIONI"? NON SO DI CHE COSA PARLI!
SIAMO QUI PER SVOLGERE UN ONESTO LAVORO! VERO, FRATELLI?
VERISSIMO!
QUINDI, DI CHE COSA TI PREOCCUPI?
SGRUNT! LO VEDREMO!

NON PERDERLI D'OCCHIO! IO TORNO SUBITO!
AGLI ORDINI, SIGNORE!
DATA LA SITUAZIONE, NON POSSO CERTO ASSENTARMI!
DIRÒ A NONNA PAPERA CHE RINUNCIO AL CENONE! SPERO CHE COMPRENDA!
EEEH?! MA COSÌ DARAI UN DISPIACERE A TUTTI!
AH, CAPISCO... D'ACCORDO, STAMMI BENE!
?
PAPERONE HA UN PROBLEMA AL DEPOSITO! STASERA NON VERRÀ!
OH, NO! CHE FESTA SARÀ SENZA DI LUI?

SGRUNT! SI PUÒ SAPERE QUANTA ROBA CI VUOLE?
RILASSATI! ALTRI DUE VIAGGI E ABBIAMO FINITO!
SERVE UNA PRESA DI CORRENTE! DOV'È?
LÌ, ALLA BASE DEL PARAPETTO!
IL CAVO È COLLEGATO! ANCHE L'ILLUMINAZIONE È A POSTO!
OTTIMO! PROCEDIAMO A INSTALLARE LE RAMPE DI LANCIO!
QUASSÙ LI SORVEGLIO IO! PRENDI QUESTA E VAI ALL'INGRESSO!
ESEGUO!
SE NECESSARIO, USA IL CANNONE!
SPERO VIVAMENTE CHE NON SIA NECESSARIO!

MEZZ'ORA PIÙ TARDI...
L'INSTALLAZIONE È TERMINATA! TORNEREMO STASERA A SPARARE I FUOCHI!
VI ASPETTERÒ! E NON DIMENTICATE CHE TERRÒ IL DITO SUL GRILLETTO!
STOP
ALT
BE', NON HANNO NEANCHE PROVATO A RUBARE!
FORSE LI ABBIAMO MALGIUDICATI!
SCHERZI? LI CONOSCO TROPPO BENE, QUELLI!
È CHIARO CHE TENTERANNO IL COLPO STANOTTE, AL CULMINE DELLA FESTA!
MA NOI NON CI FAREMO SORPRENDERE! VERO, BATTISTA?
EHM... CERTO CHE NO!

CARICHEREMO LE COLUBRINE E... AAARGH! È SPARITO UN SACCO DI DENARO!
GASP!
GLAB? SAPEVO CHE AVREBBERO TENTATO IL COLPO!
PRONTO, POLIZIA? QUI DE' PAPERONI! I BASSOTTI MI HANNO APPENA DERUBATO!
POCO DOPO...
LI ABBIAMO PIZZICATI SUBITO! SE NE STAVANO TRANQUILLI IN CASA!
EVIDENTEMENTE, NON HANNO FATTO IN TEMPO A TAGLIARE LA CORDA!

CONFESSATE, FARABUTTI! DOV'È IL SACCO DI DOLLARI CHE AVETE ARRAFFATO?
Q-QUALE SACCO?
SIAMO INNOCENTI! ANZI, INNOCENTISSIMI!
ECCOLO QUI! ERA NASCOSTO SOTTO LA ROULOTTE!
DOLLARUCCI CARI, VENITE DA PAPÀ!
COSÌ ERAVATE INNOCENTISSIMI, EH?
NON È POSSIBILE!
NOI NON C'ENTRIAMO!
CI HANNO INCASTRATO!
SVELTI, SALITE A BORDO! NE PARLERETE AL GIUDICE!

ESULTA, FIDO MAGGIORDOMO! IL TUO PRINCIPALE TORNA VINCITORE!
EVVIVA, SIGNORE! ESULTO NEI LIMITI DI COMPOSTEZZA IMPOSTIMI DAL RUOLO!
ALT
CREDEVANO DI FARLA FRANCA, GLI INGENUI!
UHM! CERTO CHE È STRANO...
CHE COSA È "STRANO"?
CHE ABBIANO RUBATO SOLTANTO **UN** SACCO!
NON È DA BASSOTTI! DI SOLITO, TENTANO DI SVUOTARE **L'INTERO** DEPOSITO!
MUMBLE... HAI RAGIONE! E POI, ORA CHE CI PENSO...

COME SONO RIUSCITI A DERUBARMI, SE NON LI ABBIAMO MAI PERSI DI VISTA?
POSSIAMO SCOPRIRLO VISIONANDO I FILMATI DEL SISTEMA DI SICUREZZA!
BRAVO, BATTISTA! FACCIAMOLO SUBITO!
LE RIPRESE SONO TANTE! CI VORRÀ TEMPO, PER SCORRERLE TUTTE!
NON È NECESSARIO! BASTA CONCENTRARSI SULLA TELECAMERA POSTA ALL'INGRESSO!
E...
CI SIAMO! ECCO IL MOMENTO DEL FURTO!
!
SONO STATI LORO, NON C'È ALCUN DUBBIO!
10-04 17

MA... NELLO STESSO ISTANTE, UN'ALTRA TELECAMERA LI INQUADRA TUTTI E TRE IN UN'ALTRA STANZA!
10-04-17
10-04-17
10-04-17
10-04-17
GULP! NON PUÒ ESSERE!
SIGNIFICA CHE ERANO QUATTRO!
UN QUARTO BASSOTTO?! DA DOVE SALTA FUORI?
GUARDANDOLO BENE, PERÒ... NON SEMBRA UN BASSOTTO!
10-04-17
È VERO! VESTE COME LORO, MA NON È SOMIGLIANTE!
CHI SARÀ MAI?
ALLORA, FORSE SONO DAVVERO INNOCENTI!
E QUESTO COMPLICA LA FACCENDA!
SALA CONTROLLO

ANCHE SE LI PREFERISCO IN GATTABUIA, NON POSSO FARLI CONDANNARE INGIUSTAMENTE!
SENZA CONTARE CHE POTREBBERO FARMI CAUSA E SCUCIRMI UN RISARCIMENTO MILIONARIO!
E QUINDI?
"QUINDI, DOBBIAMO SCOPRIRE LA VERITÀ!"
È IMPOSSIBILE RICAVARE UN VOLTO DA QUESTA IMMAGINE INGRANDITA! È TROPPO SGRANATA!
TSK! DAL TUO SISTEMA DI SORVEGLIANZA MI ASPETTAVO RISULTATI MIGLIORI!
SE TU NON USASSI TELECAMERE DI TERZA MANO, LI AVREMMO OTTENUTI!
EHM... D'ACCORDO, NON PARLIAMONE PIÙ!
CERCHIAMO LE TRACCE DEL LADRO, AMMESSO CHE NE ABBIA LASCIATE!
SE CI SONO, LE TROVEREMO...

... GRAZIE AL MIO **TECNOSEGUGIO**!
GULP! SEMBRA UN TOSTAPANE CON LE ZAMPE!
IL SACCO TRAFUGATO ERA IN QUESTO PUNTO!
BENE! LASCIAMO FARE A LUI!
HA IDENTIFICATO LE ORME! IL COMPUTER LE ELABORA...
BZZ
... E CI FORNISCE L'IMPRONTA DELLA SCARPA!
CRRR
PRODI-GIOSO!
SEMBRA LA SUOLA DI UNO SCARPONE DA MONTAGNA!
GUARDA! IL TECNOSEGUGIO HA GIÀ FIUTATO LA PISTA!
PROPRIO COME UN CANE VERO!
SNIFF!

LA SUOLA DA MONTAGNA SPICCA SU TUTTE! ECCO LE ORME SULLA NEVE!
SNIFF!
SEGUIRLE SARÀ FACILE! MI RICORDA QUELLA VOLTA, NEL KLONDIKE...
SCENDONO VERSO LA STRADA! SPERIAMO BENE!
PERCHÉ DICI "SPERIAMO"?
IL TECNOSEGUGIO HA UN NASO ULTRASENSIBILE E I **GAS** DI SCARICO POTREBBERO DISORIENTARLO!
SNIFF!
CHE COSA GLI PRENDE, ADESSO? PERCHÉ SI È BLOCCATO?
È ACCADUTO CIÒ CHE TEMEVO: HA **SMARRITO** LA PISTA!

474

MI DISPIACE, LA CACCIA FINISCE QUI!
E IO COME TROVO IL FURFANTE?
HAI L'IMPRONTA DELLE SCARPE! FORSE, DANDOLA ALLA POLIZIA...
SIGH... CI PROVERÒ! GRAZIE, ARCHI... E BUON ANNO!
GULP! CHI SIETE? CHE COSA FATE SULLA MIA COLLINA?
CRACKER
PIROTECNICI
MI CHIAMO CRACKER, SONO IL TITOLARE DELL'OMONIMA DITTA DI FUOCHI PIROTECNICI!
IL COMUNE MI HA MANDATO A RIMPIAZZARE I BASSOTTI!
TSK! QUEL TANGHERO DEL SINDACO NON DEMORDE!
VA BENE, MA ATTENTI A COME VI MUOVETE!
STATE TRANQUILLO! SIAMO GENTE ONESTA, NOI!

E...
ABBIAMO QUASI FINITO! ANCHE LA LAMPADA È A POSTO!
MI FA PIACERE! MENO RIMANETE E MEGLIO È!
NON RESTA CHE ATTACCARE LA SPINA!
?!
COME SAPEVATE DOV'ERA LA PRESA?
UH? C-COME LO SAPEVO?
NON POTEVATE SAPERLO! NON SIETE MAI STATO QUI!
GLOM!
E LE VOSTRE ORME SONO IDENTICHE A...

476

... QUESTA! IL LADRO SIETE VOI!
SIGH! EBBENE SÌ, SONO STATO IO A DERUBARVI!
L'HO FATTO PER VENDICARMI DEI BASSOTTI, CHE MI HANNO SOFFIATO L'APPALTO!
QUINDI VI SIETE CAMUFFATO DA BASSOTTO...
... E SONO ENTRATO NEL DEPOSITO! E PORTANDO IN SPALLA UNA CASSA DI FUOCHI, HO APPROFITTATO DEL TRAMBUSTO E...
"HO TRAFUGATO UN SACCO DI DOLLARI..."
"... E POI L'HO NASCOSTO SOTTO LA ROULOTTE DI QUEI FURFANTI!"
HANNO VINTO LA GARA SLEALMENTE! PERCIÒ LI HO PUNITI!
QUESTO LO SPIEGHERETE ALLA POLIZIA!

E VERSO SERA...
NON AVREMMO MAI IMMAGINATO DI DOVERTI RINGRAZIARE!
BANDO ALLE SMANCERIE, LO AVREI FATTO PER CHIUNQUE!
IN EFFETTI, AVEVI RAGIONE: LA DITTA PIROTECNICA ERA UN TRUCCO PER RAPINARTI!
COME SE NON LO SAPESSI!
ORA, PERÒ, TI DOBBIAMO UN FAVORE...
... E L'ONORE DEI BASSOTTI CI IMPONE DI SDEBITARCI!
QUINDI, SOLO PER QUESTA VOLTA, RINUNCEREMO AL COLPO!
NON ILLUDETEVI, SAREBBE FALLITO COMUNQUE!
AL LAVORO, ADESSO! DOBBIAMO PREPARARE I FUOCHI!
EH, EH! SPARARLI CI DIVERTE UN MONDO!

DITE CHE POSSIAMO FIDARCI?
SÌ, MA NON AL PUNTO DI LASCIARE IL DEPOSITO INCUSTODITO!
PURTROPPO, DOVRÒ COMUNQUE RINUNCIARE AL CENON...
INVECE NO!
SE PAPERONE NON VA AL CENONE, IL CENONE ANDRÀ A PAPERONE!
GLAB! VOI!?!
CREDEVI DAVVERO CHE TI AVREMMO LASCIATO SOLO, L'ULTIMO DELL'ANNO?
EHM... C-CERTO CHE NO!
FORZA, BATTISTA! APPARECCHIAMO LA TAVOLA!
CON IMMENSO PIACERE!

E così...
BUON ANNO!
BOOM
PUM
BUON ANNO A TUTTI!
PUM
PUM
EHI! CHI HA PORTATO IL PANETTONE RAFFERMO?
UFF...
Fine